HANS ERNST

DAS KREUZ IM SCHWEDENACKER

HANS ERNST

Das Kreuz im Schwedenacker

Roman

TITANIA-VERLAG STUTTGART

Verlags-Nr. 9409
ISBN 3 7996 9409 9

Printed in Germany
Gesamtherstellung:
Wilh. Röck, Weinsberg (Württ.)
Buchdruckerei – Großbuchbinderei

Die Glocken von Lurch läuten den Abendsegen über die Fluren hin. Die Klänge wecken im Bergwald ein vielstimmiges Echo, als möchten sie den Halbmond begrüßen, der wie ein Milchglasscherben in einem hohen Himmel steht und noch nicht leuchten kann, weil die Nacht auf sich warten läßt.

Von einem feinen Rot sind die Berge überzogen, das gegen Westen hin ins Violette hineinschimmert. Von dort her soll die Nacht heraufkriechen und sich mild versöhnend über das Land und seine Menschen legen.

So meint wenigstens der Pfarrer Theodor Ramschl von Lurch, als er langsamen Schrittes, den Hut in der Hand, am Ufer der Loscha hingeht. Sein weißes Haar leuchtet in der Dämmerung, die breiten Bänder seiner Soutane flattern leicht im Abendwind, der von Osten herweht und für den nächsten Tag wieder schönes Wetter kündet.

Fast dreißig Jahre ist er jetzt bereits in Lurch und kennt die Menschen, wie kein Pfarrer vor ihm. Es gibt Böse unter ihnen, wie zum Beispiel die Zocher Bawett, die den ganzen Tag sinniert, wie und wo sie den Funken einer Feindschaft hineintragen könnte. Es gibt Geizige und Törichte unter ihnen, Gute und Schlechte, so wie es sie in allen Dörfern gibt. Mag sein, daß Streit und Feindschaft, Neid und Versöhnung in Lurch etwas drastischer hervortreten, aber das kann auch geographisch bedingt sein, denn das Bergdorf Lurch ist zweigeteilt. Es ist eine Gemeinde, eine Pfarrei, aber es ist geteilt durch einen Fluß. Freilich ist dies nur ein größerer Bach, etwa vier Meter breit, aber die Menschen sagen: unser Fluß. Er heißt die Loscha und ist zu gewissen Zeiten sozusagen die feindliche Grenzlinie zwischen den zwei Ortsteilen Oberlurch und Unterlurch. Verfeindet sind sie meistens dann, wenn die Zeiten ausgeglichen und friedsam sind. In Notzeiten aber halten sie zusammen, da ist des Dorfes Schicksal auch das Schicksal des einzelnen.

Die Oberlurcher haben es in manchem besser als die Unterlurcher. Ihre Höfe liegen verstreut auf dem Sonnenhang. Es sind durchweg große und stolze Höfe, und da oben gedeiht fast alles, besonders Obst. Die Kirche mit dem Gottesacker liegt auch auf dem Sonnenhang. Dann das Gasthaus zu den drei Tannen, die Schmiede und neuerdings auch eine mechanische Werkstätte mit Tankstelle.

Die Unterlurcher liegen schlechter, denn wenn die Loscha Hochwasser führt, werden ihre Äcker und Wiesen überflutet. Es sind auch keine so großen Bauern dort, nur der Achtaler und der Scheidegger können sich mit denen von oben messen. Sonst aber sind es in der Hauptsache kleine Gütler und Arbeiterfamilien. Dafür haben sie den Oberlurchern anderes voraus. In ihrem Ortsteil ist der Bahnhof mit dem Güterschuppen, ferner die Molkerei, das Schulhaus und das Kaufhaus Stelzer, in dem von der Sense über Waschpulver bis zum Hochzeitsanzug alles zu haben ist. Jawohl, dieser Ortsteil kann sich durchaus sehen lassen, und die Oberlurcher brauchten nicht gar so großschnäuzig zu tun, weil sie den Pfarrer und den Bürgermeister in ihrer Mitte haben.

Eine Holzbrücke verbindet die beiden Ortsteile miteinander. Sie ist breit angelegt, so daß sich getrost zwei Heufuder begegnen dürfen. Die Brücke ist überdacht und hat auch ihren Heiligen, den heiligen Nepomuk nämlich. Er steht auf der Mitte der Brücke in einer Nische. Seit vielen Jahren steht er dort und lächelt zu den Menschen herunter, wenn sie vorbeigehen. Er lächelt allem zu, was sich zu seinen Füßen begibt, es ist ein ewig gleichbleibendes Lächeln durch Jahr und Tag, bei Sonnenschein und Schneegestöber. Es gilt den Oberlurchern wie den Unterlurchern, weil für ihn alle Menschen gleich sind und eines tröstlichen Lächelns bedürfen. Ganz gewiß lächelt er auch in den Stunden zwischen Dämmerung und Nacht, wenn leise Schritte an ihm vorbeihuschen. Dann weiß er, daß es junge Menschen sind, die sich hinter der Brücke in den Flußauen zur Liebe treffen. Soll der Heilige vielleicht darüber erzürnt sein, wenn doch Gott selber den Menschen die Liebe ins Herz gelegt hat?

Dieses geduldige und wissende Lächeln des Brückenheiligen ist nur einmal zu einer Grimasse verzerrt worden, als Lausbubenhände seinem Mund einen widerlichen Chinesenbart angemalt haben, dessen Spitzen sich bis in den Hals hinein verliefen. Sie haben Ölfarbe dazu genommen, und der Malermeister Tristl hat drei volle Stunden gebraucht, um den Bart zu entfernen.

Die Tat ist in einer Samstagnacht geschehen, und die Unterlurcher haben das geschändete Gesicht des

Brückenheiligen zuerst gesehen, als sie nach Oberlurch in die Frühmesse gegangen sind.

Natürlich bezichtigten die Oberlurcher die Unterlurcher dieser frevlerischen Tat. Von den Oberlurchern wäre keiner solch einer Gemeinheit fähig. Nein, nein, die Sonnenseitigen sind ehrbare Bauern. Keine Hand würde sich dazu hergeben, dem Heiligen das Gesicht zu verunstalten. Aber den Unterlurchern ist das schon zuzutrauen. Jawohl, denen ohne weiteres. Sind nicht die drei Buben vom Kögl am Holz wegen Wilderns und Forstfrevel schon gesessen? Hat nicht der Heimgartner Simon den Waldleitner Anton wegen eines Mädchens, das Emma heißt, mit dem Messer bedroht? Und hat nicht der Riesser beim letzten Hochwasser den Brückenheiligen zornig angeschrien, warum er denn da oben stände, wenn er das Hochwasser doch nicht verhindern könne?

Freilich gibt es auch in Unterlurch eine ganze Reihe ehrbarer Menschen, die nicht gesonnen sind, diese Verdächtigung auf sich sitzenzulassen. Durch diese Freveltat ist aber wieder eine neue Feindschaft ausgebrochen, und es wird wahrscheinlich die Loscha wieder einmal Hochwasser bringen müssen, damit die Oberlurcher den Unterlurchern helfen dürfen mit jener Selbstlosigkeit, die keinen Dank erheischt.

Aber es kam kein Hochwasser, es kam etwas ganz anderes, es kam ein Krieg, von dem hernach gesagt wurde, daß die Deutschen daran ganz allein schuld seien, mithin also auch die Lurcher, obwohl sie einen Krieg in dieser Form gar nicht gewollt hatten. Immerhin war wieder Notzeit, und da hatten sie immer zusammengehalten.

In dieser schicksalsschweren Zeit lüftete sich auch das Geheimnis, wer dem Brückenheiligen den Chinesenbart angemalt hatte. Im Jahre 1943 bekam der Pfarrer von Lurch aus der Krim einen Brief, worin ihm der Kögl Lukas von Unterlurch mitteilte, daß er seine Seele etwas erleichtern wolle, bevor ihn eine tödliche Kugel treffe. Darum teile er dem Herrn Pfarrer mit, daß er es gewesen sei, der dem heiligen Nepomuk den Bart geschenkt habe. Er habe es aber nicht — wie damals allgemein angenommen wurde — aus politischen Gründen getan, sondern einfach aus Gaudi und weil die Menschen wieder einmal herzlich lachen sollten in einer Zeit, wo es vor lauter Marschieren so wenig zu lachen gab. Geholfen habe ihm dabei der Bruckner Martin von Oberlurch, der ihm bei der Malerei mit der Taschenlampe geleuchtet habe.

Dem Kögl Lukas, der einmal wegen Wilderns drei Monate hat sitzen müssen, hätte der Herr Pfarrer diese Freveltat schon zugetraut. Aber daß auch der Bruckner Martin mitgeholfen hat, der zweite Sohn des Brucknerbauern von Oberlurch, der auf Ingenieur studierte, das hat er nicht recht begreifen können.

Der Pfarrer hat natürlich den Inhalt des Briefes für sich behalten, und als er nach drei Wochen dem Kögl Lukas wirklich den Kriegergottesdienst hat halten müssen, da hat er dem Köglbuben eine so schöne Gedenkrede über die Tapferkeit des Herzens gehalten, daß die Menschen in der Kirche laut aufgeschluchzt haben — die Ober- wie die Unterlurcher.

Ja, der Krieg hat die beiden Dorfhälften fest zusammengeschweißt. Kommt die Nachricht, daß vom Oberdorf einer gefallen ist, dann trauern die Unterdörfler ehrlich mit. Umgekehrt ist es genauso. In dieser schweren Zeit beweist es sich, daß es in Wirklichkeit doch nur ein Dorf ist: das Dorf Lurch einfach, in dem sie aufgewachsen und groß geworden sind und aus dem die nächste Generation wieder aufsteigt. Eine Gemeinschaft sind sie in einem herrlichen Stück Heimat, im Hintergrund von hohen Bergen umschlossen und gegen Westen hin von einem Moor umsäumt, aus dem sie alle ihren Torf für den Winterbrand gewinnen.

Diese enge Verbundenheit hält bis zum Kriegsende an. Ja, sogar noch eine gewisse Zeit darüber hinaus. Als die Amerikaner im Dorf sitzen, machen sie keinen Unterschied zwischen Ober- und Unterlurch. Für sie ist es eine deutsche Gemeinde, die zur Demokratie bekehrt werden muß. Und wenn man so ein Dorf am Rand der Alpen zur Demokratie umerziehen will, dann muß man die unsicheren Elemente absondern und in ein Lager stecken. Sie haben noch nichts aus der Geschichte gelernt und wissen nicht, daß man in Lagern nicht geläutert, sondern nur zum Haß erzogen wird. Nur die Liebe läutert, nicht die Gewalt.

So fragt der amerikanische Kommandant die Unterlurcher, wer von den Oberlurchern in der verflossenen Epoche besonders endsieggläubig gewesen sei. Von den Oberlurchern habe niemand, aber auch gar niemand an den Endsieg geglaubt, erfährt er. Es werden die Oberlurcher vorgeladen und auf Ehre und Gewissen gefragt, wer besonders fanatisch gewesen sei in den tausend Jahren.

Niemand! Wieso fanatisch? Sie seien allezeit eine christliche Gemeinde gewesen. Das könne der Herr Pfarrer bezeugen. Man habe die Glocken, die man vom Turm genommen hatte, um sie in Torpedorohre zu verwandeln, im Moor versteckt. Nun läuten sie wieder. Hoch lebe die Demokratie!

Nein, niemand braucht in ein Lager, denn der Schuster Federlein, der Ortsgruppenleiter und Bürgermeister zugleich gewesen ist, versteckt sich in einer Almhütte, hoch droben am Berg. Er ist Unterlurcher und wird von den Oberlurcher Bauern so lange mit Lebensmitteln versorgt, bis das ärgste vorüber ist.

Jawohl, eine wunderbare Dorfgemeinschaft ist es gewesen in dieser Zeit. Viel verlässiger und standhafter als während der ganzen tausend Jahre. Nach einem halben Jahr sind die Amerikaner abgezogen, und der Brückenheilige hat sie nicht ungern fortgehen sehen, denn sie sind noch fleißiger in den Nächten über die Brücke zur Liebe gegangen als früher die einheimischen Burschen. Und hier hätte der Heilige schon manchmal warnend die Hand oder seine Stimme heben müssen, um die so leichtfertig Liebenden zur Ordnung zu rufen und an die Zukunft zu mahnen, wenn keine Amerikaner mehr da sein, dafür aber etwas anderes zurückbleiben würde.

Ja, die Amerikaner sind wieder abgezogen aus Lurch. Aber dafür sollen jetzt Flüchtlinge kommen. Und von diesem Augenblick an beginnt sich eine neue

Feindschaft zwischen den Ober- und Unterlurchern abzuzeichnen.

*

Im Nebenzimmer des Gasthauses „Zu den drei Tannen“ sitzen die Bauern beisammen und hören zu, was ihnen der Bürgermeister Adamer zu sagen hat. Dick hängt der Tabaksqualm unter der niederen Decke, und der Gestank des „Selbstgebauten“ verpestet die Luft, so daß die Kellnerin, wenn sie mit dem dünnen Bier hereinkommt, jedesmal husten muß.

Es ist nichts Erfreuliches, was der Bürgermeister seinen Bauern mitteilen muß. Er ist erst am späten Nachmittag aus der Kreisstadt zurückgekommen, wo man ihm im Landratsamt eröffnet hat, daß die Gemeinde Lurch hundert Flüchtlinge aufnehmen müsse.

Als die Amerikaner gekommen sind, hat man weiße Fahnen herausgehängt. Jetzt aber würden sie am liebsten schwarz flaggen oder einen Stacheldraht um ganz Lurch ziehen und dahinter mit den Mistgabeln warten, damit die Flüchtlinge gleich merken, wie sie dran sind.

„Du wirst doch —“ beginnt der Loriser, als der Bürgermeister geendet hat, „du wirst doch denen da drinnen gesagt haben, daß wir keine Flüchtlinge brauchen können, indem daß wir selber so beschränkt sind.“

„Ich habe zwar nicht gesagt, daß wir beschränkt sind, weil ich mir damit ein schlechtes Zeugnis ausgestellt hätte. Ich hab ganz einfach gesagt, daß es nicht geht, wenn man uns wildfremde Menschen ins Dorf setzen will."

„Das muß doch genügen, oder?"

Der Adamer hebt bedauernd die Schultern und läßt sie wieder sinken.

„Leider bin ich mit meinen Argumenten nicht durchgekommen. Da beißt die Maus keinen Faden ab, hat er gesagt, der neue Landrat. Und das ist ein Scharfer."

„Das wird man ihm schon austreiben, wenn er einmal länger da ist", meint der Aacher. „Soviel ich gehört hab, soll der früher einmal Straßenbahnschaffner gewesen sein."

„Das sagt man", gibt der Bürgermeister zu. „Aber ich möchte es nicht nachsagen. In solchen Zeiten wird so manches nach oben gespült, was dort nichts zu suchen hat. Das war nach dem Ersten Weltkrieg nicht viel anders. Die Zeiten müssen sich erst beruhigen. Die Behörden könnten wegen uns Lurchern keine Extrawurst braten, hat er gesagt."

„So wär's recht!" trumpft der Loriser auf. „Für was haben wir denn jetzt eine Demokratie? Zuerst, wie sie uns die Evakuierten 'rausgeschickt haben aus der Stadt, da haben wir nichts sagen dürfen. Und jetzt sollen wir wieder nichts sagen dürfen?"

„Sagen kannst schon was, aber helfen wird es nichts", belehrt ihn der Adamer und fügt hinzu: „Und weil du vorhin von einer Beschränktheit geredet hast — in deinem Hof trau ich mir fünf oder sechs leere Kammern zu finden."

„Und bei dir steht das ganze Austragshäusl leer",

hält der Loriser dagegen. „Und überhaupt, es muß doch da einen Ausweg geben."

Da lächelt der Adamer pfiffig, drückt mit seinem Daumen den Tabak in seiner Pfeife nieder und sagt in die erwartungsvolle Stille hinein:

„Ich hab' mir beim Heimfahren alles genau überlegt. Schließlich bin ich euer Bürgermeister und muß mich um euer Wohl kümmern."

„Schon wegen der nächsten Wahl", unterbricht ihn der Zacherl, der mit dem Adamer einen kleinen Streit wegen einer Streuwiese hat.

„Dann läßt halt du dich aufstellen", meint der Adamer gemütlich. „Ich bin nicht scharf auf den Posten. Mich haben die Amerikaner kommissarisch eingesetzt, und ich trete jederzeit ab, wenn es sein muß. — Also, wir machen das jetzt ganz einfach so: Wir quartieren den größten Teil von den Flüchtlingen bei den Unterlurchern ein, und damit basta."

„Jawohl, nur 'nüber zu den Büffeln! Da drüben haben sie Platz genug!" schreit der Loriser begeistert. „Wie sie uns die Evakuierten geschickt haben, da haben wir wenigstens den Trost gehabt, daß sie wieder abziehn, wenn der Krieg zu Ende ist. Bei den Amerikanern war es das gleiche. Aber bei den Flüchtlingen, da weiß man nicht, ob die überhaupt wieder gehn. Nichts da, nur 'nüber zu den Unterlurchern, da sind sie gut aufgehoben." — —

Natürlich wissen die Unterlurcher am andern Morgen schon, was da beim Tannenwirt droben ausgeheckt worden ist, und sie wehren sich mit Recht gegen diese

Zumutung. Zunächst wird der Scheidegger, welcher der zweite Bürgermeister ist, hinübergeschickt, um den Adamer zu fragen, wie er überhaupt dazu komme, so eine wichtige Versammlung einzuberufen, ohne dabei die Unterlurcher einzuladen.

„Das war keine anberaumte Versammlung", wehrt sich der Adamer. „Wir sind grad zufällig so zusammengekommen."

„So? Also gut. Das kann wahr sein oder nicht. Was für einer aber hat uns Unterlurcher Büffel geheißen?"

Der Adamer schaut so unschuldig drein, wie es sonst nur der Brückenheilige kann.

„Davon ist mir überhaupt gar nichts bekannt."

„Das werden wir schon noch 'rausbringen", droht der Scheidegger. „Und dann kann ja der Betreffende erleben, ob wir Büffel sind oder nicht. Und das sag ich dir, Adamer: Wenn du meinst, du kannst die Leute ganz einfach bei uns drüben abladen, da hast du dich aber verrechnet. Wenn es schon sein muß, dann halb zu halb. Wir fünfzig und Oberlurch fünfzig."

Es geschieht dann zwar nicht ganz so genau, denn Unterlurch hat tatsächlich etwas mehr Wohnraum zur Verfügung. Die Hauptsache aber ist, man liegt wieder einmal in frisch-fröhlicher Fehde miteinander. Und zwischendrinnen huschen verängstigt und scheu die Flüchtlinge umher. Sie können einfach, wenn man es ihnen so verdammt schwermacht, keine Wurzeln schlagen in diesem Lurch und sind auf Wochen hindurch ein ganz verlorener Haufen. Noch nie ist im Pfarrhof so oft die Glocke gezogen worden wie zu dieser Zeit, und der alte Pfarrer hört sie alle geduldig an, die Einheimischen und die Flüchtlinge. Die Loriserin kommt entrüstet und klagt, daß ihr die Flüchtlingsfrau drei Eier gestohlen habe.

„Was? Drei Eier? Das ist ja furchtbar", sagt der Pfarrer gemütlich. „Wie hast du das gleich gemerkt? Wo hast du sie denn gehabt?"

„Im Korb halt."

„Aha. Und wieviele Eier waren in dem Korb?"

Die Loriserin wird unruhig und schaut mit gefurchter Stirn zur Stubendecke hinauf.

„Wieviel werden es gewesen sein? Dreihundert vielleicht."

„Und da willst du sofort gemerkt haben, daß dir drei Eier fehlen? Aber Loriserin, das glaubst du doch selber nicht. Und wenn schon! Die Frau hat, soviel ich weiß, vier Kinder. Und die werden halt Hunger gehabt haben. Und wenn jemand Hunger hat, Loriserin, dann mußt du ihm was geben, verstehst du mich? Geben ist immer seliger als nehmen."

Die Loriserin hat schon den Deckel ihres Körbchens geöffnet gehabt, um dem Herrn Pfarrer ein Stückl Selchfleisch auszuhändigen. Nun zieht sie die Hand zurück und schließt den Deckel.

„Ja, ja, ich seh' schon, der Herr Pfarrer hilft auch zu den Flüchtlingen."

„Ich helfe niemandem, ich will nur gerecht sein."

„Und beten mag sie auch nicht, das Luder!" platzt die Loriserin heraus, weil sie meint, den Pfarrer damit auf ihre Seite zu bringen.

Pfarrer Ramschl langt über den Schreibtisch hin

nach seiner Schnupftabakdose und nimmt eine kleine Prise.

„Wieso weißt du denn das so genau?"

„Ich hab' sie noch nie beten sehn oder hören."

„Sie wird sich halt von dir nicht zuschaun lassen, und da hat sie auch ganz recht. B'hüt dich Gott, Loriserin. Und wenn du dein Selchfleisch nicht wieder heimtragen willst, gib es doch bei der Kathi in der Küche ab." — —

Kaum ist die Loriserin fort, kommt der Eggl von Unterlurch und fragt den Pfarrer, ob er da gestraft würde, wenn er dem Flüchtling beim Hierl einen Prügel über den Kopf schlage, weil er, wenn es dunkel wird, immer um sein Haus herumstreiche und sein Annerl herauslocken möchte.

Der Pfarrherr lächelt still für sich hin, weil er es längst anders gehört hat. Demnach schleicht sich das Annerl bei Dunkelwerden aus dem Haus und trifft sich hinter der Brücke mit dem Flüchtlingsburschen.

„Ja, mein lieber Eggl, das wäre strafbar. Vorsätzliche Körperverletzung wäre das. Wie alt ist denn eigentlich dein Annerl jetzt?"

„Siebzehn ist sie geworden, Herr Pfarrer. Kann ich denn da gar nichts machen?"

„Doch, Eggl, der Sache ist schon abzuhelfen. Du gibst jetzt einmal obacht, und wenn sich dein Annerl wieder einmal bei der Stalltür 'nausschleichen will, dann verklopfst du ihr den Hintern richtig. Mit der Hand natürlich. Da wirst du nicht gestraft dann."

Der Eggl zieht ein paar Schmalznudeln aus seiner Joppentasche, legt sie auf den Schreibtisch und nickt.

„Das werde ich machen. Dank schön, Herr Pfarrer, für den guten Rat.“ — —

Und so hat jeder etwas anderes. Bei genauem Hinsehen, oder wenn man nicht objektiv urteilen könnte, läge die Schuld überall bei den Flüchtlingen. Sicher sind auch sie keine Heiligen. Aber sie sind nun einmal in Bedrängnis und Not, und man muß für sie einmal eine Lanze brechen.

Der hochwürdige Herr hat schon eine ganze Menge kleiner weißer Zettel, auf die er etwas notiert hat, und am Kirchweihsonntag steigt er mit einem gewissen Lächeln auf die Kanzel und hält eine so gepfefferte Predigt, die wie ein Sturmwind über die geduckten Köpfe hingeht und die Seelen aufrüttelt.

Zuerst spricht er von Jesus, der doch auch die Armen zu sich habe kommen lassen. Dann donnert er los:

„Und ihr? Was seid denn ihr für hartgesottene Dickschädel? Zuächst muß ich euch einmal sagen, daß ich das Wort Flüchtlinge nicht mehr hören will. Man hat sie aus ihrer Heimat vertrieben, und sie sind genauso Menschen wir ihr. Was würdet ihr denn sagen, wenn man euch hier forttreiben würde, und ihr würdet in der Fremde dann nur verschlossene Türen und versteinerte Herzen finden? So wie ihr euch in den letzten Wochen und Monaten benommen habt, muß man glauben, daß ihr auch unserm Herrn und Heiland die Tür vor der Nase zuschlagen würdet, käme er, um ein Stück Brot für den Hunger zu betteln. Viele von euren Söhnen und Brüdern sind noch nicht daheim, irren vielleicht um diese Stunde umher. Was würdet denn ihr sagen, wenn man ihnen überall nur ein kaltes, mitleidloses Herz zeigte? Also, reißt euch ein bißl zusammen, bessert euch und beschämt euch nicht selber dauernd. Nehmt das Wort Flüchtling nicht so verächtlich in den Mund. Sie sind nicht geflohen, sondern aus ihrer Heimat vertrieben worden. So, das habe ich euch endlich einmal sagen müssen. Und nun lasset uns beten: Vater unser, der du bist im Himmel —"

Da haben sie die Köpfe geduckt und sind erst hernach, als sie wie jeden Sonntag auf dem freien Platz beim Tannenwirt beisammenstehen, wieder gesprächig geworden.

„Der kann leicht reden", meint der Stahuber. „Er hat ja niemand nehmen müssen. Und überhaupt ist das kein Kunststück, auf die Kanzel zu steigen und 'runterzuwettern, wenn man sich nicht zur Diskussion melden kann. Da g'hört auch einmal ein Antrag gestellt, daß man das tun darf. Was wäre das sonst für eine Demokratie, wenn bloß einer seine Meinung sagen darf, und die andern müssen das Maul halten."

„Sei still, da kommt er", flüstert der Eller und stößt den Stahuber in die Rippen.

Langsam kommt der Pfarrer durch den Friedhof daher, und der Stahuber ist der erste, der sein Hütl lüftet.

„Gelobt sei Jesus Christus. Wünsch dem Herrn Pfarrer recht guten Appetit zur Kirchweihgans."

„Danke, danke", lacht der Pfarrer und wundert sich, wieso der Stahuber schon wieder wissen kann, daß ihm gestern der Bruckner eine Gans geschickt hat. Dann geht er weiter, auf das kleine Pfarrhaus zu, das er mit seiner Schwester Katharina bewohnt.

Seine Schwester kommt ihm im Hausgang schon entgegen und faßt ihn an beiden Armen.

„Du hast wunderschön gepredigt, Theodor. Unsere Mutter, Gott hab sie selig, sollte dich gehört haben."

Er entledigt sich der Soutane und schlüpft in die hingehaltene leichte Hausjacke.

„Ich hoffe, es hilft was, Kathi. Sei so lieb und horch ein bißl herum. Ich muß nämlich dem Bischof darüber berichten." Er schaut sie forschend an. „Überhaupt — warst du denn im Hochamt?"

„Nur bei der Predigt."

„Ich dachte an die Gans. Hoffentlich hast du sie nicht anbrennen lassen."

„Nur keine Angst. Und wenn — deine Predigt wäre es wert gewesen. Der Bischof kann mit deiner Predigt zufrieden sein. Du hast die Seelen aufgerüttelt, Theo."

„Hoffentlich. Im übrigen, mir trägt das nichts mehr ein. Von Seiner Eminenz kam die Anordnung, in dieser leidigen Angelegenheit einmal Klarheit zu schaffen. Das habe ich getan, soweit es in meiner Macht steht. Aus rein menschlichen Gründen habe ich es getan. Auf Beförderung lege ich keinen Wert mehr. Ich gehe ja von Lurch doch nicht mehr weg. Schau nach, liebe Kathi, ich glaube, es brennt doch etwas an."

Eilfertig schüttet die Pfarrersschwester ein paar Schöpflöffel voll Fleischbrühe über die fast fertig gebratene Gans. Es zischt aus dem Rohr heraus, und das

Blaukraut auf dem Herd verbreitet einen herrlichen Duft in der kleinen Küche.

Genußvoll zieht Theodor Ramschl die Düfte in sich ein und erinnert sich, daß auch die Mutter zu heiligen Zeiten einmal eine Gans gebraten hat. Bloß hat er damals nicht viel davon erwischt, denn sie sind zwölf Kinder gewesen, und da weiß man ja ungefähr, wieviel für jeden abfällt, zumal der Vater für sich die zwei hinteren Schenkel beansprucht hat, den einen gleich, den zweiten am Abend kalt, mit Salz und Pfeffer.

„Es war herrlich, einmal unverblümt sagen zu dürfen, was man will", nimmt der geistliche Bruder das Wort, während er sich's in der Küche gemütlich macht und sich eine von den leichten Zigarren anzündet, von denen er sich über den ganzen Krieg hinüber noch eine Handvoll gerettet hat. „Ich hoffe, mit meiner Predigt die unleidlichen Täler eingeebnet zu haben. Horch nur ein bißl herum, Kathi. Es wird ihnen schon ans Gewissen gehen. Im Grunde genommen sind sie nämlich bei aller Pfiffigkeit recht gutmütige Menschen. Man muß sie nur von Zeit zu Zeit wieder einmal aufpulvern. — Jetzt ist es halb elf Uhr. Hast du nicht eine Kleinigkeit, Kathi?"

Sie hat es bereits hergerichtet. Auf einem Holzteller ein paar ganz dünngeschnittene Scheiben Rauchfleisch, dazu ein Stückchen Schwarzbrot und ein Achtel Wein.

„Ist das vom Angerer?" fragt er.

„Nein, vom Rust."

„Das ist besser. Ich glaube, der hat ein eigenes Verfahren. Mehr Knoblauch und weniger lang in der Sur. Ich muß mir das einmal genau erklären lassen."

Es ist jeden Sonntag das gleiche. Heute aber ist Pfarrer Ramschl besonders guter Stimmung und wartet jetzt nur darauf, ob seine Predigt Früchte tragen wird in punkto Nächstenliebe. — —

Jawohl, die Predigt hat ihre Früchte getragen. Zum mindesten sieht man allmählich ein, daß man gegen bestehende Tatsachen nicht mit dem Schädel anrennen kann. Und Tatsache ist nun einmal, daß die Vertriebenen da sind und daß sie in die Gemeinschaft des Dorfes einmünden wollen und müssen, ob es nun dem einen paßt oder nicht.

Und weil jetzt von den Lurchern eine kleine Bereitschaft gezeigt wird, kann man auch auf der anderen Seite nicht so stur sein.

Die Heimatvertriebenen haben nämlich einen Sprecher unter sich, Werner Blank, einen Mann, etwa dreißig Jahre alt, zielbewußt und energisch. Er hat bisher nur geschwiegen, weil er die Lage erst hat kennenlernen wollen. Nun weiß er Bescheid, und er ruft seine Landsleute für einen Abend zu einer Versammlung ins Gasthaus zur Sonne zusammen. Dazu sind auch die beiden Bürgermeister, der Adamer und der Scheidegger, sowie der Pfarrer eingeladen. Und das ist richtig gewesen, denn man bekommt an diesem Abend so allerhand zu hören.

„Zunächst möchte ich die beiden Herren Bürgermeister und Hochwürden, den Herrn Pfarrer, herzlich begrüßen“, beginnt Werner Blank. „Dann darf ich Herrn Pfarrer zunächst gleich einmal herzlich danken für seine warmherzigen Worte am vergangenen Sonntag. Ich glaube, Herr Pfarrer, es wird Sie freuen, wenn ich Ihnen versichere, daß sich das Verhältnis zwischen uns und den Einheimischen seitdem merklich zu lockern beginnt. Es ist eine Bresche geschlagen worden in die kalte Mauer der Ablehnung, und es soll unser aller Herzenswunsch sein, das aufkeimende Verstehen zu einer wirklichen menschlichen Gemeinschaft auszubauen. Ich möchte dabei jetzt vor allem auch an euch, meine Landsleute appellieren. Wir sind vom Schicksal geschlagen und innerlich verbittert. Aber wir müssen uns aus dieser Verbitterung herauslösen und wieder an eine Zukunft glauben, die wir uns aufbauen wollen. Bis wir aber soweit sind, müssen wir uns schon einfügen in den Kreis hier. Erzählt nicht immer, daß ihr daheim ein Kaufhaus, ein Hotel, eine Fabrik oder ein großes Gut gehabt hättet, wenn es nicht so ist. Legt nicht die Hände in den Schoß und geht spazieren, wenn die Bauern hier sich abschuften auf dem Feld. Das schafft böses Blut. Greift mit zu, und ich bin überzeugt, daß sich in Bälde alle Härten mildern. Belacht und bespöttelt nicht die Eigenart der Menschen hier. Ihr müßt euch mit der Mentalität vertraut machen und in ihren Sitten und Gebräuchen den Ausdruck ihres Volkstums erkennen. Das, glaube ich, ist der beste Weg zu einer Verständigung. Was mich betrifft, ich spreche das hier ganz offen aus, so werde ich meine ganze Kraft daransetzen, hier wieder eine Handschuhfabrik aufzubauen, wie man sie meinem Vater drüben in Sagan genommen hat. Es sind genug unter euch, die das bestätigen können. Und hier möchte ich die Gemeinde um tatkräftige Unterstützung bitten. Es handelt sich in erster Linie um die Frage nach einem geeigneten Grundstück. Wenn ich die Herren Bürgermeister in dieser Angelegenheit hernach gleich sprechen könnte?"

Der Adamer nickt und der Scheidegger auch. Was der Mensch da gesagt hat, klingt recht einleuchtend, denken sie. Mit dem kann man wenigstens reden.

Um zehn Uhr ist die Versammlung aus. Um elf Uhr hat Werner Blank die Zusicherung, daß sich die beiden Bürgermeister für ihn beim Gemeinderat einsetzen werden, damit er das der Gemeinde gehörende Grundstück hinter dem Bahnhof vorerst einmal zur Pacht bekommt.

Das ist die Geburtsstunde der späteren Handschuhfabrik Blank.

*

Nun liegt der Winter über dem Dorf Lurch. Es ist ein strenger Winter in diesem Jahr, und das Leben wäre wie ausgestorben, wenn nicht seit etwa vierzehn Tagen die Bahn wieder funktionierte. Zwar ist es noch nicht das, was es vor dem Kriege war. Nein, der Bummelzug fährt nur einmal am Tag nach Lurch herein. Um sechs Uhr früh kommt er schnaufend aus dem Wald heraus, läßt beim unbeschrankten Bahnübergang seinen schrillen Pfiff hören und zuckelt dann in den Sackbahnhof herein.

Er ist meist überfüllt, sogar im Packwagen werden noch Menschen verfrachtet, die bleich und hohlwangig aus den klapprigen Waggons des Lokalbahnzuges quellen, um ins Dorf einzufallen. Ein Teil von ihnen schwärmt auch übers Dorf hinaus, bis weit zu den entlegenen Höfen hinauf. Aber die Menschen haben Zeit, viel Zeit und auch Geld, oder Schmucksachen, mit denen sich schon etwas einhandeln läßt. Sie brauchen erst wieder um vier Uhr nachmittags am Bahnhof zu sein. Da fährt das Züglein mit der Maschinennummer 1306 zurück in die Stadt. Die etwas zu tauschen gehabt haben, tragen volle Rucksäcke, die anderen nur kümmerliche Beute.

Mit diesem „1306“ kommt an einem kalten Morgen auch die Försterstochter Therese Heyden an. Als sie sich aus der Menschenmenge herausgedrängt hat, bleibt sie auf dem Bahnsteig stehen und holt tief Atem. Sie trägt einen blauen, abgetragenen Luftwaffenmantel und derbe Schuhe. Ihr Rucksack ist vollgepackt, aber es wird nicht viel Wertvolles sein, was sie nach zweijähriger Abwesenheit heimbringt.

Im letzten Kriegsjahr hat man sie noch dienstverpflichtet, und den Zusammenbruch hat sie in einem Lazarett in Norwegen erlebt. Jetzt ist sie heimgekehrt, und ihr Herz möchte aufjubeln, als sie auf dem heimatlichen Bahnhof steht. Es sind dieselben Sterne, die über den Bergen flimmern, und sie sind doch anders, es sind die Sterne der Heimat, die sie nun wieder sehen darf. Ihr Blick geht zu den Höhen hinauf, wo die Lichter der Bauernhöfe herunterschimmern. Der vierte von rechts, das muß der Brucknerhof sein. Ob Martin schon heimgekehrt ist?

Der Mann mit der roten Mütze dreht, als sich die Leute schon verlaufen haben, die Glühbirne über der

Tür des Wartesaales heraus und schiebt sie in seine Manteltasche, denn in dieser Zeit wird einfach alles gestohlen, was zu erreichen ist. Dann sieht er das Mädchen an der Sperre stehen und tritt hinzu.

„Wo wollen Sie hin? Kann ich Ihnen irgendwie helfen?"

„Danke, ich weiß den Weg", antwortet Therese aufgeschreckt. Und weil es nicht mehr der Bahnhofsvorsteher ist, den sie aus ihrer Kindheit und Jugend kennt, fragt sie: „Ist Herr Wagner nicht mehr im Dienst?"

„Ach, Sie haben ihn gekannt? Nein, Kollege Wagner ist jetzt Torfstecher geworden, wider Willen sozusagen."

„Warum denn das? Hat er sich etwas zuschulden kommen lassen?"

„Dienstlich nicht. Aber Sie wissen ja — er ist bei der falschen Partei gewesen. Das heißt, zuerst war sie recht, aber jetzt ist sie falsch."

„Ach sooo? Und das ist strafbar?"

„Jetzt schon. Wo kommen Sie denn her, daß Sie von nichts etwas wissen?"

„Von weither", lacht Therese plötzlich. „Aber jetzt bin ich wieder in der Heimat. Und weil ich mich darüber von ganzem Herzen freue —" Therese greift in ihre Manteltasche und holt ein Päckchen Zigaretten heraus. „Hier, nehmen Sie. Ich habe noch mehr davon. Rauchen Sie getrost. Vielleicht ist dann das Leben ein paar Stunden lang schöner für Sie."

Noch ehe der Bahnhofsvorsteher etwas erwidern kann, ist Therese schon fortgegangen. Sie geht nun mit raschen Schritten dahin, biegt vor der Brücke rechts ab auf einen im Schnee schmal ausgetretenen Weg.

Der Morgen ist kalt, und es ist immer noch nächtlich. Die Sterne blinzeln in einem hohen Himmel. Therese hat den Mantelkragen hochgeschlagen, der Wind weht vom Moor her. Sie hält ihr Gesicht vorgestreckt, und manchmal huscht es wie ein scheues Blühen über die jungen Züge, die von manchem Erleben zeugen.

Merkwürdig, auf der ganzen langen Fahrt hierher hat sie sich immer der Vorstellung hingegeben, Martin Bruckner könnte am Bahnhof stehen und sie durch die morgendliche Stunde heimbegleiten.

Die letzte Nachricht von ihm hat sie aus Mogilew erhalten. Seitdem hörte sie nichts mehr von ihm. Auf einmal fühlt sie, daß er noch nicht daheim ist, und eine dumpfe Angst umklammert ihr Herz. Sie weiß doch, wie viele noch haben sterben müssen. Aber nur ein paar Sekunden bedrückt sie dieser Gedanke, dann strömt ihr eine wundersame Gewißheit zu, daß Martin noch lebt. Es wäre undenkbar, daß auch der zweite Brucknersohn nicht mehr heimkehren würde, nachdem sein Bruder bereits gefallen ist.

Einmal bleibt sie stehen und schaut zurück, zu den Hügeln hinauf. Sie erkennt den Brucknerhof. Über der Stalltür brennt eine helle Lampe.

Allmählich beginnt es nun zu tagen. Die Sterne werden immer blasser, Büsche und Bäume treten mehr ins Licht. Und dann beginnt auf dem Kirchturm die Morgenglocke zu läuten. Der Klang trifft Therese so unvermutet, und es ist ihr, als müsse sie jetzt die Arme ganz weit ausbreiten, um jeden Glockenton an sich zu reißen und an ihr Herz betten. Sie hat viele Glocken läuten hören, doch nie hat eine so schön geläutet wie die Glocke auf dem Kirchturm zu Lurch.

Dann hört sie das Plätschern der Loscha und spürt den Wind, der nun lauter von den Bergen herunterstreicht, in seiner alten Melodie, die ihr so vertraut ist.

Langsamer geht sie nun dahin, auf den Waldrand zu. Sie sieht die dunklen Umrisse des Hauses dort, das mächtige Hirschgeweih über der Haustür und sogar den Rauch, der kerzengerade aus der Esse steigt. Drei Fenster zu ebener Erde sind erleuchtet, schimmern rötlich im Zwielicht des Morgens.

Tief, ganz tief holt Therese Atem. Diesen Augenblick will sie auskosten, diesen tausendmal herbeigesehnten Augenblick, in dem sich ihr Träumen erfüllt; im Glockenläuten der heimatlichen Kirche, im Windhauch von den Bergen, im zärtlichen Geplätscher der Loscha.

Ganz nahe tritt sie nun an eines der Fenster heran und späht durch die Vorhangritze. Die Mutter steht am Herd und rührt in einem Topf, der Vater sitzt daneben auf der Kiste, die stets mit Torf gefüllt ist. Neben ihm am Boden liegt der braungefleckte Wachtelhund.

Therese hebt die Hand, um ans Fenster zu klopfen. Ihr Herz schlägt auf einmal ganz schnell.

Greta, der Wachtelhund, hebt den Kopf, seine Schlappohren scheinen sich zu bewegen.

„Ja? Wer ist draußen?“ fragt die tiefe Baßstimme des Försters Thomas Heyden.

Therese klopft zum zweitenmal, so wie sie früher

auch immer geklopft hat, wenn sie später heimgekommen ist.

Da reißt es die Mutter am Herd herum.

„Therese!“ schreit sie auf, zieht den Topf vom Feuer. „Mach doch auf, Vater!“

Weit reißt der Förster die Tür auf, fast hilflos werden seine Augen.

„Therese —!“

„Ja, Vater, ich bin’s.“

Für einen Augenblick legt der Förster die Hand über seine Augen. Nein, es ist kein Trugbild, sie steht vor ihm, seine Tochter Therese, um die sie so lange gebangt haben.

Dann spürt er die Arme der Tochter um seinen Hals.

„Das Glück dieser Stunde war oft in meinen Träumen, Vater“, lacht sie, hält dann sein Gesicht von sich ab und stellt fest: „Du bist grau geworden, Vater.“

„Ja, die Zeit war nicht gerade golden“, nickt er. „Aber nun komm doch schnell herein, Therese — die Mutter —“

Aber die Mutter ist schon da. Sie schluchzt vor Freude, oder aus Erlösung von Kummer und Angst.

Der Wachtelhund macht ein paar freudige Beller und springt an Therese hoch. Mit hellem Klang schlägt die Haustür hinter den dreien zu.

Du meine Güte, was gibt es nicht alles zu erzählen! Nachdem Therese ein Bad genommen und sich umgezogen hat, sitzen sie zu dritt um den Frühstückstisch in der guten Stube.

Das dunkle Dirndlgewand mit langen Ärmeln, aus

einem warmen Wollstoff geschneidert, ist Therese ein wenig zu weit geworden. Ach ja, sie ist doch recht mager geworden, seit sie zum letztenmal in Urlaub hiergewesen ist; und trotzdem fühlt sie sich in dieser Stunde wie eine Gestalt aus dem Märchen. Ihr ist, als habe sie mit den groben Kleidern, die nun zu einem Ballen zusammengeknüllt draußen im Schuppen in einer Ecke liegen, auch die Zeit abgestreift. Eine schwere und bittere Zeit. Sie hat nicht viel mit heimbringen können, und doch kommt es dem Vater vor, als sei er königlich beschenkt worden; denn was ihm da die Tochter in einer Blechschachtel überreicht hat, ist guter Rauchtabak, sind richtige Zigaretten und Zigarren, und was aus der grobbauchigen Kanne duftet, ist Bohnenkaffee, wie man ihn in diesem Haus seit ein paar Jahren nicht mehr gekannt hat.

„Aber nun erzähl doch!" drängt die Mutter. „Wir waren so lange ohne Nachricht von dir."

Therese lehnt sich im Stuhl zurück und schließt die Augen, als wolle sie nochmals in aller Ruhe das Glück der Heimkehr in ihr Herz zaubern. Dann schaut sie in das Gesicht der Mutter und findet es fast unverändert, mit der ruhigen Klarheit in den Zügen und dem stillen Glanz in den Augen. Dann schaut sie den Vater an. Bei ihm haben die Jahre mehr Spuren hinterlassen. Bart und Haupthaar sind stark angegraut, sein Blick hat an Schärfe verloren, um die Mundwinkel laufen ein paar harte Furchen.

„Erzählen soll ich?" besinnt sich Therese endlich nach ihrer Betrachtung. „Ach, es gäbe so vieles zu erzählen, oder man könnte das viele mit ein paar Sätzen umreißen, die zwischen Tod und Wunden, zwischen Not und Entbehrung liegen. Ich habe Briefe an euch geschrieben, obwohl ich wissen hätte müssen, daß sie euch nicht erreichen. Ich kam gerade von Pillau noch weg nach Norwegen. Ich tat in einem Lazarett Dienst, auch als der Krieg bereits zu Ende war. Ich müßte einmal nachrechnen, in wieviel Lazaretten ich eigentlich Dienst tat. Zuletzt war ich in einer Isolierbaracke, wo Typhus herrschte. Zu helfen war da nicht mehr viel. Ich konnte nicht viel anderes tun, als dem Tod das Angesicht zu verhüllen, wenn er von Lager zu Lager ging. Zuletzt lag ich selber da und hatte schon mit dem Leben abgeschlossen."

„Jesus, Maria!" stammelt die Mutter.

„Aber meine Natur war stärker. Ich kam nur deshalb viel später, als ich sonst hätte kommen können. Aber nun ist ja alles vorbei, und nun — ich muß ja nun wohl endlich fragen, weil ihr selber davon noch nichts gesagt habt: Ist der Bruckner Martin schon daheim?"

Der Förster schüttelt den Kopf, und Thereses Blick wird dunkel in jäh aufspringender Angst.

„Ist Martin etwa —?"

„Nein, nein, man weiß nur nichts, Therese. Es sind so viele noch nicht heimgekommen. Nur Vitus — der Bruckner Vitus, der Hoferbe ist gefallen."

„Das habe ich noch erfahren", antwortet Therese und deckt einen Augenblick die Hand über die Augen. „Der lebensfrohe Vitus, der die Scheidegger Monika hätte heiraten sollen. Was hat der Krieg doch für klaffende Lücken gerissen!"

„Ja, das kann man wohl sagen“, meint der Förster und zündet sich bereits die zweite Zigarre an.

„Aber es ist an uns, die Lücken wieder aufzufüllen“, sagt Therese mit einer Selbstverständlichkeit, die alles andere ausschließt.

„Was für ein Trost es dem Bruckner sein muß, wenigstens den Martin noch zu haben. Martin wird es allerdings nicht leichtfallen, seine Träume zu begraben, Brücken oder Dämme zu bauen.“ Die Försterin schaut ihren Mann an. „Nicht wahr, Vater, wir haben in letzter Zeit öfter darüber gesprochen.“

Therese horcht etwas erstaunt auf und antwortet sofort:

„Das ist doch ganz klar, daß sich Martin dem stärkeren Gesetz unterordnen muß. So viele haben ihre Träume begraben müssen. Martin wird es nicht schwerfallen, den Pflug zu führen statt Brücken zu bauen. Und daß wir auch darüber gleich sprechen, Vater und Mutter — an meiner Liebe zu ihm wird das nichts ändern. Wenn er mich braucht — und er wird mich brauchen — dann muß ich eben auch umlernen und werde Brucknerbäuerin sein.“

„Das sagst du so leichthin, Therese“, meint der Förster. „Natürlich liegt es uns fern, dir etwas einzureden. Aber immerhin, du hast eine gute Schulbildung genossen, bist dann Krankenpflegerin geworden — und nun noch mal umsatteln?“

„Das darf doch keine Rolle spielen, Vater. Aber lassen wir das Thema, warten wir erst einmal, bis Martin heimkommt. Etwas anderes: Ich sah beim Aussteigen hinter dem Bahnhof die dunklen Umrisse eines

Gebäudes, das früher nicht da war. Was ist denn das?"

„Ja, das ist auch so was", gibt der Förster Auskunft. „Einer von den Heimatvertriebenen will da eine Handschuhfabrik aufbauen. Und der Bursche scheint sich tatsächlich durchzusetzen. Zwar ist es vorerst nur eine Arbeitsbaracke, die er aufgestellt hat, aber wie es nun weitergehen soll, kann sich niemand erklären."

„Hauptsache ist, wenn er es sich erklären kann." Therese hat sich inzwischen genügend umgesehen und auch den gähnend leeren Gewehrschrank entdeckt. „Deine Gewehre, Vater? Wo hast du sie?"

„Gewehre?" lacht der Vater bärbeißig. „Gibt keine Gewehre mehr für einen bayrischen Förster. Kannst mir glauben, Mädl, ich habe in meinem ganzen Leben noch keinen so bitteren Augenblick erlebt wie den, als sie draußen auf dem Betonpflaster meine Gewehre zerschlagen haben. Dein Heimkommen heute ist seit vielen Monaten wieder meine erste Freude."

„Der Koloß Schicksal hätte uns bald alle das Freuen verlernen lassen. Aber — du bist doch noch im Dienst, Vater?"

„Natürlich. Wie kommst du darauf?"

„Weil man mir am Bahnhof erzählt hat, daß man für etwas, was damals nicht strafbar war, in den Torfstich gehen muß."

„Nein, ich bin noch im Dienst, und der Staat bezahlt mir mein Gehalt weiter, obwohl es keinen rechten Dienst zu machen gibt. Mit dem Hakelstecken geh ich halt jetzt in den Wald. Von den drei Jagdgehilfen ist auch keiner mehr da. Der Heini, das weißt du ja, ist gefallen, der Thomas ist vermißt, und vom Sepp wissen wir auch nichts mehr. So komme ich mir jetzt vor wie ein Pensionist ohne jede Verantwortung."

Thereses Gemüt ist trotz allem Grausigen, das sie erlebt hat, noch nicht so zermürbt, daß sie für die Zukunft keinen Lichtblick mehr sehen könnte.

„Das schaut sich nur jetzt alles so hoffnungslos an, Vater. Aber eines Tages wird alles wieder anders sein. Wir müssen vergessen, und die anderen müssen auch vergessen und einsehen, daß wir nicht das sind, für das sie uns halten. Gerade du, Vater, hast immer mich so oft getröstet, wenn ich Kummer hatte, und hast immer gesagt, daß es nicht für eine Ewigkeit einen verhängten Himmel gibt, sondern daß immer wieder die Sonne durchbrechen wird. Das Licht steht nicht für immer hinter den Wolken, es wird wieder durchbrechen, das ist meine feste Überzeugung."

„Wenn du bloß recht hättest!" sagt die Mutter, steht auf und räumt das Geschirr ab.

Der Förster hebt resigniert die Schultern.

„Seit sie mir meine Gewehre zerschlagen haben, ist auch in mir etwas mitzerbrochen."

Therese sieht ihn lange und aufmerksam an. Dann lächelt sie.

„Ich müßte dich schlecht kennen, Vater, wenn du nicht wenigstens eines davon auf die Seite geräumt hättest."

Der Förster steht auf und legt ein paar Torfstücke im riesigen Kachelofen nach. Tief atmet Therese den Geruch ein, den sie so lange vermißt hat. Die Wärme weht sie aus der geöffneten Ofentür so vertraut an, und ein Gefühl unendlicher Geborgenheit will sie überkommen.

„Auf die Seite geräumt?" fragt der Vater mit einem kleinen Zucken um die Mundwinkel. „Was dir nicht einfällt! Steht doch Todesstrafe darauf."

Da legt Therese ihren Arm um seine Schultern.

„Vielleicht ist es gut, Vater, wenn du noch eine Weile wartest, bis du wieder hervorholst, was du irgendwo im Wald vergraben hast."

Unsicher blinzelt er sie an.

„Woher weißt du denn das?"

„Weil ich dich kenne."

„Also gut", gibt er zu. „Den schönen Drilling, den du und Mutter mir zum fünfzigsten Geburtstag geschenkt habt, den hab ich vergraben. Mit viel Öl und Lumpen darum."

„Na also, siehst du. Und weißt du, Vater, auf was ich mich die ganze Zeit sehr, sehr innig gefreut habe?"

„Auf was denn?"

„Wieder einmal mit dir durch den Winterwald zu gehen, Heu zu den Futterständen zu bringen und in der Jagdhütte droben Tee mit Rum zu trinken."

„Dann kannst du gleich heute nachmittag mitkommen. Wild füttern, das darf ich gerade noch. Schießen tun die Sieger. Ob Geiß, ob Bock, das ist ihnen egal. Wenn nur was zusammenbricht unter ihren Maschinenpistolen."

Da weiß Therese, daß der Vater wohl lange Zeit brauchen wird, um gerade über dies hinwegzukommen.

*

In den nächsten Wochen verwandelt sich Thereses Gesicht wieder zu dem, was es früher gewesen ist, bevor sie das Grauen hat erleben müssen. Es ist ein ruhiges, klares Antlitz mit leichtem Rot auf den Wangen. Die Augen liegen nicht mehr so tieftraurig in den Höhlen, das blonde Haar ist wieder schöner Putz des Kopfes. Sie hat es im Nacken zu einem Knoten verschlungen und mit einer Silberspange festgehalten. Ihr Schritt ist wieder weich und federnd, und als sie an einem hellen Märzmorgen vor dem neugebackenen Handschuhfabrikanten Werner Blank steht, um ihm zu sagen, daß sie sich um die ausgeschriebene Stelle einer Buchhalterin bewerben möchte, schaut dieser sie zunächst forschend an. Nicht, weil er ihr absprechen möchte, diesen Posten ausfüllen zu können, sondern weil ihm ihr Gesicht irgendwie bekannt vorkommt. Die Zeit hat nur einiges verwischt, und er weiß nicht, wo er das Gesicht hintun soll, damit es in den Kranz seiner Erinnerungen paßt.

„Bitte“, sagt er. „Nehmen Sie doch Platz. Haben Sie Zeugnisse bei sich?“

„Ich habe keine Zeugnisse, Herr Blank.“ Und in dem Moment, da Therese den Namen Blank ausspricht, hat auch sie eine Erinnerung.

„Also keine Zeugnisse. Entschuldigen Sie, bitte, wir sind erst im Aufbau, und mit der Buchhaltung ist sowieso noch nicht viel los. Sie könnten sich langsam einarbeiten. Versuchen wir's doch mit vier Wochen Probe. Haben Sie Ihre Zeugnisse verloren?“

„Nein, ich war bisher noch in keiner Stellung. Aber

ganz kurz mein Lebenslauf. Mittlere Reife mit etwas Englischkenntnissen. Zwei Jahre Haushaltschule, dann Arbeitsdienst, dann Kriegsdienst. Ich bin erst vor vier Wochen zurückgekommen und lebe bei meinen Eltern im Forsthaus."

„Ach so, Sie sind von hier? Dann stimmt es also nicht. Sie müssen eine Doppelgängerin haben. Sie erinnerten mich sofort an jemand, und ich weiß doch nicht, an wen."

Da lächelt Therese und sieht den Mann mit einem warmen Blick an.

„Aber ich weiß jetzt, wer Sie sind. Wenn Sie einmal Ihren rechten Arm freimachen wollten, Herr Blank, dann könnte ich Ihnen genau sagen, wer Sie sind, beziehungsweise wer Sie waren."

Etwas verdutzt zieht er seine Jacke aus und streift den rechten Hemdärmel hoch.

Nur einen kurzen Blick wirft Therese auf den Arm, dann nickt sie.

„Danke vielmals. Ich habe mich also nicht getäuscht. Sie waren der Fliegerhauptmann Blank, den man im letzten Augenblick noch aus einem brennenden Flugzeug gezogen und in einem Lazarett in Drontheim wieder zusammengeflickt hat. Die Brandwunden an Ihrem Arm sahen furchtbar aus, und ich weiß noch genau, daß Stabsarzt Doktor Melbus Ihnen damals unbedingt den Arm abnehmen wollte."

„Ja, es stand schlimm um mich, ich weiß es", sagt Werner Blank und knöpft bedächtig seinen Hemdärmel wieder zu. Dann faßt er ungestüm nach Thereses Händen und lacht sie an. Eine tiefe Freude ist über das schmale, energische Gesicht gebreitet. „Schwester Therese, nicht wahr? Du meine Güte, hier müssen wir uns wieder begegnen! Wie mich das freut, brauche ich Ihnen nicht zu sagen.“ Hastig schlüpft er in seine Jakke. „Kommen Sie mit zu meiner Frau. Wir wohnen vorerst noch im Scheideggerhof. Ich habe ihr viel von Ihnen erzählt. Selbstverständlich hat das keine Gültigkeit mit den vier Wochen Probe. Ich würde niemand lieber um mich haben als Sie. Mein Gott, wie aufopfernd haben Sie oft an meinem Bett gesessen und mich getröstet! Passen Sie auf, Therese — ich darf doch so sagen? — es wird ein schönes Zusammenarbeiten, wenn der Laden hier erst läuft. Vorerst habe ich nur einmal diese Arbeitsdienstbaracke und drei Maschinen auftreiben können, Leder leider noch gar keines. Aber ich habe Aussichten, für die Besatzungsmacht Aufträge zu erhalten. Und einmal, Schwester Therese, einmal werden auch wieder bessere Zeiten kommen.“

„Woran ich felsenfest glaube.“ — —

Im Scheideggerhof bewohnt Werner Blank mit seiner Familie zwei Zimmer, in die sie auf einer Art Hühnerleiter von außen her gelangen können. Zuerst hat die Scheideggerin nicht haben wollen, daß die Flüchtlinge durch ihr Haus gingen, später dann ist Werner Blank zu stolz gewesen, anzunehmen, was man ihm im ersten Gefühl grenzenloser Abneigung verweigert hat. Er hat die Hühnerleiter selbst zu einer soliden Stiege ausgebaut, kann nun heimgehen und die dürftige Wohnung verlassen, ohne jemandem lästigzufallen. Im übrigen ist er gerade dabei, in der ziemlich großen Baracke einige Wohnräume abzuteilen, um dann vollständig unabhängig zu sein.

Dann dauert es noch einmal vier Wochen, bis Werner Blank seinen Betrieb zunächst in bescheidenem Rahmen eröffnen kann. Nur etwa zwanzig Leuten kann er vorerst Arbeit geben.

Therese sitzt in einem kleinen Büro, legt Ordner an, tut dies und das und bereitet alles vor für eine spätere Zeit, die kommen wird und kommen muß. Ja, sie hat Vertrauen in die Tatkraft des Mannes, der unermüdlich plant, von unerhörtem Schwung erfüllt ist und sich, wenn auch widerwillig, auf die schlüpfrigen Pfade des Schwarzhandels begibt, um Material heranzubringen.

Der Frau aber ist sie herzlich zugetan. Frau Malvine Blank ist eine aufgeschlossene, geistig sehr hochstehende Frau und Mutter zweier Kinder von sechs und vier Jahren. Sie ist herzlich froh, Therese gefunden zu haben, mit der sie ihre Gedanken austauschen kann. Manchmal sitzt Therese über den Feierabend hinaus noch mit der Familie zusammen. Sonntags aber ist dann die ganze Familie Blank im Forsthaus draußen und kann sich satt essen, weil der Förster anscheinend auch mit einem Stecken einen Hasen erlegen kann.

„Ich habe ihn gefangen“, erklärt er.

„Mit den Händen ganz einfach gefangen?“ staunen die zwei Blank-Kinder. „Und wo ist das Fell von dem Hasen, Onkel Förster?“

Das Fell aber kann Vater Heyden nicht vorweisen,

denn es hat ein Loch, und dieses Loch stammt von einer Kugel aus einem Gewehr, das längst wieder vergraben ist.

*

Der Frühling braucht ein bißchen lange in diesem Jahr, er nähert sich nur zögernd, um aber dann in der ersten Maiwoche gleich mit einer so stürmischen Kraft ins Land hereinzufließen, daß sich alles zu einem einzigen Wunder auftut. Die Bäume blühen engelweiß in den Bauerngärten, und von den Bergen tragen nur noch der Rosenkopf und der Zenker etwas Schnee auf ihren Gipfeln.

Die Loscha steigt wieder einmal. Sie rauscht in den Nächten vernehmlich und wälzt sich schmutzig grau durch die Brücke. Es besteht jedoch keine Hochwassergefahr.

Auf den Wiesen leuchtet der Löwenzahn, und als das liebestolle Balzen der Auerhähne im Bergwald verstummt, beginnt der Kuckuck zu rufen.

Um diese Zeit werden die Lurcher wieder an die Besatzungszeit erinnert, denn es kommen drei Kindlein auf die Welt, zwei weiße und ein wunderschönes, schneckerlhaariges Mulattenkind.

Gott sei Dank schreien die Kinder nicht in Oberlurch, sondern in Unterlurch. Da sieht man es wieder einmal ganz deutlich, wie weit es mit der Moral der Unterlurcher her ist! Die zwei Weißen wären ja notfalls noch zu schlucken — aber das Negerlein! Es gehört der Bromberger Emma, einer kleinen, recht molligen Bauernmagd, die man natürlich sofort aus dem Haus gejagt hat. Nun wohnt sie vorerst im Armenhaus, ist dreiundzwanzig Jahre alt und herzt ihr kaffeebraunes Büberl mit der gleichen Liebe, als ob es eine weiße Haut hätte.

Der einzige, der Grund gehabt hätte, sich aufzuregen, der Pfarrer von Lurch, tauft das Knäblein genau so wie die anderen Kinder, gibt ihm dabei den Namen Johannes und sagt dem Bürgermeister, daß der Kleine einen Vormund brauche.

Der Bürgermeister Adamer erschrickt sichtlich und wehrt sich:

„Meint der Herr Pfarrer vielleicht gleich gar, daß ich das machen soll? Das kommt gar nicht in Frage."

„Na ja, einen werden wir schon finden. Wenn alle Stricke reißen, übernehme ich es. Ich verstehe überhaupt nicht, warum ihr euch alle so sehr darüber aufregt. Hat unser Herr und Heiland doch schon gesagt: Lasset die Kinder zu mir kommen. Mir ist nicht bekannt, daß er gesagt hätte: Aber bloß die weißen, die schwarzen nicht. Vor seinem Angesicht sind alle Menschen gleich." — —

Die Emma erfährt von all dem nichts, was man so über sie redet. Sie bekommt es nur zu fühlen. Die Salterin verkauft ihr keinen Liter Milch. Beim Schneeberger will man ihr auch nichts geben, obwohl sie dort an die dreißig Kühe im Stall stehen haben. Endlich findet sie in der Moosleitnerin eine mitfühlende Seele. Die hat zwar selber sieben Kinder und bloß zwei Kühe im Stall, aber es ist von jeher schon so gewesen, daß immer nur die Armen den Armen geholfen haben.

Die Emma ist sonst kein großes Licht. Aber sie steht mit beiden Füßen fest im Leben, kann arbeiten wie kaum eine zweite und begreift selber, daß es so nicht weitergehen kann. Irgend etwas muß geschehen. Und so geht sie ganz einfach eines Tages aufs Gemeindeamt und verlangt rundheraus eine Unterstützung. Der Sekretär dort, ein buckliger Eigenbrötler, kann es sich nicht verkneifen, ihr den Rat zu geben, sie solle doch zu den Amerikanern gehen. In der Kreisstadt sitze der Herr Gouverneur, und der solle ihr helfen oder seinen Flegeln aus Texas den Befehl geben, die bayrischen Mädchen in Ruhe zu lassen.

Die Emma läßt sich das nicht zweimal sagen, leiht sich von der Moosleitnerin den alten Kinderwagen mit den hohen Rädern und macht sich auf den Weg in die Kreisstadt.

Es ist ein wunderbarer Frühlingstag, und die Straße führt durch den Wald, in dem alles grünt und duftet. Die Räder des Kinderwagens knirschen leise auf dem Kies, und wenn ein Auto vorbeifährt, dann rückt Emma von der Straße weg, damit ihr Kind keinen Staub zu schlucken braucht. Der braune Hansi weiß sowieso nicht, was um ihn vorgeht. Er weiß nicht, daß seine Mutter ihn durch einen Frühlingswald fährt und daß ringsum die Vöglein singen. Er liegt schlummernd in den Kissen und saugt an seinem Schnuller mit dem weißen Blattl. Das sieht aus, als sei eine Kirschblüte auf dunklen Moorboden gefallen.

Der amerikanische Gouverneur residiert im früheren Vermessungsamt, und man kann nicht ohne weiteres zu ihm hinein. Es steht ein Posten vor dem Tor und fragt Emma, wohin sie denn mit ihrem Baby wolle.

„Ich möchte zu dem Herrn Offizier hinein", sagt Emma und nimmt ihren Hansi heraus, weil er aufgewacht ist und zu greinen beginnt.

„In welcher Angelegenheit?"

„Reden muß ich mit ihm, weil niemand was zahlen will für mein Büberl. Und sein Vater ist einer von euch."

Der Posten lacht lautlos und zeigt seine gelben Zähne. Ob sie vielleicht meine, daß der Herr Gouverneur bezahle? Da hätte er viel zu bezahlen. Was sie da in dem Wickelkissen trage, sei ein Produkt der siegreichen amerikanischen Armee, für das eben der deutsche Staat aufzukommen habe.

„So schaust du grad aus. Da frag nur einmal den Bürgermeister von Lurch, was der sagt. Und überhaupt möcht ich das von dem Herrn Konvernör selber hören."

„Gouverneur heißt das", belehrt sie der Soldat.

„Es ist mir wurscht, wie das heißt", sagt Emma und ist versucht, den überheblichen Kerl zu fragen, ob er ein Flegel von Texas sei.

Aber in diesem Augenblick wird ein Fenster zu ebener Erde geöffnet, und ein strohblondes Fräulein mit einer dunklen Hornbrille fragt, was denn da draußen los sei.

Die paar Sekunden der Ablenkung nützt Emma aus, schlüpft an dem Posten vorbei ins Haus, findet auch gleich die richtige Tür und legt das Bündel mit dem

Kind in einen der weichen Polstersessel, mit denen der Raum des Herrn Gouverneurs ausgestattet ist. Dann steckt sie dem Hansi den herausgefallenen Schnuller wieder in den Mund und dreht sich zum Schreibtisch hin.

„Was will denn die Person?" fragte der Gouverneur die Strohblonde, die hilflos danebensteht.

Emma antwortet gleich selber:

„Also, Herr Offizier, das ist so. Das Büberl dort, Hansi heißt er, gehört mir. Und sein Vater ist einer von den eurigen. Aber auf einmal sind sie fort aus Lurch, und jetzt soll ich das Kind allein aufziehen. Das geht doch nicht, oder?"

Der Gouverneur gibt der Strohblonden einen Wink, daß sie gehen könne. Dann zündet er sich eine Zigarette an und legt seine Füße auf den Schreibtisch. Das wird schon automatisch sein, denkt Emma und schaut sich den Gewaltigen näher an. Er ist ein Mann um die Vierzig, mit einem gutmütigen roten Gesicht und ganz hellen Augenbrauen.

„Warum soll das nicht gehen?" fragt er in reinstem Deutsch. „Der französische Staat muß ja auch für die Kinder aufkommen, die von der deutschen Besatzung zurückgeblieben sind. Das ist nun einmal so nach einem Krieg. Eine andere Frage: Ist es mit Gewalt geschehen?"

„Nein, nichts mit Gewalt. Aus reiner Liebe."

Das Gesicht des Gouverneurs wird noch freundlicher. Aber er macht keine Zugeständnisse, er hält sich an das Gesetz.

„Dann tät ich also gar nichts kriegen fürs Büberl?"

„Von uns nichts."

„Von wem denn dann?"

„Wenn Sie selber nichts haben, müssen Sie sich an Ihre zuständige Gemeinde wenden. In diesen Fällen greift, soweit mir bekannt ist, die Fürsorge ein."

„Die geben mir nichts. Ich bin der Schandfleck von der Gemeinde, sagen sie. Bei den andern zwei macht es nichts, weil die Kinder weiß sind, bloß bei mir zerreißen sie sich das Maul. Muß ich mir denn das gefallen lassen? Ich bin doch kein Schandfleck."

Der Herr Gouverneur nimmt die Füße vom Schreibtisch und sitzt nun ganz aufrecht da.

„Wer einen Angehörigen unserer Armee geliebt hat, ist kein Schandfleck." Er geht um den Schreibtisch herum und schaut auf das Knäblein nieder. „Ach so, ein Mischling ist es. Aber recht nett, ganz entzückend. Wie heißt er denn?"

„Hansi Bromberger. Und es ist ja auch nicht wegen mir, daß ich was möchte. Ich kann schon arbeiten und das Essen leicht verdienen für uns zwei. Ich tät jede Mark für das Büberl auf die Sparkasse legen, daß er später einmal was hat, denn er wird es viel schwerer haben im Leben wie ein anderes Kind."

Nun wird der Gouverneur ganz menschlich.

„Passen Sie einmal auf. Ich selbst kann in dieser Angelegenheit nichts tun. Aber ich werde diesem Bürgermeister von Lurch — wie heißt er?"

„Adamer."

„Gut. Diesem Herrn werde ich schreiben lassen und ihn auf seine Pflicht aufmerksam machen. Das wäre ja noch schöner! Für das Baby aber gebe ich Ihnen drei Carepakete mit. Unmenschen sind wir ja schließlich auch nicht."

So verläßt Emma Bromberger nach einer halben Stunde das Vermessungsamt, belädt den Kinderwagen noch mit den drei Paketen und macht sich auf den Heimweg.

Beim letzten Gasthaus, ganz draußen am Rand des Städtchens, setzt sie sich in den schattigen Kastaniengarten, bestellt sich ein Bier und zerrt das mitgenommene Stück Schwarzbrot aus ihrem Kittelsack. Weil sie aber eine wirklich gute Mutter ist, bekommt der Hansi zuerst noch sein Flascherl Milch, das sie unters Kopfkissen gelegt hat. Dann bricht Emma von ihrem harten Brot ab. Und plötzlich laufen ihr die Tränen über die Wangen. Sie kommt sich so verlassen und ausgestoßen vor. Die Bedienung hat ihr vorhin das Bier hingestellt, als ob sie eine Aussätzige wäre. Und das alles nur wegen des Kindleins mit der braunen Hautfarbe. Kann denn das arme Wurm was dafür, daß sie wirklich geliebt hat? Hätte sie vielleicht auch zu jenem Kurpfuscher gehen sollen, zu dem andere gegangen sind? Nein, daran hat Emma keine Sekunde gedacht, denn bei allem, was man ihr auch nachsagen mochte — Emma hat sich einen tiefen Glauben bewahrt und kann nichts tun, was den Grundsätzen widerspricht, die ihr die verstorbene Mutter ins Herz gepflanzt hat und nach denen ein Kind ganz einfach ein Geschenk Gottes ist.

Auf einmal steht ein schlankgewachsenes Mädchen

neben ihr und fragt mitleidig, warum sie denn weine. Das Mädchen, eigentlich vielmehr ein feines Fräulein, hat weiter hinten im Garten gesessen und ist nun hergekommen. Als sie einen Blick in den Kinderwagen geworfen hat, sagt sie:

„Ach so, deswegen weinen Sie. Da brauchen Sie nicht zu weinen. Sie sind nicht die einzige."

Emma zieht das Taschentuch hervor und wischt sich die Augen.

„Du auch?" fragt sie, zu der Fremden aufblickend.

„Nein, nein", lacht die andere. „Ich nicht. Aber es hätte mir genauso passieren können. Es geschah viel Gewalt in der ersten Zeit."

„Bei mir nicht", gesteht Emma. „Es war aus Liebe."

Das Mädchen setzt sich nun zu Emma an den Tisch. Sie ist nicht nur hübsch, sondern ausgesprochen schön. Nur sehr blaß ist sie, und ihre Augen hängen fast gierig an dem Stück Schwarzbrot, an dem Emma jetzt wieder kaut. Und sie muß schon wirklich ausgehungert sein und muß ihren Stolz wohl recht tief beugen, als sie jetzt sagt:

„Ich habe entsetzlichen Hunger."

„Da —" sagt Emma, ohne zu überlegen, und reicht ihr das Brot hin. „Nimm nur, ich halt es schon aus, bis ich heimkomme."

„Danke vielmals. Es ist das erste, was ich seit gestern mittag esse."

„Hast du denn kein Geld?"

„Geld schon, aber keine Marken. Ich war vorhin da drinnen in dem Laden und wollte das Dreifache für ein Stück Preßsack bezahlen. Aber man gab mir nichts ohne Marken. Dabei brauchte ich bloß ein paar Zigaretten, dann könnte man alles haben."

„Zigaretten hab ich leider nicht", meint Emma. „Aber ein paar Marken kann ich dir geben."

„Nein, nein", wehrt die andere energisch ab. „Die Marken brauchen Sie notwendig selber. Aber Zigaretten haben Sie ja genügend."

„Wo denn?"

„Dort drinnen in den Carepaketen. In jedem sind zweihundert Stück drin, außer den sonstigen Leckerbissen."

„Meinst du wirklich?"

„Doch, das weiß ich genau. Geben Sie mir bloß eine davon!"

„Schaun wir halt einmal, was alles drinnen ist", sagt Emma gemütlich und nimmt ein Paket vom Kinderwagen, um es zu öffnen.

„Wie weit müssen Sie denn noch mit dem Kind?" fragt die Fremde, während sich Emma mit dem Paket abmüht.

„Drei Stunden zu Fuß, nach Lurch. Aber du brauchst gar nicht Sie zu mir zu sagen. Kein Mensch sagt Sie zu mir. Emma heiße ich. Emma Bromberger."

„Und ich heiße Lena Steiner. Ich bin aus der Großstadt, wissen — weißt du. Und dort muß man verhungern, wenn man keine Verbindung hat. Darum will ich aufs Land, bis wieder bessere Zeiten kommen. Meinst du, daß es in eurem Lurch eine Arbeit gibt für mich?"

„Das kommt drauf an, was du kannst. Bei einem

Bauern kannst immer arbeiten. Da hast du wenigstens dein gutes Essen."

„Das ist gerade das, was ich am notwendigsten brauche. Ich habe im letzten Jahr fünfundzwanzig Pfund abgenommen. Augenblicklich wiege ich nur noch einen Zentner. Und das bei meiner Größe von einsfünfundsiebzig."

„Armes Hascherl!" sagt die Emma mitleidig.

In diesem Augenblick läßt sich das Paket öffnen. Und siehe da, das Mädchen hat tatsächlich recht gehabt. In dem Paket findet sich unter anderem eine Stange Chesterfield-Zigaretten.

„Da hast eine Schachtel", sagt Emma und ist überglücklich, daß sie an einen hungrigen Menschen etwas verschenken kann.

„Herzlichen Dank. Das werde ich dir nie vergessen. Mein Gott, bin ich jetzt reich!" Lena öffnet die Schachtel und nimmt drei Stück heraus. „Du wirst sehn, wie schnell wir jetzt etwas bekommen!" Und schon läuft sie davon, auf den Metzgerladen zu.

Emma schaut ihr nach und bewundert die Schlankheit und den schönen Gang. Ganz aufrecht geht sie dahin, so aufrecht, wie die Kerzen in den alten Kastanienbäumen blühen. Die wird sich umschaun, denkt Emma, wenn die bei einem Bauern arbeiten müßte! Immerhin, es hat Emma wohlgetan, auf einen Menschen getroffen zu sein, der sie nicht verächtlich anschaut und Verständnis zu haben scheint für ihre Lage.

Nach wenigen Minuten kommt Lena schon zurück und hat ein Wurstpaket in der Hand, das sie freudestrahlend auf dem Tisch ausbreitet.

„Was hab ich denn gesagt? Greif zu, Emma! Du siehst, was man für ein paar Zigaretten alles haben kann.“

Emma greift zu und fühlt sich in diesem Augenblick unermeßlich reich, wenn sie an ihre Pakete denkt.

Da fragt plötzlich das fremde Mädchen:

„Macht es dir was aus, wenn ich mitkomme nach diesem Lurch?“

„Im Gegenteil, dann ist mir der Weg nicht gar so lang.“

„Ich werde dir bestimmt nicht zur Last fallen“, verspricht Lena.

In diesem Moment kommt die Bedienung heraus und fragt:

„Bei wem gibt es denn hier Zigaretten?“

Lena deutet auf Emma.

Aber Emma schüttelt den Kopf.

„Du hast vorhin meinen Hansi auch so giftig angeschaut“, sagt sie. Dann steht sie auf, faßt den Kinderwagen und schiebt los, ohne sich umzusehen, ob Lena ihr folge.

Aber Lena folgt ihr schon, und der lange Weg scheint ihnen kürzer, weil sie angeregt miteinander plaudern. Emma kommt aus dem Staunen gar nicht heraus, wie angenehm und frei das Leben in einer Großstadt sein soll, und Lena weiß schon, bevor sie nach Lurch kommen, daß sich dort überhaupt nichts Großartiges abspielen wird. Das macht aber nichts. Ihr geht es vorwiegend darum, daß sie endlich nicht mehr hungern muß. Sie braucht etwas zur Überbrückung, bis wieder einmal bessere Zeiten kommen. Auf keinen Fall hat sie die Absicht, länger in diesem Bauerndorf zu bleiben, als es unbedingt nötig ist.

Mitten in die Unterhaltung hinein fragt Lena einmal:

„Ist dir nicht angst geworden, als du die Hautfarbe des Kindes gesehen hast?"

„Nein, warum? Ich hab' doch gewußt, daß es so sein wird."

„Was haben denn die Leute in Lurch dazu gesagt?"

„Die können sagen, was sie mögen. Mir macht das nichts aus. Freilich ist ihnen der Bub ein Dorn im Auge. Aber er ist jetzt einmal da und bleibt auch da. Hätt' ich ihn vielleicht aussetzen sollen oder ins Wasser werfen?" Heftig schüttelt Emma den Kopf. „Dazu hab ich ihn viel zu lieb, den Bamsen."

Als sie dann endlich aus dem Wald herauskommen und sich das Dorf Lurch im Glanz der Maiensonne darbietet, bleibt Lena betroffen stehen und ist entzückt von allem, was sich ihrem staunenden Auge bietet.

„Daß es so schön ist, hast du mir nicht gesagt", meint sie, nimmt in ihrer Freude Emma ganz einfach um den Hals und küßt sie auf beide Backen.

Dann legt auch sie eine Hand um den Griff des Kinderwagens. Sie schieben ihn gemeinsam. Es ist der vierzehnte Mai, als Magdalena Steiner, genannt Lena, im Bergdorf Lurch einzieht.

*

Magdalena Steiner hält Wort und fällt Emma nicht zur Last. Nur eine Nacht schläft sie auf dem Sofa in Emmas Stübchen im Armenhaus. Am anderen Morgen macht sie sich auf den Weg, sich nach einer Arbeit umzusehen. Für ein Mädchen aus der Stadt gar nicht so einfach, wenn es sich einbildet, nun plötzlich Bauernarbeit tun zu können.

Durch Zufall bringt sie in Erfahrung, daß beim Sonnenwirt in Unterlurch die Stelle als Bedienung freigeworden sei. Die Sonnenwirtin hat zwar Bedenken, als sie sieht, wie Lena beschaffen ist. Nach ihren Begriffen hat eine Kellnerin in einem Dorfgasthaus anders auszusehen, nicht so adrett, so betont vornehm und ein bißchen untertänig zugleich. Die Sonnenwirtin weiß noch nicht, daß die Untertänigkeit nur von Hunger bedingt ist und daß es Lena nur darum geht, fürs erste einmal Fuß zu fassen und ein Unterkommen zu haben.

Auf alle Fälle, in Lurch haben sie noch nie so eine schöne Bedienung gehabt, weder beim Tannenwirt noch beim Sonnenwirt. — —

Für Emma und ihren kaffeebraunen Hansi brechen eine Reihe recht freundlicher Tage an. Sie hat ja nun etwas zu tauschen, und es geht ihr nicht schlecht dabei.

Eines Abends aber erscheint der Bürgermeister bei ihr, fuchtelt mit einem Brief herum und schreit sie an, warum sie zum Gouverneur gegangen sei.

Emma weiß im ersten Augenblick gar nicht viel anzufangen mit dem aufgeregten Mann. Aber dann sagt sie:

„Weil mir der bucklige Schreiber im Rathaus gesagt hat, ich soll dorthin gehen."

„Der Maurer Sigmund? Was geht denn das den an? Zu mir hättest kommen müssen. Schließlich bin ich der Bürgermeister. Ich kann mich jetzt mit dem saugroben Brief vom Gouverneur abärgern."

„Mit mir war er ganz freundlich", sagt Emma und lügt gleich hinzu: „Wenn wieder einmal was ist, hat er g'sagt, der Herr Kovernör, dann brauch' ich bloß zu ihm kommen."

„Schaut aus, als ob sie nicht bis fünf zähln könnte, und rennt zum Gouverneur", ergrimmt sich Adamer nochmals. Dann wird er sachlich.

„Du kriegst für das Kind von der Gemeinde Lurch im Monat vierzig Mark. Eigentlich allerhand für einen Mischling. Ich möcht dir bloß den guten Rat geben, laß dich mit deinem Negerprinzen nicht zu oft im Dorf sehn. Das macht bloß böses Blut. Und daß wir uns recht verstehen — das Geld gehört fürs Kind und nicht für dich. Du mußt schon für dich selber sorgen, mußt halt arbeiten."

„Und wo soll ich das Kind hintun?"

„Am besten wär's, du gibst es in Pflege, womöglich auswärts."

Emma ist sonst ein geduldiges Menschenkind. Jetzt aber wehrt sie sich ganz entschieden.

„So alt wirst du nicht, Adamer, daß du erlebst, wie ich meinen Hansi weggebe. Warum wird denn bloß auf mir herumgehackt? Bei den andern zwei wird nichts gesagt, weil sie mit ihren Kindern daheim sein können auf dem Hof. Aber weil ich ein armer Teufel bin, meint ihr grad, mit mir könnt ihr tun, was ihr wollt!"

Diese Anklage geht nicht ungehört am Bürgermeister vorbei.

„Eigentlich hast du recht, Emma. Bist immer fleißig gewesen und hast arbeiten mögen. Und daß dir das passiert ist, na ja, das wäre ja weiter nicht so schlimm. Wenn es nur grad nichts Farbiges wäre."

„Da wird sich die Gemeinde schon dran gewöhnen müssen."

„Wollen wir's hoffen. Also ich gebe drüben in der Kanzlei Bescheid, dann kannst du dir das Geld jeden Ersten abholen."

„Dann sag nur gleich dem Buckligen dort, er soll nicht so frech daherreden, weil ich jetzt schon weiß, wo ich hingehn muß."

So bekommt also Emma jetzt Pflegegeld, das sie sofort auf die Raiffeisenkasse trägt und auf Anraten mündelsicher anlegt. Sie geht dahin und dorthin taglöhnern und nimmt ihr Kind überall mit. Allmählich gewöhnt man sich an den braunen Hansi mit seinem schwarzen Schneckerlhaar.

Einmal in der Woche, an ihrem freien Tag, kommt dann Lena zu Emma ins Stübchen. Sie hat es Emma nicht vergessen, daß sie ihr geholfen hat.

„Du bist mein Schicksal geworden", sagt Lena. Wenn das auch nicht ganz stimmt, immerhin hat Emma sie nach Lurch mitgebracht, wo sie sich recht wohl fühlt.

„Wenn einmal wieder Post nach Amerika geht", sagt Lena, „dann schreibst du an die Adresse, die du von ihm hast. Oder am besten ist es, wenn ich es mache. Die Neger sind recht kinderfreundlich, und vielleicht schickt er dir dann auch Carepakete."

Oh, diese Lena! Sie weiß immer, was sie will. Allmählich haben ihre Wangen etwas Farbe bekommen, ihre Augen haben nicht mehr den gierigen Hungerblick, sondern leuchten unter langen Wimpern in einem stillen Feuer, das bei den Lurcher Burschen und Männern nicht unbeobachtet bleibt. Der Bierumsatz im Gasthaus zur Sonne ist erheblich gestiegen, seit Lena dort bedient. Aber Lena läßt sich auf nichts ein. Sie lacht mit jedem und läßt jedem im Glauben, daß er ihr besonders sympathisch wäre.

Nein, sie denkt gar nicht daran, an einen der Männer ihre Gunst zu verschenken. Sie will diesen Platz behalten, bis andere Zeiten kommen, oder bis ihr wirklich einmal einer gefällt, mit dem es sich lohnt, über die Holzbrücke in die Loschawiesen zu gehen. — —

So gehen die Wochen dahin. Das Mädchen Emma wird gefragt, ob sie nicht im Heu mithelfen will. Sie ist eine tüchtige Kraft, aber wo sie auch hinkommt, überall erregt ihr Hansi Mißfallen. Die Lechnerbäuerin, die so fromm ist, daß es schmerzt, sagt rundheraus, daß man so einen Balg ersäufen solle.

Emma stellt den Kinderwagen beim Lechnerbauern in den Apfelgarten und legt ein Holzscheit unter die vorderen Räder, damit das Wägelchen nicht über den steilen Hang hinunterrollen kann zur Loscha.

Da liegt nun der Hansi unter dem Schatten des Apfellaubes und schaut mit seinen großen runden Augen durch die Lücken der Zweige in das Blau des Himmels hinauf. Zuweilen strampelt er mit den Beinen und quietscht vor lauter Lebenslust, während seine Mutter weiter droben auf einer Hangwiese mit dem Lechnerbauern und ein paar Dienstleuten Heu zusammenrecht.

Auf einmal stößt Emma einen entsetzlichen Schrei aus. Die zwei halbwüchsigen Lechnerbuben, der Alois und der Lambertus, haben es anscheinend wörtlich genommen, was ihre Mutter gesagt hat, nämlich, daß man den Negerfratzen ersäufen solle. Sie haben das Holzscheit unterm Kinderwagen herausgezogen, und nun jagt der hohe Kinderwagen in rasender Fahrt über den Hang herunter auf den Fluß zu und stößt aufspritzend ins Wasser.

Die Menschen nennen es später Zufall, Schicksal, Vorsehung oder glückliche Fügung, wie es halt gerade in ihren Wortschatz paßt. Tatsache aber ist, daß um dieselbe Zeit ein Mann über die Brücke geht, als das Kinderwägelchen ins Wasser klatscht. Etwas fällt heraus und versinkt in der Loscha.

Schon schwingt der Mann sich über das Brückengeländer. Er sieht gar nicht mehr, daß das Mädchen Emma mit flatternden Röcken über den Hang herunterrennt und doch wohl zu spät käme, wenn ihn das Schicksal nicht ausgerechnet zu dieser Stunde heimgeführt hätte.

Sehr viel Wasser hat der Hansi gar nicht schlucken müssen, denn die rettenden Arme haben ihn sogleich erfaßt, und nun schwimmt der Mann mit ein paar kräftigen Stößen auf das Ufer zu und legt das Kind der schluchzenden Emma in die Arme.

Er sieht wohl, daß es ein Mischlingskind ist, aber er denkt darüber nicht nach. Wozu auch? Es ist ein Menschenkind, und es ist in Not gewesen. Es ist ganz rührend, mit welcher Inbrunst Emma das Kind herzt, bis sie sich endlich besinnt und zu dem Retter aufschaut, der mit triefenden Kleidern vor ihr steht. Ein zögerndes Erkennen und dann ein dankbares Aufschluchzen.

„Du bist es, Bruckner Martin? Dich hat der Herrgott im rechten Augenblick heimgeführt. Vielleicht kann ich es dir einmal lohnen, Martin."

Martin Bruckner lächelt ein wenig.

„Ist das dein Kind, Emma?"

„Ja", sagt Emma und schlägt die Augen nieder. „Brauchst mich aber nicht gleich verachten deswegen."

„Nein, warum denn? Dazu hab ich kein Recht." Er beugt sich ein wenig nieder und betrachtet das Kind. „Ist das aber ein hübsches Kerlchen! Du mußt ein bißl besser obacht geben auf ihn, Emma."

„Was hilft denn das ganze Obachtgeben, wenn sie es darauf anlegen, mein Kind zu ersäufen? Ich hab es schon gesehn, wie sie das Holzscheit weggezogen haben, die Lechnerbuben."

Zusammen ziehen sie dann das Kinderwägelchen, das sich an einer Staude verfangen hat, heraus. Emma legt Heu hinein und bettet ihr Kind darauf. Dann faßt sie nach Martin Bruckners Händen.

„Ich sag dir halt tausendmal Vergelts Gott! Und wenn ich dir auch einmal einen Gefallen tun kann —

oder wenn du mich brauchst, zur Arbeit, zu euch komm ich gern. Bloß zum Lechner geh ich nie wieder."

Dann schiebt sie den Wagen langsam durch Unterlurch auf das kleine Häusl am Ende des Dorfes zu, in dem sie wohnt.

*

Am Abend dieses Tages sitzt Martin Bruckner, der Heimgekehrte, seinem Vater in der Stube gegenüber. Er hat sich die Bartstoppeln aus dem Gesicht rasiert, hat sich im Waschhaus den Staub vieler Monate heruntergebadet und kommt sich nun endlich vor wie ein Mensch.

Sein Gesicht ist schmal und ausgemergelt von den Entbehrungen des Lagerlebens. Ja, er ist nicht mehr ganz der drahtige Bursch, der einst in den Krieg gezogen ist. Ein ernster, stiller Mensch ist heimgekommen, der so müde ist, daß ihm manchmal die Augen zufallen bei der langsam plätschernden Stimme des Vaters, der ihm zu erklären versucht, wie sein Leben fortan verlaufen werde. Es sei ja nun vorbei mit Brückenbauen und anderem.

Einmal hebt Martin müde die Hand.

„Aber Vater, das weiß ich doch alles längst. Meine Träume sind tot, ich werde statt Ingenieur Bauer sein und es mein Leben lang bleiben."

„Nicht so, Martin. Du sagst das gerade so, als wäre ein Urteil über dich gefällt worden."

„So ähnlich ist es ja wohl auch, Vater. Dieser verdammte Krieg hat doch alles über den Haufen geworfen und hat alle Pläne zerstört. Nicht nur die meinen. Wir hatten einen Klaviervirtuosen in unserer Kompanie, dem hat es beide Hände weggerissen. Der ist noch tausendmal schlechter dran als ich."

„Na also, wenn du das nur einsiehst."

Der Bruckner ist ein etwas untersetzter Mann, mit breiten Schultern und einem dichten grauen Haarschopf über dem massigen Kopf. Vor ihnen auf dem Tisch steht eine Flasche Wein, eine von den letzten, die über die ganze Zeit aufbewahrt worden sind für irgendeine festliche Gelegenheit, für eine Stunde wie diese, da der Sohn heimgekehrt ist und alle Angst, daß es ihn auch noch erwischen könnte, zerflattert ist.

Der Bruckner hebt sein Glas.

„Komm, Bub, stoß an mit mir, auf deine glückliche Heimkehr und — auf die Zukunft!"

Die Gläser klingen zusammen, der Bruckner setzt sein Glas ab, spielt eine Weile mit dem dünnen Stiel und hebt dann ruckartig die Augen.

„Es hätte eigentlich Zeit bis morgen oder bis übermorgen. Aber weil wir jetzt schon bei dem Thema sind — nachdem Vitus gefallen ist, wirst du wohl oder übel die Scheidegger Monika heiraten müssen."

Ohne zu überlegen, stößt Martin die Antwort heraus:

„Das kommt überhaupt nicht in Frage."

Die grauen Augenbüschel des Bruckners heben und senken sich.

„Warum gleich nein? Die Monika ist ein strammes Mädl, und es war so ausgemacht, daß sie einmal Brucknerbäuerin wird. Meinst du denn, das geht nicht?"

„Nein, das geht nicht, Vater. Erstens ist die Monika nicht mein Typ, und zweitens weißt du ganz gut, daß ich mich mit der Förster Therese versprochen habe."

„Das weiß ich. Aber es hat sich doch alles geändert. Du brauchst jetzt keine Therese mit Schulbildung, sondern eine Bäuerin, die etwas versteht von Haus und Hof."

„Das kann die Therese alles lernen. Was meinst du, was ein Mensch lernen kann, wenn er muß! Man hat sogar lernen müssen, Menschen zu erschießen, die einem nie etwas getan haben."

„Ja, ja, ist schon recht. Ich wollte nur wissen, wie du darüber denkst, Martin."

„Jetzt weißt du es. Und eigentlich hätte ich heute noch ins Forsthaus gehen müssen. Aber ich bin wirklich zu müde. Und der Wein — er macht so schwer, ich bin so was nicht mehr gewohnt. Und das mit der Scheidegger Monika — du weißt ja jetzt Bescheid."

„Ja, nun weiß ich Bescheid."

Der Bruckner ist kein herrschsüchtiger Mensch, der sich in eine Idee verrennt, die er unter allen Umständen verwirklichen will. Es wäre schön gewesen, ja, weil er es dem Scheidegger vor Jahren versprochen hat. Aber er sieht ein, daß ein Mensch etwas anderes ist als ein Anzug, den man wechseln kann. Vitus und Monika, sie haben gut zueinander gepaßt. Aber das sagt noch lange nicht, daß auch Martin und Monika zusammenpassen würden. Das muß der Scheidegger schließlich auch einsehen.

Für Martin scheint dieses Thema sowieso schon erledigt zu sein, denn nun fragt er:

„Wie steht es denn mit deiner Gesundheit jetzt, Vater?"

Der Bruckner zuckt die Schultern.

„Könnte besser sein. Das Herz will halt nimmer recht, und aufregen sollt' ich mich überhaupt nicht. Aber man hat halt allweil seinen Ärger mit den Leuten. Jetzt will die Kathi heiraten, und wir bräuchten wieder eine ins Haus. Du glaubst gar nicht, wie schwer man jemand Zuverlässiges auftreiben kann."

Martin starrt nachdenklich vor sich hin. Es wird ihm wohl nichts anderes übrigbleiben, als so schnell wie möglich zu heiraten.

Da fällt ihm plötzlich etwas ein.

„Vater, ich glaube, ich wüßte eine."

Ungläubig schaut der Alte auf.

„Ich meine diese Emma Bromberger", spricht Martin weiter.

„Ach, die", antwortet der Bruckner und macht eine wegwerfende Handbewegung.

„Also denkst auch du wie alle anderen. Eigentlich ist das doch gar nicht deine Art, Vater. Ich habe heute ihr Kind aus dem Wasser gezogen, das hab ich dir bereits erzählt. Hätte ich es vielleicht ertrinken lassen sollen, bloß weil es braun ist? Als ob so ein armes Würmerl was dafür könnte! Aber du kannst es dir ja noch überlegen. Mir fällt gerade was anderes ein. Hinterm Bahnhof habe ich eine Baracke gesehen. Was ist das?"

„Ja, da hat einer von den Heimatvertriebenen eine Handschuhfabrik aufgemacht. Am Anfang haben wir alle bloß mitleidig gelächelt. Aber der Mann setzt sich durch. Übrigens — die Heyden Therese arbeitet dort im Büro."

„Im Büro? Therese?" fragt Martin erstaunt. Dann lächelt er vor sich hin. Natürlich, denkt er. Sie wird nicht daheimsitzen und dem Nichtstun frönen wollen. „Ich werde gleich morgen früh ins Forsthaus gehn", sagt er und begreift auf einmal nicht, warum er es nicht heute schon, gleich nach seinem Heimkommen getan hat.

Ach ja, er muß sich erst an alles gewöhnen, er ist wohl noch nicht ganz daheim. Er hat gebadet, ist gesättigt, hat Wein zu trinken, und der Vater sitzt vor ihm; die Verläßlichkeit selber, die alte, gute Ordnung, das alles verkörpert dieser Vater. Und doch ist Martin auf einmal zu Mute, als sei er noch nicht völlig eingelassen in den häuslichen Kreis, als habe er noch auf etwas zu warten, bis man ihn ganz einlasse. Sein Körper ist schon da, aber die Gedanken sind noch ausgesperrt, sie sind noch weit weg, bei den Toten, die er gesehen hat, oder im Lager hinter dem Stacheldraht.

Ach ja, denkt er wieder, ich hätte doch gleich zu Therese gehen sollen. Der Vater ist gut und tröstlich. Er hat mit zitternder Hand das graue Tuch gestreift und dann die bärtige Wange, hat feuchte Augen gehabt und leise gesagt: „Weil du nur wieder da bist, Martin!"

Therese hätte vielleicht beide Arme um seinen Hals geschlungen, hätte ihn geküßt, alles fortgeküßt, das Grauen, die Toten und das Lager, und er wäre gleich vollends mit allen Sinnen daheim gewesen.

Martin steht auf und geht hinaus. Vielleicht ist es

der ungewohnte Wein, der ihm das Denken ein wenig vernebelt. Man soll keinen Wein trinken, wenn es im Lager nur Wasser gab. Er lehnt draußen am Stamm des alten Spalierbaumes, der seine Äste unter dem Balkon über die halbe Hauswand hinbreitet. Die Sternbilder hängen über ihm. Aus dem Stall kommt leises Kettengeklirr, und man hört die Loscha leise rauschen.

Einmal hört man auch Menschenstimmen, die kommen vom Wirtshaus her, und Martin denkt, daß vor Jahren auch seine Stimme einmal dabeigewesen ist, ein bißchen laut, ein bißchen grölend, wie man eben singt oder redet, wenn man etwas zuviel getrunken hat.

Er denkt an Therese, an ein paar glühende Nächte, die gewesen sind mit ihr. Und es ist doch nicht die allesumfangende Sehnsucht, die er in dieser Stunde empfindet. Sonst hätte er jetzt gehen müssen, immerzu gehen, bis zu den alten Tannen, die um das Forsthaus rauschen. Aber etwas hält ihn zurück. Er ist noch nicht aus dem Dunkel heraus, und er kann noch nicht begreifen, daß keine Sirene mehr über das Lager hingellt, daß es keine Scheinwerfer sind, die alles erhellen, sondern der alte, gute Mond, der über den Bergen steht und über der Heimat, die sich nicht gewandelt hat, die er aber erst suchen und wiederfinden muß.

So legt er sich schlafen und wird erst geweckt durch das leise Läuten, mit dem die Sensen gedengelt werden in der roten Morgenfrühe, als der Tau noch über der schlafenden Welt liegt.

*

Der Sommer weht über das Land hin. Das Heu ist eingebracht, das Korn wird weiß an den Spitzen, da und dort sieht man schon die Stoppeln eines abgemähten Feldes, auf dem Wintergerste gestanden hat.

Es ist für Martin Bruckner gar nicht so einfach, Bauer zu sein. Er hatte ja Ingenieur werden wollen und sich allem Bäuerlichen schon entfremdet. Dann haben seine Hände ein Gewehr gehalten, die sich jetzt um die Sterzen eines Pfluges legen sollen oder um den Griff einer Sense.

Erst mit der Zeit spürt Martin das Gesegnete seiner Tätigkeit und wird sich wieder bewußt, daß die Erde eine Mutter ist. Und es tröstet ihn, weil er weiß, daß es anderen Heimgekehrten nicht viel anders ergeht. Der Heinzl Alois findet überhaupt nicht mehr ganz heim und ergibt sich dem Trunk. Er sitzt Tage und halbe Nächte lang im Gasthaus zur Sonne, wo ein wunderschönes Frauenzimmer mit kupferdunklem Haar den Gästen mit einem Zauberlächeln das Bier mit acht Zentimeter hohem Schaum hinstellt und trotzdem keiner wagt, sie auf das schlechte Einschenken aufmerksam zu machen, weil jeder auf seine Weise in dieses Mädchen verschossen sein soll.

Das weiß Martin von Emma, die jetzt auf dem Brucknerhof arbeitet. Sie kommt am frühen Morgen, zieht das Leiterwägelchen, in dem ihr kaffeebraunes Büberl liegt, hinter sich her, arbeitet mit Lust und Hingabe in Haus und Hof und kehrt in der sinkenden Dämmerung in ihr Stübchen im Armenhaus zurück. Im Brucknerhof stört sich niemand an dem Knäblein. Im Gegenteil, die Mannsleute haben ihre Freude an dem drolligen Kerl, und die Weibsleute verschwenden das Allerweibermitleid an das Kind, das nun schon aufrecht sitzen kann und mit seinen schwarzen, kugelrunden Augen so fröhlich in die Welt schaut.

Emma erzählt Martin auch, daß die kupferdunkle Schönheit vom Gasthaus zur Sonne für sie einen Brief nach Amerika geschrieben, in dem sie einem gewissen Jimmy Andrewsen mitgeteilt hat, daß in Lurch herüben sein Ebenbild vorhanden sei und ein Mädchen namens Emma sich die Augen ausweine nach ihrem geliebten Jimmy.

Natürlich wird darauf niemals eine Antwort kommen. Der Brief kommt vielleicht gar nicht an, oder die zurückgelassene Anschrift ist falsch gewesen.

Martin kümmert sich um derlei Dinge nicht. Er ist seit seiner Heimkehr nur einmal im Wirtshaus gewesen, bei einer von der Gemeinde veranstalteten Heimkehrfeier, die aber beim Tannenwirt in Oberlurch stattgefunden hat. Um so öfter ist er im Forsthaus. Samstagsabends und sonntags auf alle Fälle. Die Försterleute haben sich am Anfang nur schwer damit abfinden können, daß ihre einzige Tochter eine Bäuerin werden soll. Aber Martin wie Therese haben alle ihre Zweifel zu zerstreuen gewußt.

An einem Sonntag nun, als Therese ganz allein zu Hause ist, kommt Martin schon gleich nach der Frühmesse zu ihr. Des Försters Schwester ist gestorben, und die Eltern sind am Abend vorher schon weggefahren, ins Oberfränkische zur Beerdigung, und wollen erst am Montag wiederkommen.

Der Himmel hängt wie Seide über dem Land, und die Berge stehen in einer so glasklaren Schönheit über dem dunklen Bergwald, wie sie nur zu sehen sind in jener Zeit, in der die Sommertage schon langsam in den Herbst hineinsegeln wollen.

Während Therese in der Küche hantiert, sitzt Martin auf der Hausbank, hat die Arme über der Brust verschränkt und schaut zu den Bergen hinauf. Die Holzwand, an der sein Rücken lehnt, ist von der Sonne durchwärmt, und es ist ihm, als ströme die Wärme durch seinen ganzen Körper und erfülle die Wurzeln seines Herzens bis in die Tiefe hinein. So restlos und sattsam zufrieden ist er. Er fühlt sich nicht mehr verloren wie in den ersten Tagen nach seiner Heimkehr. Das Schicksal hat ihn aufgehoben und wird ihn nie mehr fallen lassen. So sehr ist er nun eingebettet in den Frieden der Heimat und in das Glück, das Therese ihm schenkt.

Aus dem geöffneten Küchenfenster kommt ein herrlicher Bratenduft, und manchmal hört er auch Thereses Stimme, wenn sie leise vor sich hin singt.

Einmal beugt sie sich aus dem Fenster.

„Weißt du, Martin, wie es mir heute vorkommt? Genau so, als wären wir bereits verheiratet und ganz allein auf der Welt."

„Das kommt davon, weil wir noch niemals so allein waren, einen ganzen, langen Tag."

„Und der Tag ist noch längst nicht zu Ende."

Er streckt die Hand hinter sich, bekommt ihren Arm zu fassen und zieht ihr Gesicht nahe zu sich herunter.

„Ach, Therese, ich hätte nie geglaubt, daß das Leben noch soviel Schönes für mich aufbewahrt hat."

„Doch, ich habe fest daran geglaubt, Martin."

„Obwohl sich für uns beide alles grundlegend geändert hat?"

Sie küßt ihn und läßt ihre Finger durch sein Haar spielen.

„Doch nur äußerlich, Martin. Du — ich freue mich jetzt in der Art, wie ich zuerst Angst gehabt habe."

„Vor was denn Angst?"

„Vor allem eigentlich. Nur nicht vor dir. Vor deinem Vater hatte ich ein wenig Angst, vor dem Hof, und daß ich mich vielleicht nicht einfügen könnte in deine bäuerliche Welt."

„Der Vater sagt immer, daß er sich keine Bessere wünschen könnte, seit er dich wirklich kennt."

„Einen Augenblick, Martin — sonst brennt mir das Fleisch an."

Man hört ein zischendes Geräusch. Stärker als vorher strömt der Bratenduft durchs offene Fenster. Ein Schwalbenpärchen flattert unterm Türstock geschäftig aus und ein. Schwer hängen die Geranien über das Geländer des Holzbalkons, und im Pflanzgarten duften die Rosen.

Therese kommt jetzt heraus; sie setzt sich zu Martin auf die Bank, nimmt seine Hand und schaut ihn an.

„Ich möchte dir gern einmal etwas sagen, Martin." Sie küßt ihn zuerst und fährt dann fort: „Immer wirst du mir ja nicht treu gewesen sein. Ich weiß ja, wie die

Soldaten waren. Aber das interessiert mich jetzt weniger."

„Um dir untreu zu sein, hätte ich nicht Soldat werden müssen", unterbricht er sie. „Als Student in Tübingen und später in München hätte ich Gelegenheit genug dazu gehabt."

„Ja, ich weiß, ich habe auch immer Vertrauen gehabt. Das grenzenlose Vertrauen ist das Wunderschönste an meiner Liebe zu dir, und es wäre das Furchtbarste für mich, wenn du mich einmal enttäuschen würdest. Sollte irgend einmal etwas sein, dann bitte, sei ganz offen und ehrlich zu mir!"

Er nimmt ihr Gesicht in seine Hände und schaut sie an.

„Wie kommst du denn auf so was? Ich werde dich nie enttäuschen, Therese. Am besten wird sein, wir heiraten in diesem Herbst noch."

Sie lehnt ihre Stirn gegen die seine.

„Ich verspreche dir, Martin, daß ich mir alle Mühe geben werde, so zu sein, wie du es von einer Brucknerin erwartest. Du mußt halt ein bißchen Geduld mit mir haben, es ist doch eine große Umstellung für mich."

„Wieviel Geduld?" fragt er und zärtelt schon wieder. „Weißt du auch, was so ein Hof von dir erwartet?"

Sie nickt mit geschlossenen Augen.

„Wieviel denn? Vier oder fünf?"

„Jedenfalls mehr als zwei, weil uns gerade der Krieg gezeigt hat, wie er die Buben wegfrißt."

„Ja, ich weiß, Martin. Meinetwegen ein halbes Dutzend Buben. Was wäre denn das Leben, trügen wir es nicht in den Kindern weiter? Malvine sagt immer, wenn sie die Kinder nicht gehabt hätte, dann hätte sie die Strapazen der Flucht gar nicht ertragen."

„Wer ist Malvine?"

„Die Frau von Werner Blank."

„Ach ja. Geht denn der Betrieb überhaupt?"

„Du wirst lachen, Martin, irgendwie bekommt er immer Aufträge und treibt auch Material auf. Ich glaube, die Fabrik hat noch eine Zukunft."

„Ich habe sagen hören, daß er auf dich sehr viel hält."

„So? Na ja, jedenfalls war ich froh, etwas angeboten zu bekommen, das mir Freude macht. So mithelfen zu können bei einem Aufbau, das hat einen ganz besonderen Reiz. Ich habe dir doch erzählt, wo ich Herrn Blank kennengelernt habe. Manchmal muß man sich wundern, wie der Zufall spielt, Aber nun komm, Martin, das Essen ist fertig." — —

Am Nachmittag strolchen sie im Wald herum. Sie sind wie Kinder, losgelöst und wie befreit von aller Schwere. Voller Übermut springen sie über Wurzeln und Steine und gebärden sich wie Siebzehnjährige, denen das Rezept für Albernheiten nicht ausgeht und die nicht müde werden, immer Neues zu erfinden, ohne zu bedenken, daß alles Scherzen und aller Übermut nichts ist als eine andersgeartete Variation ihres Liebens.

Auf einem einsamen Kahlhieb, wo wilder Weißdorn blüht, liegen sie dann im hohen Gras und sehen zu den kleinen weißen Wolken auf, die am Himmel dahinschwimmen.

Ein traumhafter, fast unwirklicher Tag. Ganz ferngerückt von allem Grauen, das sie beide einmal umfangen hat, ihn im Gedröhn der Schlachten, sie in den Lazaretten, in denen es nicht viel stiller war. Sie haben gewußt, daß Grauen und Not nicht ewig dauern werden, aber sie meinen, daß dieses nun Ewigkeitswert hat und nie mehr vergehen wird — dieses glückliche Rasten unter der wärmenden Sonne, das Umschlungensein, die Küsse und jede Liebkosung, die nicht nur für diese Stunde ist, sondern für alle Zukunft.

Und während Therese dies alles bedenkt, hat Martin die Augen geschlossen. Ganz verklärt schaut sie auf ihn nieder, auf seine faltenlose, braungebrannte Stirn, auf seinen Mund, der manchmal so knabenhaft streng ist, auf seinen Hals, an dem die kleine Ader schlägt.

Vielleicht ist Therese sich noch nie so sehr bewußt gewesen, wie sehr sie ihn liebt. Sie sieht den Weg vor sich, den sie mit ihm gehen wird. Es werden nicht nur Rosen blühen auf diesem Weg, es werden auch Dornen dabei sein. Um ihrer Liebe willen ist sie bereit, aus einem ruhig begrenzten Leben herauszutreten, in seine Welt hinein, in seine bäuerliche Welt. Sie wird ihre Stellung, die sie so liebgewonnen hat, aufgeben müssen, und Werner Blank wird sie fragen, ob sie sich diesen Schritt auch wohl überlegt habe.

Wenn man so von Herzen liebt, gibt es kein Überlegen, man darf dann nicht abwägen, sondern muß bereit sein, sich in einen Himmel heben zu lassen, auch wenn nicht immer alles himmlisch sein wird.

Wie ein flammendschöner Traum mutet diese Stunde

an. Ein Zitronenfalterpärchen taumelt in süßer Tändelei zwischen den Weißdornhecken hin und her. Einmal hört man die Kirchenuhr von Lurch schlagen, dann das Rollen der Kugel auf der Kegelbahn und lachende Männerstimmen. Das alles klingt so fern, als käme es weit hinter den Bergen her.

In diese Stille hinein fällt Therese etwas ein.

„Seit dieser Mädchenkummer hier ist, macht der Sonnenwirt sein bestes Geschäft."

Martin öffnet die Augen und blinzelt ein wenig.

„Seit wer hier ist?"

„Diese neue Bedienung beim Sonnenwirt. Man nennt sie allgemein Mädchenkummer, weil alle Burschen in sie wie vernarrt sind."

„Bloß ich nicht", lacht er. „Weil ich sie nämlich gar nicht kenne."

„Es ist zu verstehen, soweit ich es beurteilen kann. Sie hat schon etwas an sich, eine ganz eigenartige Schönheit, eine fremde Schönheit vielleicht, etwas Rassiges, das betörend wirkt."

„Das kann schon sein. Für mich aber bist du die Schönste, Therese."

„Das will ich auch hoffen", lacht sie und blickt zum Himmel hinauf, der im Westen schon gelblich zu zittern beginnt.

Irgendwo klopft ein Specht mit betörender Schnelligkeit in einen Stamm. Der Schönwetterwind trägt jetzt die Laute des Dorfes noch deutlicher aus der Tiefe herauf. Auch die Loscha hört man rauschen, und langsam will der Sonnentag zu Ende gehen.

Sie tragen das Wunder dieses Tages in ihren Herzen und gehen langsam, Hand in Hand, im stetig wachsenden Abendrot heimwärts.

*

Der Bruckner wartet vor dem Tannenwirt noch auf den Pfarrer, weil sie gemeinsam ein Stück Weg haben. Die Nacht ist schon ziemlich frisch, die Luft riecht nach dürrem Gras und verbranntem Kartoffelkraut.

„Jetzt ist es ganz schnell Herbst geworden", meint der Pfarrer, als sie so dahinwandern.

„Aber wir haben heuer alles gut 'reingebracht. Und morgen säen wir noch das Korn auf dem Loschaacker drunten."

Die Schritte der beiden hallen laut auf dem grobbekiesten Weg. Der Bruckner bleibt einmal stehen und schaut zu den Sternen hinauf, die heute wie unter einem feinen Schleier nur matt glänzen.

„Wie steht es denn heuer, Bruckner?" fragt der Pfarrer. „Kann ich wieder ein Fuder Mist haben für meinen Garten?"

„Ja, ja, ich vergesse es nicht. Der Honig ist auch schon lang hergerichtet. Daß ich's nicht vergesse, Pfarrer — nächste Woche eine Messe für meine Margret. Zehn Jahre ist es jetzt schon her, daß sie gestorben ist."

„Zehn Jahre sind das schon wieder? Wie doch die Zeit vergeht. Na ja, jetzt kommt ja bald eine neue Bäuerin auf den Hof."

Der Bruckner seufzt, zieht ein Taschentuch und schneuzt sich.

„Weil der Vitus nimmer heimgekommen ist, läuft halt jetzt alles anders, wie ich mir's einmal gedacht hab."

„Ja, ich verstehe. Aber gegen die Förster Therese ist nichts zu sagen. Sie ist ein feiner Mensch."

„Eben darum. Für eine Bäuerin vielleicht zu fein."

„Ich hab gemeint, ein Mensch mit einer feinen Seele."

„Ja, das stimmt. Ich versteh mich auch gut mir ihr, und ich glaube, der Martin kann keine Bessere kriegen."

Inzwischen sind sie vor dem Brucknerhof angekommen. Im schummrigen Zwielicht sieht man die Sämaschine unter dem weit vorspringenden Dach der Remise stehen. Die Metallteile schimmern matt. Daneben steht der Truhenwagen mit gefüllten Säcken.

„Wie geht es dir jetzt mit deiner Gesundheit, Bruckner?" fragt der Pfarrer.

„Besser. Unberufen, besser. Es sticht mich jetzt nimmer so, und schnaufen tu ich auch leichter."

„Ja, dann gute Nacht, Bruckner. Und vergiß nicht mein Fuder Mist."

„Nein, vielleicht lasse ich es gleich morgen hinfahren."

Sie reichen sich die Hand, so wie in all den langen Jahren, wenn sie am Freitagabend vom Gesellschaftstag heimgehen, dann geht der Bruckner ins Haus. Die Haustür schlägt hinter ihm zu. Es werden ein paar Fenster zu ebener Erde hell, indessen der Pfarrer allein durch die Nacht zum Pfarrhof geht.

Der Bruckner zieht in seiner Stube die Gewichte der Standuhr hoch, legt die Schuhe ab und schlüpft in die Pantoffeln. Dann taucht er seine Finger ins Weihwasserkesselchen neben der Tür, bekreuzt sich und geht über die Stiege hinauf in seine Schlafkammer. Dort reißt er die Fenster ganz weit auf, weil er stets, auch im Winter bei strengster Kälte, bei offenem Fenster zu schlafen pflegt.

Eine Weile betrachtet er noch die Sterne, die leicht verschleiert droben hängen. Er hört die Loscha rauschen und den Schlag der Kirchenuhr. Einmal tritt ein Pferd heftig gegen die Bohlen, dann wird es ganz still. Nur der Wind raschelt in den schon kahlwerdenden Bäumen, von Zeit zu Zeit klatscht ein Apfel ins Gras, und drunten in der Stube schlägt die Standuhr die zehnte Nachtstunde. Ihre melodischen Schläge hört man durch die Holzdecke bis hier herauf.

Ein Fuder Mist für den Pfarrer, denkt der Bruckner. Und die zehn Pfund Honig. Dann streicht er das Deckbett glatt, hustet noch ein paarmal und ist schon eingeschlafen. — —

Ganz spät, um Mitternacht erst, geht der Mond auf und wandert langsam durch die Stunden. Er steht gerade über den Hof, als es dort schon wieder lebendig wird. Ein Knecht stößt die Stalltür auf, reibt sich die Augen und schaut in den Nebel, der aufgestanden ist und in gläserner Trägheit über allen Dingen hängt. Kurz nach ihm kommen die Magd Burga und der Stallbub Jörgl. Die Milchkübel scheppern, droben ächzt das Tennentor in den Angeln. Langsam, ganz langsam erwacht der Tag.

So gegen sechs Uhr zieht Emma mit dem Leiterwägelchen auf den Hof zu. Der kleine Hansi schläft noch fest. Er wird in der Stube auf das alte Ledersofa gebettet. Emma stellt einen großen Topf mit Milch auf und richtet die irdenen Schüsseln her, denn auf dem Brucknerhof ist es längst nicht mehr Brauch, daß aus einer gemeinsamen Schüssel gegessen wird.

Um sieben Uhr herum erscheint dann meist der Bruckner selbst. Für ihn gibt es einen nicht zu starken Kaffee, ein weichgekochtes Ei und Honig. Heute aber sitzen sie alle schon bei der Morgensuppe, und der Bauer erscheint nicht. Er ist auch nach dem Frühstück noch nicht da. Aber niemand denkt sich etwas dabei. Zuweilen schläft der Bruckner, seit Martin wieder daheim ist, jetzt einmal länger.

„Vielleicht hat er gestern ein bißl über den Durst getrunken", meint Emma.

„Das glaubst du doch selber nicht", antwortet Martin. „Höchstens zwei Halbe, dann ist beim Vater Schluß. Er wird halt einmal länger schlafen wollen."

Kurz danach fahren die Gespanne aus dem Hof. Martin lenkt die zwei Füchse, die die Sämaschine ziehen. Der Knecht fährt den Truhenwagen mit den Kornsäcken, auf denen der Jörgl sitzt. Der Nebel ist stärker geworden, von der Loscha zieht es ganz milchig herauf und verhüllt die Gespanne, daß man einander nicht mehr sieht. Der Acker dampft, dicke Schwaden wehen über die dunkle Fläche hin. Martin öffnet den Deckel der Sämaschine, sie füllen den Kasten mit

Korn, klirrend schlägt der Deckel wieder zu. Er nimmt in die eine Hand die Zügel, in die andere die Leitstange der Sämaschine.

Der Knecht wirft die breite Egge vom Wagen und spannt die beiden Braunen davor. Das Tagwerk beginnt fast lautlos. Nur die hohen Räder der Sämaschine quietschen ein wenig, wenn sie über eine harte Scholle gehen. Unhörbar rinnt das Korn durch die langen Röhren in den Boden. Der Jörgl geht mit einem Stecken neben Martin her und hat darauf zu sehen, daß sich zwischen den Pfeifen nichts verstopft.

Sie fahren die große Ackerlänge hin, und beim Umwenden achtet Martin bedachtsam, daß er auf Handbreite genau neben der Saatreihe ansetzen kann, die er vorher auf der Herfahrt gezogen hat.

Nach kurzer Zeit schon lichtet sich der Nebel, steigt hoch. Bäume und Büsche werden frei, nur über dem Wasser zieht noch ein feiner Dampf hin. Man sieht den Heiligen auf seiner Brücke stehen, das Kreuz auf dem Kirchturm beginnt zu flimmern, die Glocke zur Frühmesse läutet hell. Die Sonne steht auf einmal in einem lichten Himmel und überflutet alle Hänge und alle Höfe im weiten Umkreis.

Als sie das drittemal den Acker entlang fahren, stupst der Jörgl den jungen Bauern an.

„Da kommt jemand vom Hof 'runtergerannt."

Martin hält das Gespann an und schaut mit schmalen Augen den Hang hinauf.

„Die Emma ist es. Was will denn die?"

Ein bißchen unruhig geworden, fährt er weiter. Aber

dann sieht er Emma quer über den Acker daherrennen und hört ihre vor Erregung schreiende Stimme:

„Der Bauer — der Brucknervater!“

Die Zügel spannen sich, die Füchse bäumen sich unter dem harten Ruck und stehen still.

Die Emma ist inzwischen herangekommen. Ihr Gesicht ist von Tränen überströmt, ihr Atem geht keuchend.

„Was ist mit dem Vater?“ fragt Martin.

„Ich weiß nicht. Wie die Sonn langsam ’rausgekommen ist, und der Bauer kommt immer noch nicht von seiner Kammer ’runter — da hab ich mir denkt, schaust einmal ’nauf zu ihm, hab ich mir denkt — vielleicht will er den Kaffee ans Bett haben, wie schon ein paarmal, wenn er nicht gut beieinander war — —“

Das karge Mienenspiel in Martins schmalem Gesicht spiegelt sichtbar Unverständnis und Schrecken.

„Red’ weiter! Was ist mit dem Vater?“

„Ich weiß nicht — er rührt sich nimmer. Ich hab ihn angeredet, aber er gibt keine Antwort.“

Martins Faust um den Lenkgriff der Sämaschine schließt sich so fest, daß die Knöchel weiß hervortreten. Dann geht ein Ruck durch seinen Körper.

„Vielleicht schläft er so fest“, meint er wie in zager Hoffnung.

„Ich weiß nicht, Martin — er liegt so merkwürdig still da.“

Langsam löst sich Martins Hand vom Lenkgriff, das Leitseil fällt zur Erde. Er rennt davon, mit langen, weiten Schritten rennt er den Berg hinauf.

Und wenn er geflogen wäre, er wäre doch zu spät gekommen. Still und schon mit wächsernem Antlitz liegt der Bruckner in den Kissen, seine rechte Hand liegt gekrümmt auf dem Herzen, die Augen stehen nur einen ganz kleinen Spalt offen.

Zu oft hat Martin den Tod schon gesehen, um nicht zu erkennen, daß er auch hier gewesen ist. In der Nacht vielleicht schon, oder in den frühen Morgenstunden. Trotzdem legt er sein Ohr an die Brust des Vaters, ob er nicht doch einen leisen Schlag vernehme. Aber das Herz steht so still wie die Luft über dem Mann, der gestern noch so hoffnungsvoll vom Säen gesprochen hat.

Nein, es hilft nichts mehr. Auch der herbeigerufene Arzt kann nur Tod durch Herzschlag feststellen, und kurze Zeit darauf läutet schon das Sterbeglöcklein durch das Dorf.

Mit Windeseile geht es von Haus zu Haus, von Stube zu Stube: Der Brucknerbauer ist gestorben!

Therese Heyden spannt gerade einen neuen Bogen in die Schreibmaschine, als Werner Blank zum Diktat hereinkommt.

„Der Brucknerbauer soll gestorben sein“, sagt er. „Ist das nicht der Vater Ihres —?“

Therese wird blaß, starrt zum Fenster hinaus in die nun flimmernde Sonne, die gleißend über dem Bahnhofsgelände liegt. Dann steht sie auf.

„Das wäre furchtbar“, sagt sie und starrt über die Hügel zum Brucknerhof hinauf. Über dem Dachfirst fliegt ein Dutzend weiße Tauben, und der Rauch aus der Esse steigt zuerst gerade auf und beugt sich dann ein wenig unter dem leise wehenden Wind.

„Entschuldigen Sie, bitte — ich bin wie vor den Kopf geschlagen. Ich kann es kaum fassen — gestern habe ich noch mit ihm gesprochen."

„Ich sehe, daß es Ihnen nahegeht. Wenn Sie weggehen wollen, Therese, selbstverständlich können Sie frei haben." — —

Als Therese auf dem Brucknerhof ankommt, hat man den Bauern bereits unten im Flur unter dem böhmischen Gewölbe aufgebahrt. Starr und steif steht Martin davor und schaut unverwandt in das bleiche Gesicht. Emma hat dem Toten die Haare aus der Stirn gekämmt. Ganz friedsam liegt er da, als schlafe er nur.

Leise tritt Therese neben Martin und sucht seine Hand.

„Das ist furchtbar, Martin."

Langsam wendet er das Gesicht zu ihr.

„Ja, es ist furchtbar, weil es so unvermutet gekommen ist."

Das Mädchen Emma schleicht schüchtern heran, hat ihren Buben auf dem Arm und hebt ihn hoch, damit er den tiefschlafenden Mann sehen kann, der immer so gut zu ihm gewesen ist, der manchmal mit seiner schweren Hand über Hansis Schneckerlhaar gestrichen und ihm einen Apfel entzweigeschnitten, geschält und geschabt hat, weil der Bub ihn anders noch nicht hätte essen können.

Ganz schnell und ohne daß jemand es merkt, läßt

Emma ein paar Zwergastern in den Sarg fallen. Dabei laufen ihr die Tränen über das pausbackige Gesicht, als sei es ihr eigener Vater, der dort auf dem kalten Schragen liegt.

*

Drei Tage später wird der Brucknerbauer zu Grabe getragen, und Pfarrer Ramschl hält seinem toten Freund eine so ergreifende Grabrede, daß alle Umstehenden etwas wie Ehrfurcht überkommt. Er malt sozusagen ein Porträt des Verblichenen, aus dem alle Vorzüge und guten Charaktereigenschaften leuchten. Sehr viele Menschen sind gekommen, außer der Verwandtschaft fast aus jedem Lurcher Haus jemand und von auswärts viele Bekannte. Besonders die auswärtige Verwandtschaft interessiert sich weniger für das Gemälde, das der Herr Pfarrer am offenen Grab malt, sondern vielmehr für das hochgewachsene, blonde Mädchen, das schwarzgekleidet neben dem Bruckner Martin steht, als gehöre sie unabweisbar an seine Seite. Wer es bis dahin noch nicht gewußt hat — heute wird es allen offenbar, daß Therese Heyden, die Tochter des Oberförsters Heyden, bereits als die junge Brucknerin anzusehen ist.

Das bleibt auch so, als man nach der Beerdigung in das große Nebenzimmer des Sonnenwirts geht, um dort den Leichenschmaus einzunehmen. Therese sitzt neben Martin, man reckt die Köpfe und tuschelt, und die Zollederin, eine entfernte Base, meint, daß sich der Martin da sauber vergriffen habe; denn so feingliedrig und vornehm, wie diese Försterstochter aussieht, kann sie doch nie eine Bäuerin werden, wie der grobe Alltag des Bauernlebens sie braucht.

„Geld wird sie auch nicht den Haufen haben“, meint der Kreitmayer, der um die siebente Ecke herum gerade noch mit den Bruckners verwandt ist.

„Wahrscheinlich hat sie andere Qualitäten“, witzelt der Bernhofer und zwinkert dabei mit den Augen.

Das Gespräch verstummt erst, als die Weißwürste aufgetragen werden. Von da an gibt es eigentlich nur noch ein Wundern. Wahrscheinlich wird es immer ein Geheimnis bleiben, wo der Sonnenwirt um diese immer noch traurige Zeit der Markenwirtschaft das Fleisch für die Weißwürste hergenommen haben mag. Aber es wäre müßig, nachzuforschen, um vielleicht auf hundert Umwegen doch zu erfahren, daß im Stall des Brucknerhofes ein Frischling weniger grunzt und ein Kälbchen weniger blökt. Kälberbrät aber gehört zu einer anständigen Weißwurst, die bekanntlich das Zwölfuhrläuten nicht mehr hören soll.

Mit dem Bier wird auch nicht gespart, und gewöhnlich trinken dann auch diejenigen mehr, wenn es nichts kostet, die sonst drei Stunden vor einer Halben hokken. Zwangsläufig stellt sich nach einigen Stunden jene Heiterkeit ein, die pietätlos genug ist, den Toten und den Tod überhaupt zu vergessen, so daß das Gespräch weit außerhalb aller Trauer munter dahinperlt und tropft.

Es ist schon bald Abend, als die Letzten aufbrechen, von der Heiterkeit eine kleine Umkehr machen und die Trauermiene nochmals aufsetzen, wenn sie im Weggehen Martin die Hand drücken.

„Er hat's überstanden", sagt der Kreitmayer. „Und wir haben es noch vor uns."

„Erspart wird es keinem", philosophiert die Zollederbase und fragt noch flüsternd: „Wo habt's denn bloß die Weißwürst hergehabt?"

„Notschlachtung", antwortet Martin und atmet hörbar auf, als endlich die Letzten gegangen sind.

„Ich komm dann morgen einmal vorbei zum Abrechnen", sagt Martin zum Wirt, als er mit Therese geht.

„Pressiert nicht", meint der Wirt und öffnet die Tür.

Das Mädchen Lena steht daneben hinter der Theke. Sie läßt gerade ein Glas Bier aus dem Siphon in ein Glas fließen und schaut dabei über den vernickelten Zapfhahn direkt in Martins Augen hinein. Einen Augenblick sieht es so aus, als ob sie etwas sagen wolle. Aber ihr Mund schließt sich wieder. Nur ihre Augen scheinen zu reden. Ihr Blick dunkelt ein wenig unter den langen Wimpern. Unwillkürlich faßt Martin nach Thereses Hand. Und da meint er, es ziehen sich die Mundwinkel des Mädchens hinter der Theke ganz leicht wie kleine Schlänglein nach unten.

Draußen empfängt sie schon die Nacht. Therese hängt sich fröstelnd an Martins Arm.

„Begleitest du mich heim, oder soll ich noch mit dir kommen, Martin?"

„Komm mit mir, Therese, daß ich in der ersten Stunde nicht gleich gar so einsam bin."

In den Häusern brennen bereits die Lichter. Da und dort steht eine Stalltür offen. Mist wird herausgefahren. Von der Loscha her kommt kalter Nebel. Ein paar Raben ziehen krächzend in diesen Nebel hinein, und die warme Stube auf dem Brucknerhof umfängt die beiden wie eine friedsame Insel.

*

Am anderen Nachmittag sitzt Martin in der Stube und kramt in den Papieren, die sein Vater in der hölzernen Kassette aufbewahrt hat. Es sind Grundstücksakten, Notariatsverbriefungen, Sparkassenbücher und einiges Bargeld.

Hinten in der Ecke liegt der Bromberger Hansi in einem Waschkorb und schläft. Man hört seine leisen Atemzüge kaum. Der Kanarienvogel sitzt mit hängendem Kopf in seinem Bauer, als wisse er, daß es sich jetzt nicht schickt, seine fröhlichen Triller durch die Stube zu schicken.

Dann öffnet sich die Tür, Emma tritt mit einem Milchfläschchen ein, setzt sich in den Ofenwinkel und läßt den Buben trinken.

„Magst du einen Kaffee, Martin?“ fragt sie.

„Nein, ich muß jetzt sowieso weggehn“, antwortet er.

„Martin werd' ich nun nicht mehr sagen dürfen“, meint Emma. „Du bist ja jetzt der Bauer.“

„Es ist nicht gerade schön, wenn man es auf solche Weise plötzlich wird. Weil du gerade da bist, Emma — du bleibst doch weiterhin bei mir?“

„Bis du heiratest, auf alle Fälle."

„Nein, auch hernach. Die Therese wird dich in manchem brauchen. Und — ehrlich gesagt, ich seh dich und dein Büberl gern hier auf dem Hof. Es fehlte mir etwas, kämst du nimmer."

„Ich hab es noch nirgends so gut gehabt wie auf dem Brucknerhof", gesteht Emma. „Und fürs Büberl könnt ich mir auch keinen besseren Platz wünschen."

Draußen rumpelt ein Fuhrwerk vorüber, auf die Miststatt zu. Der Kanarienvogel macht ein paar Piepser, es klingt eher traurig.

Martin räumt die Papiere zusammen und legt sie wieder in die Kassette. Dann schlüpft er in seine Joppe und greift nach seinem Hut.

„Wie ist das eigentlich, Emma? Hast du nicht erzählt, daß du die Dingsda — na, wie heißt sie denn gleich, die Kellnerin beim Sonnenwirt?"

„Die Lena meinst?"

„Ja, Lena, glaub ich. Hast nicht du sie nach Lurch hergebracht?"

„Es hat sich grad so ergeben. Ich war in der Kreisstadt, und auf einmal war sie halt bei mir. Kann auch nicht dafür."

„Wieso denn? Es macht dir doch niemand einen Vorwurf deswegen. Sie scheint recht tüchtig zu sein, was ich so beobachtet hab."

„Wart ein bißl", sagt Emma und nimmt einen Wollfaden von seiner Joppe. „Wenn grad wer käm und nach dir fragt, was soll ich dann sagen?"

„Daß ich zum Sonnenwirt geh, um abzurechnen.

Den Leichenschmaus, weißt. Bis zur Stallarbeit bin ich schon wieder zurück. Wenn nicht, dann bin ich im Forsthaus." — —

Als er eine Viertelstunde später das Gasthaus zur Sonne betritt, ist er der einzige Gast. Lena sitzt neben dem großen Kachelofen und putzt mit Bimsstein die Messer und Gabeln blank, die in einem großen Haufen vor ihr liegen.

Martin hat gerade seinen Hut aufgehängt, da steht Lena schon neben ihm. Sie ist etwas kleiner als er, kleiner auch als Therese, aber voll sprühender Aktivität, die sie geschickt mit Sentimentalität zu mischen versteht. Wenigstens klingt es so, als sie ihm schüchtern die Hand hinstreckt und dabei sagt:

„Ich weiß nicht — wollte es gestern schon gern tun — wollte Ihnen mein herzlichstes Beileid aussprechen."

„Danke schön", sagt Martin. Er weiß nicht, was es ist, es strömt so merkwürdig heiß aus dieser schlanken, weißen Hand auf ihn über. Ganz samten ist ihr Blick, leicht verschleiert, mit ein bißchen Wehmut in den Augenwinkeln. Er starrt auf ihren Mund hin, der dunkelrot ist und ein wenig feucht.

„Aber vielleicht liegt Ihnen gar nichts daran", spricht Lena weiter. „Was bin ich denn hier schon?"

Martin macht jetzt seine Hand los.

„Ist der Wirt da?"

„Ich glaube schon. Wollen Sie was trinken?"

„Einen Schoppen Wein."

„Wein?" fragt sie, wie in leichtem Staunen. Weiß der Mensch nicht, daß Wein um diese Zeit nicht so ohne weiteres zu haben ist? Sie muß da erst den Wirt fragen und geht in die Küche.

„Für den Bruckner Martin? Für den natürlich schon. Nimm eine von den sechs Flaschen im Eck."

Lena hat ihr Besteck vom Tisch geräumt. Der Wirt sitzt Martin gegenüber, mit einer Liste, auf der alles aufgeschrieben ist, was beim Leichenschmaus verzehrt wurde. Sie haben lange zu rechnen, denn es muß ja auch das Kälbchen und das Schwein abgerechnet werden. Trotzdem bleibt für Martin noch eine ganz schöne Summe zu bezahlen.

„Ja, ja", lacht der Wirt. „Wenn es nichts kostet, haben diejenigen auch Durst, die sich das ganze Jahr keine Halbe gönnen. Na ja, es trifft ja keinen Armen."

Schweigend zieht Martin die Brieftasche und bezahlt. Lena steht an der Schenke und poliert an ein paar Gläsern herum. Wenn Martin aufblickt, trifft sich sein Blick mit dem ihren. Sie muß also immerzu zu ihm hersehen.

„Ich muß jetzt noch ins Gäu fahren", sagt der Wirt nach einer Weile. „Du selber hast nichts im Stall?"

Martin schüttelt den Kopf.

„Im Augenblick nicht. Vielleicht in vier Wochen eine Kuh."

Ganz still ist es in der Gaststube. Martin schaut zum Fenster in den Hof hinaus, in dem ein paar Kinder spielen. Sie spielen Schneewittchen, und eins der Mädchen sagt zu einem sommersprossigen Buben:

„Wenn ich tot bin, mußt du mich ganz fest küssen, daß ich wieder aufwache."

Auf einmal sitzt Lena bei ihm am Tisch.

„Man müßte noch mal Kind sein dürfen“, sagt sie mit einem leisen Seufzer. „Noch mal Kind sein und das wissen, was man heute weiß.“

Langsam wendet Martin das Gesicht.

„Würden Sie dann manches anders machen?“

Zum erstenmal sieht er sie lächeln, sieht die zwei Grübchen in ihren Wangen, das blendende Weiß ihrer Zähne.

„Das ist es ja eben. Ich glaube, daß der Mensch doch immer wieder die gleichen Fehler machen würde.“

„Haben Sie denn so viele Fehler in Ihrem Leben gemacht?“

„Vielleicht nicht mehr und nicht weniger wie andere.“

„Spieglein, Spieglein, an der Wand, wer ist die Schönste im ganzen Land?“ fragt draußen die kindliche Mädchenstimme. Und der Bub antwortet: „Frag doch nicht allweil den gleichen Schmarrn!“

„Ach ja, die Kinder“, seufzt Lena wieder, als bedaure sie es, daß sie selbst keins mehr ist. Dann beugt sie sich ein wenig vor und betrachtet aufmerksam Martins Hand. „Sie haben eigentlich eine schöne, schmale Hand“, stellt sie fest.

Verwirrt nimmt er seine Hand vom Tisch, greift zum Glas und trinkt.

„Was Sie alles feststellen!“ Und um auf ein anderes Thema zu kommen: „Wie gefällt es Ihnen denn in Lurch?“

„Den Umständen entsprechend. Durch welchen Zufall ich hierhergekommen bin, wissen Sie ja?“

„Emma hat es mir erzählt."

„Ach ja, Emma. Ich bin so froh für sie, daß sie es bei Ihnen gut hat. Sie ist ein feiner Kerl."

„Ja, das ist wahr. Ich bin froh, daß ich sie habe. Und das Büberl wird mit jedem Tag netter und drolliger."

„Mögen Sie Kinder gern?"

Betroffen blickt er sie an. Wie kommt sie denn zu dieser Frage?

„Kinder muß man doch mögen", sagt er.

„Solange sie klein sind und noch keine eigene Meinung haben."

„Kinder sind der Sinn des Lebens."

Langsam und nachdenklich bewegen sich ihre Brauen. Sie schaut auf ihre Hände nieder, die gerade ausgestreckt auf der Tischplatte liegen. Dann hebt sie den Kopf. Wieder ist das Verworrene, Irritierende in ihrem Blick.

„In Ihrem Fall ganz besonders", sagt sie langsam. „Auf einem Bauernhof, hab ich mir sagen lassen, ist die Nachkommenfrage besonders wichtig. Ich habe das zuerst nicht richtig verstehen können, jetzt aber begreife ich es allmählich." Sie lacht auf einmal wieder und fragt dann: „Wie komme ich eigentlich auf so ein Gespräch mit Ihnen? Vielleicht, weil mir gerade dieses schöne blonde Mädchen eingefallen ist, das gestern an Ihrer Seite gesessen ist."

„Ach, Therese", meint er und nimmt das Glas wieder in die Hand.

„Die zukünftige Brucknerbäuerin?"

„Ich wollte eigentlich was ganz anderes werden", weicht er aus.

„Ja, ich weiß, Ingenieur, glaub ich."

„Was Sie nicht alles wissen!"

„Es wird nirgends mehr geredet als im Wirtshaus."

„Drum geh ich schon gar nicht ins Wirtshaus. Ja, Ingenieur hätte ich werden wollen. Brücken bauen und Straßen. Aber der Krieg hat ja so manchen aus der Bahn geworfen."

„Mich auch", antwortet Lena schnell. „Ohne ihn wäre ich nie in meinem Leben nach Lurch gekommen." Und unaufgefordert beginnt sie dann aus ihrem Leben zu erzählen. Vielleicht entspricht nicht alles ganz der Wahrheit. Vielleicht ist ihr die Kunstgewerblerin abzunehmen, aber sie spricht auch davon, daß sie Hoteldirektrice gewesen sei. Dann wäre es aber schon ein jäher Sturz in die Niederungen einer Bauernwirtschaft, als Kellnerin, die jeder meint begehren zu dürfen.

Im übrigen interessiert Martin ihre Lebensgeschichte gar nicht so stark. Viel mehr ist er von ihrer Stimme fasziniert, die leise klingt und ein bißchen schwingt und ihn merkwürdig einlullt. Sie spricht auch noch vom Schicksal, von dem sie geschlagen worden sei, und dabei wächst zusehends die Dämmerung in der ohnehin schon recht düsteren Gaststube mit den kleinen Fenstern.

Vom Bahnhof her hört man gedämpft den Pfiff der Lokomotive, die die mit Menschen vollgepfropften Waggons wieder zum größeren Umsteigebahnhof der Kreisstadt zieht. Eine Straßenlaterne flammt auf und wirft ihren müden Schein durch die Fenster in die Gaststube herein. Eigentlich hätte Lena jetzt auch das Licht einschalten müssen, aber sie sagt, daß sie solche Dämmerstunden liebe.

Es ist so still, daß man den Wasserhahn in der Schenke hinten tropfen und das Atmen der zwei Menschen hört. Gerade, als seien sie von etwas Geheimnisvollem eingefangen, so sitzen sie da, verwachsen fast mit der tiefen Dämmerung, die schon Dunkelheit werden will. Und Martin ist auf einmal zumute, als versinke er in einem tiefen Wasser, das ihn immer weiter hinabzieht und über ihm zusammenschlägt.

Ganz abrupt, als wolle er sich von etwas loslösen, steht er auf.

Gleichzeitig erhebt sich auch Lena. Sie sucht nach seiner Hand.

„Es wird wohl keinen Sinn haben, wenn ich auf Wiedersehen sage, weil Sie doch in kein Wirtshaus gehen wollen."

Wie ihr Haar duftet, wie warm ihr Atem seine Schläfe streichelt!

„Gelegentlich komme ich sicher wieder einmal vorbei", sagt er.

„Es muß ja nicht immer so ein trauriger Anlaß sein wie diesmal."

Sie begleitet ihn zum Flur hinaus, lehnt sich vertrauensvoll an ihn, bis er die Tür ins Freie öffnet. Er steht bereits auf der Straße, als ihre dunkle Stimme ihm noch nachschwingt:

„Und ich sag doch auf Wiedersehn!"

Einen Augenblick meint er, daß er umkehren müsse.

Dann gibt er sich einen Ruck, überquert die Straße und geht in Richtung Bahnhof. In der Baracke brennt nur noch im Büroraum Licht. Um fünf Uhr ist dort Feierabend, es hat aber bereits Viertel sechs geschlagen. Unweit des Fensters bleibt Martin stehen. Er sieht Therese an der Schreibmaschine sitzen. Ihre Hände gehen wie spielend über die Tasten. Werner Blank geht im Raum hin und her, er diktiert wohl etwas; dann steht er hinter Therese und scheint das Geschriebene durchzulesen.

Kurz darauf hilft Herr Blank Therese in den Mantel, gibt ihr die Hand und öffnet ihr die Tür. Martin hat noch nie vorher auf Therese gewartet, höchstens einmal, wenn es sich gerade ergab, bei der Brücke. Er horcht in sich hinein, aber es regt sich nichts, keine Eifersucht, kein Mißtrauen. Sein Glaube an dieses Mädchen Therese ist so fest und stark, daß Mißtrauen allein schon eine Beleidigung wäre. Sie hat ihm ganz offen gesagt, wie sie zu ihrem Chef steht, was sie aus dunklen Notstunden her miteinander kameradschaftlich verbindet. Also muß die leise Unruhe in ihm liegen, und er ärgert sich nun über sich selbst, daß er mit seinen Gedanken immer noch in der dämmrigen Gaststube des Sonnenwirts ist.

Mit eiligen Schritten kommt Therese jetzt auf die Straße heraus, stutzt einen Augenblick und lacht dann:

„Ach, du bist es, Martin. Wo kommst du denn her?“

„Im Lagerhaus hab ich zu tun gehabt, und da hab ich gedacht, ich könnte gleich auf dich warten.“

Warum sagst du nicht die Wahrheit? fragt seine innere Stimme. Es ist doch wirklich kein Grund gegeben, zu lügen?

Therese hängt sich an seinen Arm.

„Schön, daß du da bist, Martin. Es hat heute ein bißchen länger gedauert bei mir. Ein wichtiger Brief noch, weißt du. Ich brauche morgen dafür erst um eine Viertelstunde später zu kommen."

„Das geht in so einer Fabrik offenbar recht genau? Ein bißl anders jedenfalls als auf einem Bauernhof. Da zählt man die Viertelstunden nicht."

Therese horcht seinen Worten aufmerksamer nach als sonst. Dann drückt sie seinen Arm fester.

„Du weißt doch, Martin, daß du da ein bißchen Unsinn redest. Meinst du denn, daß ich ums Bauernleben nicht weiß, und daß man dort nicht mit Viertelstunden rechnet, sondern nach der Sonne und nach dem Tag?"

Er spürt merkwürdigerweise eine leichte Gereiztheit in ihren Worten, sagt aber wieder nicht ganz ehrlich: „So hab ich es doch nicht gemeint."

Und dann ist ein langes Schweigen zu überbrücken, mit allem, was so ein Schweigen dennoch ausspricht. Martin spürt seine Unsicherheit, und Therese fühlt sie mit. Aber sie legt es so aus, daß der plötzliche Tod seines Vaters auf ihm lastet, das plötzliche Alleinsein vielleicht, um dessentwillen er sicherlich heute den Weg gegangen ist, um sie abzuholen, um nicht allein zu sein. Eine andere Ursache will sie gar nicht gelten lassen.

Um sich ihrem kleineren Schritt anpassen zu können, gerät er ein wenig in unsicheres Gehen, und es dauert eine ganze Weile, bis er genau mit ihr Schritt hält. Und damit bekommt er auch wieder die alte Sicherheit, mit der er sich sagt: Diese Frau und sonst keine! Er bleibt plötzlich stehen, nimmt ihr Gesicht in die Hände und küßt sie.

„J, ja, ist schon gut“, sagt sie danach, als habe sie verstanden, wie allein er sich fühlt und wie sehr er ihrer Hilfsbereitschaft bedarf. „Du ißt bei uns“, fügt sie hinzu.

Und da meint er, er höre etwas wie Mitleid heraus, und spürt schon wieder die leise Gereiztheit, die er doch früher nie gekannt hat. Aber da schimmern schon freundlich die rötlichen Lichter des Försterhauses aus den aufkommenden Nebelschwaden, und unwillkürlich greift sein Schritt weiter aus, gerade so, als ob er es eilig hätte, in den Schutz der Lichter und in die Wärme des Hauses zu kommen.

*

In diesen Tagen erhält der Bürgermeister Adamer einen Brief aus Amerika, in dem ein Rechtsanwalt im Auftrag des Beerdigungsinstitutes William Andrewsen im New Yorker Stadtteil Harlem anfragt, ob es auf Wahrheit beruhe, daß eine gewisse Emma Bromberger von Jimmy Andrewsen ein Kind habe, und ob nun Mutter und Kind von der Gemeinde erhalten werden müssen. Wenn dies der Fall sei, so möge man den beiden monatlich eine angemessene Summe ausbezahlen, die, sobald eine ordnungsgemäße Geldüberweisung aus Amerika möglich sei, an die Gemeinde zurückerstattet werde. Er sei ermächtigt, falls obiges zutreffe, zunächst einmal fünfhundert Dollar über die Bank der Deutschen Länder in Frankfurt zu überweisen. Das Fräulein Emma aber erhalte zusätzlich im Monat zwei Lebensmittelpakete.

Seht diese Emma! Seht diesen Jimmy, der am Lagerfeuer immer so schwermütige Lieder gesungen hat! Er ist tatsächlich der Sohn eines reichen Mannes in Harlem und wird ganz sicher später einmal herüberkommen und sein Mädchen Emma und den Hansi holen.

Ja, die Emma scheint da das Große Los gezogen zu haben. Aber sie macht keinen Luftsprung, als der Adamer es ihr mitteilt. Sie schaut ihn nur zuerst lange an, dann bittet sie ihn, daß er sie den Brief lesen lasse, weil sie meint, es sei vielleicht wieder ein böser Scherz. Erst dann nimmt sie ihren Hansi auf den Arm, herzt ihn wie verrückt und bricht in Freudentränen aus.

„Friß ihn nur nicht!" lacht der Adamer. „Und jetzt paß auf, Emma. Ich bin der Vormund von deinem Prinzen und werde an deiner Statt schreiben."

„Dann schreib nur gleich dazu, daß ich den Jimmy nicht vergessen habe und auch nie vergessen werde."

„Das wird den Rechtsanwalt zwar nicht interessieren, aber ich schreib es schon mit hinein, wenn du es willst."

„Und daß der Hansi ein ganz herziges Büberl ist, mußt auch schreiben."

Der Adamer nickt.

„Das kann ich schon schreiben, weil es wahr ist." —

Und so setzt sich der Adamer an diesem Abend gleich hin, ruft laut und vernehmlich durch das ganze Haus, daß er nicht gestört werden dürfe, weil er „Auslandskorrespondenz“ erledigen müsse, und taucht schnaufend die Feder in das Tintenglas.

Daß er nicht ganz bei der Wahrheit bleibt, ist sein Privatvergnügen, genauso wie die Mühe, die er sich gibt, ein fehlerloses Deutsch aufs Papier zu bringen, was ihm aber trotzdem nicht gelingt. Wenn er dabei seine eigene Person auch ein bißchen in den Vordergrund schiebt, so vielleicht deswegen, weil er auch auf ein Lebensmittelpaket spekuliert, von dem er weiß, daß es unter anderem Zigaretten enthält.

Der Brief an den Rechtsanwalt in Harlem hat folgenden Wortlaut:

„Sehr geehrter Herr Rechtsanwalt!

In Beantwortigung Ihres werten Schreibens an die Gemeinde Lurch, teile ich Ihnen mit, daß uns dieses sehr erfreut hat und daß es mich ganz besonders freut, daß es so ist, wie Sie wegen dem Fräulein Bromberger anfragen und dieselbe schon den Hansi hat, der sehr dunkelbraun ist aber schön. Ich bin der Vormund von dem kleinen Buben, welcher mir viel Freude macht. Ich habe mich damals gleich energisch dafür eingesetzt, daß die Emma Bromberger monatlich vierzig Mark für das Kind kriegt. Sie glauben gar nicht, hochverehrter Herr Rechtsanwalt, was wir im Gemeinderat für Büffel haben, die wo kein Verständnis nicht haben, weil sie nicht wissen, was wohl und wehe tut und müssen erst zur Temokratie erzogen werden. Die Emma hat eine Unterstützung für sich selber abgelehnt, weil sie ein sehr stolzes Mädchen ist und lieber zu den Bauern arbeiten geht, als der Gemeinde zur Last zu fallen. Sie können also die fünfhundert Dollar gleich schicken. Sie brauchen keine Angst nicht haben, daß das Geld verputzt wird, indem doch ich selber der Vormund bin. Das Fräulein Bromberger hat mich gebittet, ich solle Ihnen mitteilen, daß sie den Jimmy immer noch gleich narrisch gern hat. Ist das ein großes Geschäft, das Beerdigungsinschtitut, oder ein kleineres? Und die Lebensmittelpakete kann das Fräulein Emma schon brauchen, denn es gibt immer Hunger bei uns in Bayern. Ich selber habe schon über zwanzig Pfund abgenommen.

Also dann wissen Sie jetzt über alles Bescheid und ich grüße Ihnen bestens und mit besonderer Hochachtung

Benno Adamer
Bürgermeister von Lurch
und Vormund vom Hansi."

Als der Adamer den Brief nochmals durchgelesen hat, nickt er zufrieden vor sich hin.

„So einen Brief soll erst einmal einer fertigbringen von unseren Dickschädeln."

Dann geht er in die Küche hinaus. Er hat einen Riesenhunger, läßt sich ein Trumm Geselchtes bringen und erzählt seiner Frau, er habe nie gewußt, daß geistige Anstrengung einen solchen Hunger erzeuge.

*

„Wo ist denn der Schlüssel zur hinteren Haustür hingekommen?" fragt der Sonnenwirt. Er kommt gerade vom Schlachthaus herein und hat einen Kranz Würste über dem Arm hängen, die er in den Laden trägt.

Die Wirtin steht am Herd und rührt in einem riesigen Topf Kutteln um. Kutteln, unter die so ziemlich alles an Flachsen und Sehnen mit hineingeschnitten ist, werden als einzige Mahlzeit ohne Marken abgegeben. Das Ganze nennt man dann „Lüngerl mit Kartoffeln."

Der Wirt kommt wieder vom Laden herein, krempelt seine Hemdärmel herunter und nimmt den blutbefleckten Schurz ab.

„Wo der Schlüssel hingekommen ist, hab ich gefragt?"

„Was weiß denn ich, wo der Schlüssel ist", antwortet die Frau, gießt eine große, bauchige Tasse voll Kaffee und stellt sie ihrem Mann hin.

Lena lehnt am Küchenschrank, hat eine kleine Kaffeetasse in der Hand und beißt von einem Wurstbrot ab. Ganz unbeteiligt, ganz lässig lehnt sie dort, und ihre Haltung bringt die gutgewachsene Brust erst so richtig zur Geltung. Sie ignoriert den ungenierten Blick des Wirtes und meint nach dem letzten Schluck Kaffee:

„Ich hab gestern nacht wie immer abgesperrt und den Schlüssel an den Nagel am Türstock hingehängt."

„Der Metzger sagt aber, er hätte den Schlüssel nicht gefunden, und hat vorn hinaus müssen, um ins Schlachthaus zu kommen."

„Der wird schon wieder aufzufinden sein", sagt die Wirtin. „Möchtest jetzt wegen dem blöden Schlüssel nicht anfangen zu streiten. Da gehst ganz einfach zum Schlosser und läßt einen nachmachen."

Wieder mißt der Sonnenwirt die üppigen Formen seiner Bedienung Lena. Er hat sie im Verdacht, daß sie genau weiß, wo der Schlüssel ist.

Zu allem Überfluß kommt in dem Augenblick der Schlosser Hackl mit einem Milchkübel und fragt, ob das Lüngerl schon fertig sei.

„In einer Viertelstunde", sagt die Wirtin. „Kauf dir derweil eine Halbe. Und weil du grad da bist, kannst am Schloß von der Hintertür gleich einen Wachsabdruck machen. Der Schlüssel ist nämlich spurlos verschwunden."

Nur Lena weiß, wo er ist. Und Martin Bruckner weiß es auch.

Ja, Martin Bruckner — manchmal begreift er selbst nicht, wie es geschehen konnte, daß er den Weg zum Sonnenwirt immer öfter gefunden hat. Manchmal kommt er sich vor wie ein hilfloses Geschöpf, das von einer Spinne in ihr Netz gezogen wird.

Für gewöhnlich gibt es dort immer nur Bier, dieses dünne, zweiprozentige Bier, es sei denn, daß der Braumeister der Hasenbrauerei in Dornlach so hintenherum ein Tragl Vollbier unter das andere mischt, nur für den Sonnenwirt bestimmt. Aber Lena versteht es schon, immer ein paar Flaschen beiseitezuräumen — für besondere Gäste. Dieser besondere Gast aber heißt Martin Bruckner, der auch hin und wieder ein Viertel Wein hingestellt bekommt, wenn alle anderen gegangen sind.

Lena ist immer die letzte, die dann noch in der Gaststube aufräumt und hernach absperrt. Damit es nicht gar so auffällt, bietet sie auch für Martin um zwölf Uhr Polizeistunde, um ihm fünf Minuten später die Hintertür aufzusperren, daß er noch bei ihr sitzen kann und sich ohne Zeugen an die schmeichlerisch weiche Taube lehnen darf, die mit behutsamen Händen streichelt und kost und ihn schließlich so leidenschaftlich küßt, daß er das andere Mädchen da hinten im Holzhaus am Waldrand völlig vergißt.

Wie zwei Flammen sind sie einander zugefallen. Lenas Verführungskünste sind so berechnend angelegt, daß Martin es gar nicht wahrgenommen hat, wie restlos er ihr schon verfallen ist.

Zuweilen, wenn er dann heimkehrt und die Kirchenuhr hinter ihm zwei Uhr oder gar schon drei Uhr schlägt, überkommen ihn zwar Gewissensbisse, und er weiß um das Fahrwasser, das trüb und gefährlich ist und aus dem er sich nicht mehr befreien kann. Die Welt hat sich plötzlich verändert, er rennt wie mit einer Tarnkappe durch die Tage, oder wie ein Narr, der den Kopf in den Sand steckt und meint, niemand merke es, wie er sich verändert hat. Oder daß überhaupt niemand etwas merkt, wie im Gasthaus zur Sonne das Schenklicht oft noch weit über Mitternacht brennt, oder in letzter Zeit im kleinen Giebelfenster da oben, aus dem so um acht Uhr morgens herum die schöne Lena auf den Dorfplatz herunterschaut, recht herzhaft gähnt und sich mit beiden Händen durch das üppige, kupferglänzende Haar fährt.

O ja, es wird geflüstert und gewispert in den Bauernstuben, und dann deutet mancher Blick bedauernd zum Waldrand hinüber.

„Die arme Therese", flüstern sie. Doch laut wagt es niemand zu sagen. — —

Ja, wie zwei Flammen sind sie einander zugefallen, Martin Bruckner und diese Lena Steiner. Lena weiß zwar, daß Martin auch noch ins Forsthaus geht, aber sie macht ihm keine Vorwürfe. Sie ist klug und wartet geduldig, bis er wieder zu ihr kommt; sie wartet überhaupt so wie ein Mensch, der weiß, daß sich alles Warten lohnt und daß seine Stunde kommt. Manchmal, wenn sie seine leise Bedrückung merkt, dann weiß Lena genau, was sie für eine Saite anschlagen muß.

„Wir müssen Schluß machen, Martin", sagt sie. „Schau, es hat doch keinen Sinn. Einmal erfährt es vielleicht Therese — und dann?"

Er zuckt die Schultern und seufzt.

„Ach, Lena, was hast du bloß aus mir gemacht? Ich komm einfach nicht mehr los von dir. Und ich will auch gar nicht mehr loskommen, ich brauche dich, und ich brauche dich so, wie du bist."

Sie schmiegt sich an ihn, küßt ihn mit jener Leidenschaft, die ihn immer betäubt, und bringt es trotzdem fertig, zu sagen:

„Ich wollte, du wärst nie in mein Leben getreten, Martin. Du mußt nicht meinen, daß es für mich so leicht ist. Ja, wenn ich dich nicht so wahnsinnig lieben würde! Sag einmal, Martin, wie stellst du dir denn das eigentlich vor? Meinst du — in der Öffentlichkeit und am Tag ein wenig Therese, und nachts, wenn es niemand sieht —"

„Hör auf! Ich will das nicht hören. Ich weiß schon selber, daß etwas geschehen muß. Aber gerade jetzt vor Weihnachten —"

„Aber es ist doch so, wie ich sage: Nachts, wenn es niemand sieht, da bin ich gut genug. Schau einmal — ich habe es dir noch nie gesagt, aber es stünde dir ganz gut an, wenn du mich einmal zu dir einladen würdest. Kannst du dir nicht vorstellen, daß ich sehen möchte, wie dein Hof aussieht, wie du dort lebst und schläfst und überhaupt alles?"

„Kommst halt einmal", sagt er. Aber das ist keine Einladung, wie Lena es gemeint hat.

So quälen sie sich oft mit Worten, sie tun einander weh, Martin weiß dann nicht, wie es weitergehen soll. Nur Lena weiß es. Ganz berechnend und beherrscht steuert sie auf ihr fernes Ziel los. — —

Eines Tages beginnt es zu schneien. Es schneit in dichten Flocken, höher und höher liegt der Schnee und hat anschließend die Absicht, Wintergültigkeit zu zeigen, wozu er allerdings ein Recht hat, denn man schreibt bereits den zehnten Dezember.

Am Morgen darauf macht sich auch der Sonnenwirt seine Gedanken, als er früh um vier Uhr ins Schlachthaus geht und ganz frische Fußspuren im Schnee von der hinteren Haustür wegführen sieht.

Ja, der Schnee hat Wintergültigkeit. Dazu kommt Frost, und der Frühzug bringt um diese Zeit noch mehr Leute als sonst nach Lurch, denn Weihnachten naht, und in den Städten schleicht Frau Sorge immer noch im schweren, grauen Mantel durch die Straßen und läßt das Glöcklein Hunger und Not läuten.

Auch auf den Brucknerhof sprechen viele vor. Martin hat Emma den Auftrag gegeben, jedem als Höchstmaß zwei Eier und ein Stück Brot zu geben.

An einem solchen kalten Wintermorgen, draußen ist es noch finster, kommt ein Mann, der von der hamsternden Menge deutlich absticht. Er trägt zu einem hellen Soldatenmantel, an dem die breiten Schulterstücke und die Messingknöpfe abgetrennt sind, eine abgeschabte Skimütze. Groß und in straffer Haltung steht er vor Emma und fragt, ob er nicht etwas Butter oder sonstiges Fett haben könne.

Schweigend, wie immer, nimmt Emma zwei Eier aus dem Korb im Küchenkasten und schneidet ein großes Stück Schwarzbrot vom Laib.

„Macht eine Mark", sagt sie, streckt die Hand hin und sieht nicht, daß der Herr verwundert die weißen Augenbrauen hochzieht. Wahrscheinlich ist ihm solche Bescheidenheit noch nicht untergekommen.

„Sind Sie die Bäuerin?" fragt er.

„Nein, ich bin bloß die Emma im Haushalt."

„Ist vielleicht der Bauer da?"

„Der ist im Stall draußen. Brauchst ihn?"

„Wenn ich ihn sprechen könnte. Ich darf mich doch ein bißl niedersetzen?"

„Ja, setz dich nur. Ich hol den Bauern."

Als Martin hereinkommt, steht der Fremde auf, und Martin erkennt in ihm auf den ersten Blick den Offizier, in Haltung und Blick, überhaupt in der ganzen Art.

„Sie wünschen?"

„Ich hätte etwas zu tauschen", antwortet der Mann. Er greift in die Manteltasche, zieht ein braunes Etui heraus und öffnet es. Auf dunklem Samt liegt ein Halsgeschmeide mit glitzernden Steinen.

Sofort denkt Martin an Therese und zugleich auch an Lena. Er schätzt, daß dieses Schmuckstück einmal viel Geld gekostet haben muß.

„Ich mache solche Geschäfte nicht gern", bekennt er ehrlich.

„Dann sind Sie eine rühmliche Ausnahme. Die mir meinen Perserteppich und das Klavier abgenommen haben, waren nicht so zimperlich."

„Ich weiß, es geschieht viel Unrecht. Die Not wird schamlos ausgenützt. Freilich brauchte ich etwas zu Weihnachten. Was möchten Sie denn dafür haben?"

„Der Schmuck gehörte einmal meiner Frau. Sie lebt nicht mehr. Aber ich lebe und meine drei Kinder, und wir möchten wenigstens zu Weihnachten richtig satt werden."

„Haben Sie sonst noch was dabei?"

Der Fremde langt in die andere Manteltasche. Diesmal ist es eine schmale Silberkette, an der ein Aquamarin, sorgsam gefaßt, hängt.

Lange überlegt Martin, bis er sagt:

„Zehn Pfund Butterschmalz?"

Er sieht den Mann dabei nicht an, so sehr schämt er sich.

„Für beide Schmuckstücke?“ fragt der andere.

„Nein, für dies allein. Zusammen — das ist schwer zu sagen. Weil ich weiß, daß der andere Schmuck viel mehr wert ist. Aber sagen wir einmal: Zehn Pfund Butterschmalz, dreißig Pfund Schweinefett, zwanzig Pfund Geräuchertes, einen Zentner Mehl, drei Zentner Kartoffeln und ein Klafter Buchenscheite. Wenn Sie meinen, daß es Ihnen genügt, ist der Handel gemacht.“

Das Mienenspiel in dem hageren Mannesantlitz ist voll sichtbarer Erregung.

„Ist das Ihr Ernst?“

Martin senkt wiederum beschämt den Blick.

„Meinetwegen zu späterer Zeit noch mal zwei Zentner Mehl. Ich habe Ihnen ja gesagt, ich mache nicht gern ein Geschäft mit der Not, und genau kenne ich den Wert des Schmuckes nicht.“

„Wissen Sie, was man mir vorige Woche auf einem Bauernhof für diesen Schmuck geboten hat? Einen Laib Brot und zehn Eier.“

„Diese Halsabschneider! Sie wissen jetzt, was ich geboten habe. Aber wie wollen Sie die Sachen dann in die Stadt bringen? Ich sehe keine Möglichkeit.“

„Das lassen Sie nur meine Sorge sein. Ich hatte einmal einen Mann in meinem Bataillon, der hat ein kleines Fuhrgeschäft.“

„Ich hab mir gleich gedacht, daß Sie Offizier waren.“

„Major Gillitzer. Waren Sie auch Soldat?“

„Ja, bei der Edelweiß-Division.“ Martin öffnet die

Stubentür. „Emma, bring eine Schüssel Milch in die Stube."

Den ganzen Vormittag sitzen sie dann beieinander. Gillitzer bleibt auch noch zum Mittagessen und geht erst um vier Uhr wieder zum Bahnhof, mit einem schwerbepackten Rucksack und einem Herzen, das so heiter ist wie das feine Flockengewirbel, das von einem hohen Himmel fällt.

Nicht minder froh ist Martin. Er hat das Gefühl, doch etwas Gutes getan zu haben, und außerdem hat er nun plötzlich ein Weihnachtsgeschenk für seine beiden Frauen.

Als ihm dies so plötzlich in den Sinn kommt, muß er unwillkürlich lächeln. Das Halsgeschmeide wird er Therese geben, Lena den Aquamarin, weil es mit ihr ja doch bald einmal zu Ende sein muß.

„Das glaubst du ja selber nicht!" raunt ihm grinsend seine innere Stimme zu. „Du willst sie nämlich beide haben, das stille Veilchen am Waldesrand und die wildblühende Heckenrose im Giebelzimmer des Sonnenwirts."

Ach ja, manchmal weiß er gar nicht, wo das Ende sein soll, die Befreiung aus dem Irrgarten, in den er durch eigene Schuld geraten ist. Dann verflucht er den Krieg, der den Bruder genommen und ihn in diese mißliche Lage hineinmanövriert hat, daß er Bauer sein muß und nicht das, was er sich einmal erträumt hat.

*

„Du kannst dann das kleine Stüberl drüben aufräumen und den Ofen heizen“, sagt Martin der Emma eines Mittags nach dem Essen. „Ich krieg heut nämlich Besuch.“

Emma hat nicht das Recht, zu fragen, wer zu Besuch käme. Sie tippt auf Therese, heizt den Kachelofen an, legt eine frische Tischdecke auf und gießt die zwei Kakteenstöckl auf dem Fensterbrett.

Hernach schaut sie in der großen Stube noch mal nach, ob der Hansl schläft. Dann stellt sie Kaffeewasser auf und geht hinters Haus zur Burga, um ihr beim Holzhacken zu helfen.

Unruhig wandert Martin in der großen Stube hin und her, schaut immer wieder zum Fenster hinaus, zündet sich die Pfeife an und hängt sie wieder an die Wand, ohne sie ausgeraucht zu haben. Eine Unrast sondergleichen ist in ihm. Zum erstenmal kommt Lena zu Besuch auf den Brucknerhof. Sie hat sich einfach nicht mehr abwimmeln lassen. Heute ist ihr freier Nachmittag, und sie hat ihm direkt das Messer an die Brust gesetzt.

„Entweder heute oder niemehr“, hat sie gesagt.

Der Weg zur Straße hinunter ist sauber ausgeschaufelt. Der Tag ist bitterkalt, über der Loscha drunten steht weißlicher Dampf, und die Lurcher sagen: „Die Loscha raucht.“ Aber gerade dies ist ein Zeichen für weiteres schönes Wetter. Die Luft ist so rein und klar, daß man alle Geräusche und Laute doppelt zu hören meint. Beim Weiher hinter dem Friedhof ist ein Grüppchen Männer und Burschen beisammen beim Eisstockschießen. Wenn die Eisstöcke mit ihren Eisenrändern gegeneinanderstoßen, gibt es einen hellen Klang. Dagegen hört sich das Holzhacken der Weibsleute über das Firstdach her an wie das eifrige Hämmern eines Spechtes.

Martin steht nun schon eine Weile vor dem Haus. Mit scharfer Kälte weht der Wind von Osten her in sein Gesicht. Er schaut zur Loscha hinunter. Fast einen Meter dick liegt der Schnee über dem Nischendach des Brückenheiligen. Aus den zwei Essen der Baracke hinterm Bahnhof steigt der Rauch wie ein dünner blauer Faden in die Luft.

Endlich sieht er eine Gestalt über die Brücke gehen. Schmal klemmt er die Augen zusammen. Ja, es ist die Lena. Er erkennt sie an ihrem leichten, federnden Schritt, an dem lilafarbenen Seidenschal, den sie über ihr Haar gebunden hat, und an dem dunklen Pelzmantel. Und schon beginnt sein Herz wieder unruhig zu klopfen.

Einen Augenblick meint er, er müsse ihr entgegenlaufen. Dann fällt ihm ein, daß sein Vater immer gesagt hat, man soll keinem Menschen entgegenlaufen, höchstens dem lieben Gott, falls er sich einmal auf die Erde herunter verirre. Also dreht er sich bloß um, steckt zwei Finger in den Mund und läßt einen schrillen Pfiff hören.

Emma steckt den Kopf hinterm Tennentor hervor. „Mußt du den Buben aufwecken mit deinem Gepfeife?“

„Koch Kaffee“, antwortet er und geht ins Haus. Vom Fenster aus beobachtet er Lenas Näherkommen. Vom Bergaufgehen ist ihr wahrscheinlich warm geworden, sie hat den Mantel vorn geöffnet, darunter schimmert ein hellblaues Wollkleid. Die Füße stekken in halbhohen, glänzenden Stiefeln.

Schön wie ein Traum kommt sie daher. Sein Blick umfaßt ihre Gestalt, jede Bewegung trinkt er gierig in sich ein. Gerade als ob sie vom Schicksal gelenkt würde, so selbstsicher kommt sie daher. Ihre Wangen sind von der Kälte gerötet, ihre Augen leuchten in einem seltsamen Licht, aus ihren halbgeöffneten Lippen strömt der Atem wie Zigarettenrauch in die kalte Luft.

Martin tritt jetzt unter die Haustür, will etwas sagen, vielleicht „Herzlich willkommen." Aber da hat sie bereits den einen Handschuh abgestreift, reicht ihm die Hand hin und sagt:

„Da bin ich."

Ja, da ist sie. Martin muß gleich den Arm um ihre Schultern legen und sie auffangen, weil sie beinahe über die Holzpantoffeln gestolpert wäre, die Emma vor der Haustür abgestellt hat.

Bevor er sie in das Stübchen geleiten kann, streckt Emma den Kopf zur Küchentür heraus.

„Ach, du bist es?" Das klingt nicht gerade freundlich.

„Ja, ich bin's, Emma", lacht Lena, öffnet ihr Handtäschchen und nimmt eine Tafel Schokolade heraus. „Für Hansi. Was macht er denn, der kleine Moorprinz?"

„Er schläft", antwortet Emma und fügt hinzu: „Auf dich hätt' ich nicht gerechnet."

„Bring den Kaffee jetzt!" befiehlt Martin barsch, dem Emmas Unfreundlichkeit nicht entgangen ist.

Im Stübchen drinnen sagt er dann: „Die Dienstboten heutzutage gewöhnen sich einen Ton an, als ginge sie es was an, wer zu mir kommt."

„Ach, laß sie doch", lacht Lena. „Ich kenn sie ja, die Emma."

Er hilft ihr aus dem Mantel. Lena wirft den Seidenschal auf das Sofa und legt dann ihre Arme um seinen Hals.

Ihre Lippen sind kühl wie Schneerosen in der Dezemberfrühe. Hernach sagt sie mit einem glücklichen Seufzer:

„Endlich bin ich einmal da!" Sie schaut sich um. „Wie gemütlich es hier ist!" Unter dem Lüster aus einem mächtigen Hirschgeweih hängt ein Adventskranz mit vier Kerzen. An der Wand über dem Sofa die Bilder der Großeltern und dazwischen ein junges Soldatengesicht.

Lena legt ihre Hände an die warmen Ofenkacheln, deutet mit dem Kinn auf die Wand hin:

„Ist das dort dein Bruder?"

„Ja, der Vitus. Er hätte eigentlich den Hof einmal haben sollen."

„Er sieht dir aber gar nicht ähnlich."

„Nein, er sieht dem Vater gleich, ich mehr der Mutter. Aber setz dich doch jetzt, mein Herz. Bist du müde?"

„Ach, woher denn. Die frische Luft hat mir gutgetan. Wie frei ihr da heroben lebt." Sie seufzt und lehnt sich auf dem Sofa weit zurück. „Komm!" flüstert sie und will seinen Kopf an ihre Brust niederziehen, als sich die Tür öffnet und Emma mit dem Kaffee kommt. Auf dem Tablett ist auch noch Brot, Butter und Honig in einem kleinen Schüsselchen.

Mit undurchdringlicher Miene stellt Emma alles auf den Tisch. Dabei sagt sie wieder mit der gleichen Unfreundlichkeit:

„Mit dir hätt' ich wirklich nicht gerechnet."

Martin stört der Ton viel mehr als Lena. Mit leichtem Aufbrausen fragt er:

„Hätt' ich vielleicht dich um Erlaubnis fragen sollen? Zu mir kann kommen, wer will, dich geht das gar nichts an."

„Nein, es geht mich nichts an. Leider", antwortet Emma. Sie geht hinaus, schlägt die Tür recht hörbar hinter sich zu, und gleich darauf hört man ihre Holzpantoffeln auf dem Hof klappern.

„So eine ungute Urschl", sagt Martin. „Die mag sich manchmal selber nicht."

„Wie du dich darüber ärgern kannst", meint Lena, schenkt ihm Kaffee ein und faßt seine Hand. „Wie glücklich ich bin, einmal da zu sein! Ich hoffe bloß, daß es dich nicht reut, mich eingeladen zu haben."

„Du scheinst zu vergessen, daß ich mich auch freue, wenn du da bist."

Ihre Hand schmeichelt über seine Wange hin, ihre Finger spielen um seine Mundwinkel.

„Und du wirst gar nicht dran denken, daß vor mir, wahrscheinlich schon oft, diese Therese da gesessen ist?"

Er fängt ihre Hand ein und zwingt ihr Gesicht nahe an das seine heran.

„Mußt du denn immer von Therese anfangen? Jetzt bist du bei mir, und du sollst einmal verstehn lernen, daß es für mich auch nicht ganz so einfach ist. Therese ist mit mir und mit unserer Liebe großgeworden. So was läßt sich nicht in ein paar Wochen aus der Welt schaffen."

„Wenn es sich überhaupt aus der Welt schaffen läßt. Aber darf ich dich daran erinnern, mein Lieber, daß du angefangen hast, auch mir recht viel zu bedeuten? Ich werde dich noch lieben müssen, wenn ich längst eine Episode für dich geworden bin. Ja, ja, ich denke viel über uns beide nach, und im Endresultat schaut es dann immer so aus, als werde ich doch fortgehen müssen."

„Aha, fortgehen. Und was dann aus mir wird?"

Ihre Lippen zärteln über seine Stirn hin, über seinen Mund.

„Aus dir wird wieder die Ruhe selber werden, wie du es früher warst."

„Du weißt ja gar nicht, ob ich wieder ruhig werden will. Du bist wie ein Sturm über mich gekommen, und ich will im Sturm bleiben."

Das alles stößt er schnell und trotzig heraus, wie ein kleiner Bub, der etwas verteidigt. Dann besinnt er sich plötzlich, sperrt das Wandschränkchen auf, nimmt das Halsgeschmeide heraus und legt es Lena um den Hals.

Sie erschauert leicht unter der Kühle der Steine. Dann wehrt sie erschrocken ab.

„Nein, Martin, was soll das? Dieser Schmuck ist viel zu wertvoll für mich."

„Das mußt du schon mir überlassen. Ich schenke ihn dir zu Weihnachten."

Lena dreht und wendet den Kopf vor dem Spiegel.

„Nein, das kann ich nicht annehmen."

Ihr Spiel wirkt so überzeugend, daß Martin glaubt, eine ganz neue Seite ihres Wesens zu entdecken. Diese Bescheidenheit, diese Selbstlosigkeit, kindliches Freuen und heroischer Wille zum Verzichten. Scheu und demütig gibt sie sich, und ihre Stimme ist dunkel wie der Klang einer Abendglocke. Der glutende Himmel alles Verliebtseins stürzt wieder über ihn herein, die Leidenschaft lodert und stürzt über ihn wie eine hohe Welle. — —

Die Stunden gehen hin. Draußen steht schon die Nacht vor den Fenstern.

In der Küche richtet Emma das Abendbrot her. Burga kommt mit einem Kübel voll Milch aus dem Stall und sagt mürrisch:

„Ich glaub, die ist noch immer da."

„Gehört hab ich nichts, daß sie gegangen wäre."

„Aber Licht haben sie keins."

Emma schaut die andere mit schiefgehaltenem Kopf an. Ihre Stirn ist in nachdenkliche Falten gelegt.

„So sind die Mannsbilder." Vorsichtig stellt sie ein Kännchen mit Grießmus in ihr Körbchen, legt ein Stück Brot dazu und nimmt die wollene Decke von der Herdstange. Darein wickelt sie ihr Knäblein und trägt es hinaus zum Schlitten, der auf dem Hof steht.

Im Vorbeigehen an der Tür des kleinen Stübchens räuspert sie sich recht vernehmlich. Durch eine Türritze scheint plötzlich Licht. Dann wird die Tür geöffnet, Martin streckt den Kopf heraus. Sein Haar ist zerwühlt, ein Büschel davon hängt ihm in die Stirn.

„Richt ein bißl was zum Schnabulieren her", befiehlt er.

Die Emma schaut von seinen Augen über seine Brust herunter bis zu den Füßen und langsam wieder hinauf. In ihrem runden, gutmütigen Gesicht spiegeln sich Zorn und Abscheu. Und wie sie immer alles geradeheraus sagt, so auch jetzt:

„Schämst dich nicht?" fragt sie, und es sieht einen Augenblick so aus, als wolle sie vor ihm ausspucken.

Eine Glutwelle schießt in sein Gesicht. Er tritt ganz heraus und schließt die Tür hinter sich, packt Emma am Arm und schiebt sie in die Küche.

„Was erlaubst denn du dir? Du hast es ja grad nötig mit deinem Negerbamsen!"

Emma reißt sich mit einem wilden Ruck los. Leise surrt der Separator, den die Burga bedient. Plätschernd tröpfelt die Magermilch in den untergestellten Kübel, in dünnem Faden der Rahm in einen kleineren Topf.

„Du brauchst mir meinen Buben gar nicht vorzuhalten!" schreit Emma, die sonst eigentlich nie schreit. „So ein armseliger Tropf, wie du einer geworden bist, hat gar kein Recht dazu. Und daß du es gleich weißt — ich muß gar nicht da sein bei dir."

Ernüchtert starrt er sie an und will einlenken.

„Geh, Emma, was hast du denn? So hab ich es doch

nicht gemeint. Und die Lena — du selber hast sie doch hergebracht nach Lurch."

„Ja, leider. Wer hätte auch ahnen können, daß du über ihre schöne Larve stolperst und alles andere vergißt!"

Draußen ist sie, packt die Schnur des Schlittens, auf dem der Hansi gebettet liegt, und rennt damit den Berg hinunter.

Martin Bruckner fährt sich mit gespreizten Fingern durch die Haare. Dann stampft er mit dem Fuß auf.

„Und jetzt grad erst recht!" Wütend schaut er die Burga an. „Was hast g'sagt?"

„Ich hab gar nichts g'sagt."

„Ist auch dein Glück." Zornig stemmt er die Fäuste in die Hosentaschen und geht wieder nach vorn.

Lena hat ihren lila Schal um die Lampe gehängt, das Stübchen ist erfüllt von opalisierendem Licht. Sie selbst liegt auf dem Sofa und hebt ihm die Arme entgegen. An ihrem Hals schimmert das Geschmeide. Martin geht auf sie zu. Ihre Arme schlingen sich um seinen Hals, und er sieht nicht das triumphierende Licht in ihren Augen. Nur ihren Mund sieht er, über den er sich neigt.

*

Nur mit der allergrößten Überredungskunst gelingt es Martin, Emma wieder auf den Hof zu holen, so daß es doch etwas wie einen Weihnachtsfrieden gibt. Er ist auch nicht kleinlich und bedenkt seine Leute recht großzügig. Der Emma schenkt er gleich einen ganzen Packen feingesponnener Schafwolle und zwei Ballen Leinen, damit sie für den Hansi etwas stricken und nähen lassen kann.

Erst eine Stunde nach der Bescherung macht er sich auf den Weg ins Forsthaus. Er ist ganz friedlich gestimmt, etwas vom Zauber der Weihnacht hat sich auch über seine Seele gelegt. Ein herrliches Gitterwerk von Sternen steht am hohen Himmel, und der Schnee liegt wie ein glitzerndes Bahrtuch über dem stillen Land.

In der Nische des Brückenheiligen brennt an diesem Abend eine Kerze. Die Flamme bewegt sich ganz leicht im Wind, leuchtet dann wieder für ein paar Augenblicke ruhig empor und erhellt das Gesicht des Heiligen wie in einer stillen Verklärung.

Martin duckt den Kopf ein wenig, als er vorübergeht, als bohre das schlechte Gewissen in ihm. Er macht ein paar schnellere Schritte und zieht erst hernach wieder an seiner Zigarre.

Hinter dem Bahnhof in der Baracke sind ein paar Fenster hell erleuchtet. Durch die dünnen Vorhänge sieht man die brennenden Kerzen am Baum.

Nun muß Martin nach links abbiegen. In samtener Schwärze kommt ihm der Wald entgegen, und dann wächst der Schatten des Forsthauses vor ihm auf. Die Fensterläden sind geschlossen, man riecht den Rauch, der aus der Esse strömt. Es riecht nach Torf und Moor.

Martin steht vor dem geöffneten Gartentürchen. Im Innern des Hauses hört man Stimmen, sie kommen aus der Wärme und der Geborgenheit und rühren wie ein leiser Gesang an sein Inneres. Und doch kommt er sich bereits wie ein Ausgestoßener vor, wie einer, der sich durch eigene Schuld hinausbegeben hat aus einem behüteten Kreis. Der Wintermond steht hoch über den Bergen, und im Süden leuchtet der Gürtel des Orion über den verschneiten Wäldern. Im Dorf bellt ein Hund, dem die Härte seines Herrn am Heiligenabend die Tür verschlossen hat.

Ich könnte nun auch so heulen, denkt Martin. Über meine Verlassenheit und über meine Schwäche, Willenlosigkeit oder blinde Leidenschaft, oder was es sonst sein mag, was mich in den Bann dieser berauschend schönen Lena schlägt. Er greift in seine Tasche und spürt unter Tabakbeutel und Taschentuch den Schlüssel, der zur Hintertür des Gasthauses zur Sonne paßt. Und dann geht er ganz schnell in das Haus, als hätte er Angst, noch mehr solchen verwirrenden Gedanken hilflos preisgegeben zu sein.

Man hat auf ihn gewartet. Auf dem Tisch steht eine Platte mit kaltem Braten und Weingläser. Der Christbaum in der Ecke ist noch nicht angezündet worden. Martin wird gebeten, seine dicke Pelzjoppe auszuziehen. Therese trägt sie in den Flur hinaus zum Kleiderständer. Dann werden die Kerzen angezündet. Eine weihevolle Stimmung breitet sich aus. Therese spielt auf dem Klavier das Lied von der Heiligen Nacht. In diesem feierlichen Augenblick legt Martin dem Mädchen Therese die Silberkette mit dem Aquamarin um den Hals, so wie vor wenigen Tagen erst Lena das kostbare Geschmeide. Und als er ihre Augen so dankbar leuchten und sie überhaupt so stehen sieht neben den flimmernden Kerzenlichtern, muß er denken, daß sie doch fast engelschön ist mit ihrem schmalen Gesicht und dem hellen Blondhaar darüber, in dem sich alles Licht des Raumes fängt.

Als dann die Gläser zusammenstoßen, sieht ihn der Förster so seltsam an, während er sagt: „Also dann, auf euer beider Zukunft! Und daß ihr uns bald die Enkel schenkt für unsere alten Tage."

Hernach spielt Therese ein paar Stücke von Schumann und Chopin.

Martin sitzt in der Ecke neben dem alten Herrn und läßt sich erzählen, daß sich in allernächster Zeit doch etwas tun werde. Er solle wieder ein Gewehr erhalten und ein echter Förster sein.

Auch Therese weiß zu berichten, daß in den Handschuhbetrieb ein sichtbarer Schwung hineinkäme. Dreißig Menschen arbeiten jetzt bereits dort, und die Wege, auf denen das Material hereinkommt, sind gar nicht so dunkel und verschleiert, wie man in Lurch allgemein annimmt. Die Felle werden von der Besatzungsmacht geliefert, großzügig in der Bemessung sogar, so daß auch für ihn, Martin, diese gefütterten Handschuhe abgefallen seien.

Einmal will Martin aufstehen und seinen Tabakbeutel holen, aber Therese kommt ihm zuvor und läuft in den Flur hinaus.

Später wird noch Glühwein getrunken, und Martin meint, daß alles wie ein häßlicher Traum verweht sei. Lena ist weit, ganz weit fortgerückt. Und als Therese ihn um die Mitternachtsstunde ins Dorf zur Mette begleitet, hat er überhaupt nicht das Empfinden, es könne etwas Fremdes zwischen ihnen sein. Nur daß sie heute mehr und schneller redet, viel vom „Betrieb", in dem sie aufzugehen scheint, daß sie sich für den Vater freue, weil er nun bald wieder mit einem Gewehr in den Wald gehen könne wie ein richtiger Jäger und nicht mehr mit einem Stecken wie ein besserer Waldhüter.

Einmal will Martin stehenbleiben und sie küssen, aber da meint er eine leise Ablehnung zu spüren. Ihre Lippen sind kalt und teilnahmlos. Es kann aber auch sein, daß Therese Scheu empfindet, weil hinter ihnen die Eltern gehen, mit denen Therese hernach heimgehen wird. Aber sie wird am anderen Nachmittag bei Martin sein. So ist es seit langen beschlossen gewesen.

Jetzt nähern sie sich der Kirche. Durch die weitgeöffneten Türen kommt Orgelton und wird vom Wind aufgehoben und fortgetragen, über die verschneiten Weiten hin, bis hinauf zu den dunklen Wäldern.

*

Heute steht Martin nicht ungeduldig am Fenster und wartet, so wie er vor ein paar Tagen auf Lena gewartet hat. Er empfängt Therese erst im Flur und führt sie ins Stübchen.

Er hat sich zwar fest vorgenommen, an diesem Tag wenigstens Lena nicht zu sehen. Aber wie von einer magischen Kraft angezogen, hat er sich nach dem Hochamt doch zum Sonnenwirt locken lassen. Und Lena ist ihm an diesem Weihnachtstag noch begehrenswerter erschienen als je zuvor. Sie trug den Kopf ganz anders, viel selbstbewußter, in ihren Augen war ein stilles

Feuer der Verheißung und um ihren Mund ein Lächeln, das nur ihm allein galt, obwohl die ganze Stube voller Mannsleute war.

Auf dem Heimweg hat er sich dann jeden Satz überlegt, den er heute zu Therese sagen wird. Es ist ihm nicht ganz wohl dabei, aber es muß sein, wenn sein Leben kein Scherbenhaufen werden soll. — —

Als aber dann Therese vor ihm steht, überkommt ihn schon wieder die unselige Mutlosigkeit. Ihr Gesicht ist leicht gerötet, das Blondhaar von Rauhreif belegt. Er will ihr den Mantel abnehmen und spürt ihr Zögern.

„Ich weiß nicht, ob es sich lohnt, Martin. Wahrscheinlich werde ich gar nicht so lange bleiben."

Ein leichtes Unbehagen will ihn überkommen. Mißtrauisch sucht er ihren Blick. Aber ihre Augen halten den seinen stand.

„Was soll das heißen?" fragt er. „Nicht lange bleiben?"

Sie streift nun doch ihre Handschuhe ab und läßt sich aus dem Mantel helfen. Dann nimmt sie auf der Bank neben dem Ofen Platz, verschränkt ihre Finger ineinander und löst sie wieder. Endlich hebt sie die Augen.

„So, Martin, und nun sag mir einmal ganz ehrlich, was mit dir los ist!"

Er weicht ihrem Blick aus.

„Was meinst du? Was soll denn mit mir los sein?"

„Das will ich doch von dir wissen." Sie öffnet ihre

Handtasche und nimmt einen Schlüssel heraus. „Kannst du mir sagen, wo dieser Schlüssel sperrt?"

Martins Gesicht verliert alle Farbe, seine Lider beginnen zu zucken.

„Dieser Schlüssel?" Er reißt ihn ihr aus der Hand. „Woher hat du den?"

„Ich fand ihn gestern in deiner Pelzjoppe. Er fiel heraus, als ich dir den Tabakbeutel holte."

„So? Und da hast du ihn ganz einfach für dich behalten?"

Ein trauriges Lächeln zuckt um ihren Mund.

„Ich habe ihn dir doch jetzt gebracht. Oder hast du ihn bereits vermißt? Ich habe da bei uns im Betrieb so allerhand erzählen hören. Du weißt, daß ich auf Leutegerede nichts gebe, aber ein Fünklein Wahrheit ist doch immer dabei. Und um die Wahrheit bitte ich dich jetzt, Martin, bei allem, was uns je verbunden hat. Du trägst an einer Last und hast nicht den Mut, mir davon zu erzählen. Ich merke es doch schon seit einiger Zeit. Du bist nicht mehr ruhig und ausgeglichen, du bist nervös bis in die Fingerspitzen hinein, du schläfst zuwenig, du rauchst zuviel, deine Hände zittern oft. Also, was ist es? Hast du dich in eine andere verliebt?"

Er meidet ihren Blick, hat die Fäuste ineinander verkrampft und starrt auf den Boden.

„Meinst du nicht, Martin, daß ich dir helfen kann, aus deiner Verwirrung herauszukommen?"

Er schüttelt nur stumm den Kopf, starrt weiter auf den Boden und zu dem rotscheckigen Kater hin, der sich unter dem Sofa dehnt und streckt und dann auf das Sofa springt. Dadurch wird eins von den Sofakissen ein wenig verschoben, und etwas Lilafarbenes schaut darunter heraus.

Therese steht auf und zieht diesen Gegenstand ganz hervor. Ihr Gesicht ist auf einmal kalkweiß.

„Also doch", flüstert sie mehr für sich. „Jetzt weiß ich es genau. Diesen Schal kenne ich und weiß, wer ihn trägt. Sie ist also hier gewesen. Und vielleicht hat sie dir bei dieser Gelegenheit auch den Schlüssel hiergelassen, von dem erzählt wird, daß er die Hintertür beim Sonnenwirt aufsperrt. Martin, Martin — warum betrügst du mich? Habe ich dir jemals dazu Anlaß gegeben?"

Langsam hebt er den Kopf, sein Gesicht ist zerquält.

„Ich habe — ich möchte —"

„Bitte, jetzt keine Ausreden. Außerdem lügst du sehr schlecht. Ich weiß es seit längerer Zeit. Zuerst hat man nur davon geraunt, aber dann hat man ganz offen bei uns in der Fabrik darüber gesprochen, daß du der Geliebte dieser — —"

„Keinen Namen jetzt!" fährt er auf.

„Nein, nur keine Angst. Ich werde mich hüten, dieser — Person einen Namen zu geben, der mich in Mißkredit brächte, nicht gut genug erzogen zu sein."

Verzweifelt ringt er die Hände.

„Wenn ich dir erklären könnte — Therese — —"

Ihr Gesicht versteinert auf einmal, in ihre Augen kommt ein harter Glanz.

„Sei doch nicht kindisch", sagt sie und wirft Lenas Seidenschal auf den Tisch, als hätte sie sich die Hände daran verbrannt. „Was gibt es denn da noch lange zu erklären? Du hast mich hintergangen, und selbst wenn du jetzt schwören wolltest, du würdest es nicht mehr tun, ich könnte dir nicht glauben.“

„Ich hätte heute mit dir über alles geredet, Therese, aber es fällt mir so schwer.“

„Warum denn? Fürchtest du Szenen? Nein, ich bin kein kleines Mädchen, das in Heulkrämpfe ausbricht, weil es betrogen worden ist. Dazu, Martin Bruckner, habe ich viel zuviel erlebt. Warum große Worte? Du bist der Meinung, eine andere könnte dir mehr Liebe geben als ich. Ob sich dieses Erkennen nicht einmal ins Negative auswirkt, bleibt abzuwarten, denn — ich glaube nicht —“

„Ja, das könnte vielleicht durchaus sein.“

„Laß mich doch ausreden und gewöhne dir nicht auch noch die Manier halbwüchsiger Buben an, die dauernd unterbrechen, weil sie sich reinwaschen wollen. Ich bin um meinen blinden Glauben an dich betrogen worden. Damit habe ich fertig zu werden. Ich ganz allein. Wie — das weiß ich im Augenblick noch nicht. Peinlich ist es mir nur wegen meiner Eltern, hauptsächlich wegen meines Vaters, der doch auch so große Stücke auf dich gehalten hat. Es wäre gut, wenn du ihm in der nächsten Zeit nicht begegnetest.“

„Du sprichst, als wäre schon alles zu Ende mit uns beiden.“

„Ja— glaubst du denn, daß ich noch einmal in deinem Arm liegen möchte, wo heute abend vielleicht schon wieder die andere sein wird? Siehst du, nun bin ich meinem Vater doch sehr dankbar, weil er mich dazu erzogen hat, mir in allen Lebenslagen einen Rest von Stolz zu bewahren. Was du mir da vorziehst, müßte eigentlich eine Beleidigung für mich sein. Ich habe dich treu begleitet, durch meine ganze Jugend. Sie hat dir gehört, jeder Herzschlag, alles Sehnen. Und ich bin dir in jeder Lage treu geblieben, weil ich dir sonst nicht mehr in die Augen hätte schauen können. Du aber hast es immer noch fertiggebracht, und das sagt mir, wie weit so eine Person einen Menschen in die Tiefe ziehen kann." Sie hebt die Hände, löst das Kettchen von ihrem Hals und legt es auf den Tisch, mitten auf den Schal, der Lena gehört. „Du wirst verstehen, Martin, daß ich das nicht mehr tragen will. Und wenn du noch etwas Ehrgefühl in dir hast, dann laß mich bitte künftig in Ruhe. Versuche mir nicht mehr zu begegnen. Und damit hätten wir eigentlich alles besprochen, was noch zu besprechen war. Ironie wäre es freilich, wenn ich dir jetzt noch Glück für dein weiteres Leben wünschen würde. Es wäre nicht ehrlich gemeint, das darfst du mir glauben."

Noch ehe er sie daran hindern kann, hat sie ihren Mantel genommen und rennt hinaus.

Martin ist nicht fähig, sich zu rühren. Wie versteinert sitzt er da. Vielleicht begreift er gar nicht ganz, was da soeben zu Ende gegangen ist. Und weil es doch viel einfacher ist, die Schuld bei anderen zu suchen als bei sich selbst, verbohrt er sich in einen stummen Trotz und wälzt alles auf Therese ab. Warum muß sie es auch so tragisch nehmen? Warum hat sie ihm alles gleich auf den Kopf zusagen müssen, anstatt mit sich reden zu lassen? Warum hat sie nicht den geringsten Versuch gemacht, ihn wieder zurückzugewinnen?

Freilich, das mit dem Schlüssel ist schon peinlich! Weiß denn wirklich ganz Lurch davon? Und er hat gemeint, daß alles geheim geblieben sei. Und daß Lena auch ihren Schal vergessen hat! Er hat ihn selbst unter das Sofakissen gesteckt, und dort wäre er versteckt geblieben, wenn dieser verdammte Kater — —

Wütend packt er den Kater am Fell und schleudert ihn gegen die Tür hin.

„Sauviech, verdammtes!"

Im selben Augenblick kommt die Burga zur Tür herein, weil sonntags die Emma nicht auf dem Hof ist.

„Kann ich den Kaffee schon bringen?"

Gereizt fährt er herum.

„Laß mich mit deinem Kaffee in Ruh! Siehst doch, daß niemand mehr da ist."

„Ja — ist sie denn wieder fort, die Fräulein Theres?"

„Fort! Fort!" schreit er, wirft die Fäuste in die Luft und schüttelt sie gegen das Fenster hin. „Und du schau auch, daß du 'nauskommst, ich will niemand mehr sehn!"

Die Burga rührt sich nicht, steht da wie ein Baum und hat keine Angst vor dem schreienden Mann. Vielmehr stemmt sie die Fäuste in die Hüften und sagt ihm, daß sie sich nicht so anschreien lassen will.

Sofort bereut er seine Heftigkeit wieder.

„Nimm es nicht krumm, Burga. Ich weiß ja kaum mehr, wo mir der Kopf steht."

„Da bist du selber schuld", antwortet die Burga

mitleidlos. „Die Suppen, die du dir da eingebrockt hast, die mußt schon selber auslöffeln. Und weißt, was ich dir jetzt sagen muß? Was dir heut fortgelaufen ist, wäre wert, daß du es wiederholst, denn so eine wie die Therese gibt es nicht viele. Und wenn du die rothaarige Hex ins Haus bringen willst, dann bin ich die längste Zeit auf dem Hof gewesen."

„Wer ist rothaarig? Wer ist eine Hex? Red' dich nicht gar so leicht! Ja, Himmelherrgott — wer bin ich denn, daß du so daherreden darfst?"

„Bis jetzt hab ich dich für ein ehrbares Mannsbild gehalten, aber seit dich das Frauenzimmer aus der Stadt verhext hat, bist du kaum mehr zu erkennen."

Die Tür schlägt nicht gerade sanft hinter Burga zu, und Martin ist wieder allein.

„Jetzt grad erst recht!" schreit er. „Da hört sich doch schon alles auf! Ich laß mir keine Vorschriften machen!"

Natürlich hätte Therese nicht gleich fortzurennen brauchen. Wenigstens anhören hätte sie ihn müssen. Und daß sie ihm gleich den Aquamarin hinwarf, war unrecht. Sie hätte ihn wenigstens als Erinnerungsstück behalten können. Aber offenbar will sie gar nicht mehr an ihn erinnert werden. Warum hat sie eigentlich nicht versucht, ihn für sich zurückzugewinnen?

Ach, Martin Bruckner, was bist du doch für ein Narr, und wie schlecht hast du Therese gekannt! Wie sie dagestanden ist — nicht wie ein zürnender Racheengel, sondern hoheitsvoll, von einer eisigen Kälte umweht, die ihn hat frieren lassen. Und wenn er es jetzt recht bedenkt, so richtig schmeicheln hat Therese nie können. Es hat ihr auch das Flammende gefehlt, das ihn versengt hätte, so wie Lena ihn versengen kann.

Uneinig mit sich selbst und zornig auf alle Welt, schnallt er die Skier an und fährt in den Wald hinauf. Aber so hoch er auch hinaufkommt, über wieviel Hänge er auch dahinbraust, am Ende führt ihn der Weg doch wieder nur nach Unterlurch ins 'Gasthaus zur Sonne.

*

Die Zeit läuft unentwegt und kümmert sich nicht um Freude oder Leid der Menschen. An einem Morgen hört man eine Amsel singen, und die Menschen begreifen, daß der Winter zu Ende ist und der Frühling kommen will. Die Loscha wälzt eine Woche lang graues, schmutziges Wasser unter der Brücke hin, dann wird sie wieder sanft und fromm. Auf den Wiesen beginnt die Vielfalt der Blumen zu sprießen, die Birken im Moor stehen in keuschen Hochzeitsgewändern, und bald werden auch die Kirschbäume blühen.

Alles ist voll drängenden Lebens, als sei ein Wunder zu erwarten — oder ein Grauen. Gott wird dies wohl entscheiden. Gott? Hat er seine Hand nicht vom Wunder einer alten, festlichen Liebe abgezogen? Und läßt er diesen Martin Bruckner nicht ungewarnt in einen Irrweg hineintaumeln?

Die Menschen wollen das nie erkennen. Auch Martin Bruckner erkennt es nicht, obwohl er es an den Gesichtern der Menschen spüren müßte, an ihrem Verhalten, an einer gewissen Abneigung, am spöttischen Lächeln oder an der Trauermiene des Mitleids.

Aber er lebt in einem goldenen Käfig. Einsicht und Vernunft sind bei ihm ausgeschaltet; er streckt die Hände aus, und sie werden erwärmt von einer Glut, die ihn betäubt.

An einem Samstagabend, sie haben die Kartoffeln gelegt, steht Martin in der Stube vor dem Spiegel und rasiert sich. Hinter ihm, das kann er im Spiegel sehen, trappelt der braune Hansi mit seinen ersten Schrittlein in der Stube umher, bleibt manchmal stehen und schaut von der Seite her auf den Mann, dessen Wangen weiß eingeseift sind, daß das Kind an den Winter erinnert wird, der doch schon längst fortgezogen ist.

Plötzlich wächst vor dem einen Fenster ein breites, gutmütiges Gesicht auf. Dann hebt sich ein Finger und klopft an die Scheibe.

Martin fährt mit dem Gesicht herum.

„Ah, Sie sind's, Herr Pfarrer. Kommen Sie 'rein!"

Gleich darauf wird die Tür geöffnet. Pfarrer Ramschl hängt seinen Hut auf, beugt sich dann nieder und faßt den Hansi an beiden Schultern.

„Na, du wirst aber schon ein großer Mann jetzt. Und was du für liebe Guckerln hast!" Dann, sich aufrichtend: „Grüß dich Gott, Martin. Ich komme grad zufällig vorbei und hab mir gedacht, kehrst halt wieder einmal ein bißl auf dem Brucknerhof ein."

„Das ist recht. Nehmen S' doch Platz, Herr Pfarrer. Ich bin gleich fertig."

„Laß dich nur nicht stören, Martin." Der Pfarrer

nimmt auf dem breiten Lederkanapee Platz, zieht den Hansi zwischen seine Knie und streicht ihm über das wirre Haargekringel. „Wenn ich noch daran denke, was das in Lurch für einen Aufruhr gegeben hat, als dieses Büberl kam! Heute redet kein Mensch mehr davon."

Martin ist nun fertig, wischt sich mit dem Handtuch den letzten Seifenschaum von Ohr und Kinn.

„Ist es denn nicht immer so, Herr Pfarrer, daß alles wieder zur Ruhe kommt, auch wenn sich die Menschen vorher das Maul noch so zerreißen?"

Bedächtig wiegt Pfarrer Ramschl seinen Kopf hin und her.

„Na ja, es gibt aber auch Dinge, die sich nie zur Ruhe bringen lassen. Die sind wie Zündstoff, und man weiß nie, wann er wieder losgeht."

„Bei Blindgängern weiß man das nie, Herr Pfarrer."

„Aber gibt es nicht unter den Menschen auch Blindgänger?"

Zum erstenmal blickt Martin etwas mißtrauisch und unsicher in das Gesicht des Pfarrherrn. Es wird schon ein wenig dämmrig in der Stube, das große Kruzifix in der Ecke über dem großen Eichentisch ist kaum noch zu erkennen.

„Soll ich Licht machen?" fragt Martin.

„Nein, nein, laß nur. Wir brauchen kein Licht. Im Dunkeln werden die Herzen leichter wach."

Martin steht inmitten der Stube, seine Stirn hat sich umwölkt, als sei er in schweren Gedanken. Dann hebt er langsam den Kopf.

„Herr Pfarrer, Sie sind doch nicht zufällig vorbeigekommen?"

Ein gutmütiges, fast heiteres Lächeln. Die alten, müden Hände streicheln immer noch über den Bubenkopf.

„Nein, Martin, ich bin nicht zufällig vorbeigekommen, sondern habe seit Wochen schon die Absicht, mit dir über gewisse Dinge zu reden.“

„Aha“, sagt Martin und reckt sich in den Schultern wie einer, der zu einem Kampf gerufen wird. Zugleich wappnet er sich mit Trotz.

„Was wären denn das für gewisse Dinge, Herr Pfarrer?“

„Das weißt du doch ganz genau, Martin. Denke aber nicht, daß ich gekommen bin, um dir Vorwürfe zu machen. Jeder Mensch kann einmal irren. Er muß dann nur die Kraft haben, sich von dem Irrtum freizumachen.“

Martin nimmt nun seine kurze Pfeife vom Fensterbrett, füllt sie und zündet sie an.

„Wer sagt Ihnen denn, daß ich mich in einem Irrtum befinde? Ich weiß ganz genau, was ich will.“

„Wirklich?“ Der Pfarrer schiebt nun das Kind weg. „Komm, Hansl, geh zu deiner Mutter in die Küche 'naus.“

Martin öffnet die Tür und läßt den Buben hinaus. Dann stellt er schnell die Frage: „Hat man Sie im Forsthaus auf mich gehetzt, Herr Pfarrer?“

Lange und nachdenklich betrachtet der alte Herr das hochmütig gewordene Gesicht vor ihm. Dann schüttelt er den Kopf.

„Mich braucht niemand aufzuhetzen. Und du, gerade du solltest wissen, daß im Forsthaus das Hetzen nicht Brauch ist.“

„Immerhin merke ich, daß der Herr Pfarrer genau unterrichtet zu sein scheint. Aber das ändert nichts an der Sache."

„Das klingt sehr selbstbewußt. Hoffentlich bereust du es nicht einmal, Martin."

„Das glaube ich nicht, weil ich der Meinung bin, daß in einer Ehe die wirkliche Liebe die Voraussetzung ist."

„Gewiß, gewiß. Wenn man den richtigen Gefährten gefunden hat, ist die Liebe ein ewiges Siegel über den Tod hinaus."

„Eben, den richtigen Gefährten. Und den habe ich jetzt gefunden. Die Therese, jawohl, ich gebe zu, sie war ein wunderbarer Mensch, aber für mich vielleicht doch nicht die Richtige."

„Und diese Lena? Glaubst du denn, daß sie die Richtige für dich ist?"

„Ja, das weiß ich genau. Und — ich werde sie heiraten, Herr Pfarrer."

„Ach so? Es heißt zwar, daß man niemand aufhalten soll, wenn er in sein Unglück rennen will, aber bei dir möchte ich es doch wenigstens versuchen. Hast du denn schon einmal darüber nachgedacht, Martin, was dein Vater, Gott hab ihn selig, zu dieser Wahl sagen würde?"

„Vermutlich wäre er auch nicht damit einverstanden. Aber ich könnte es nicht ändern. Er müßte sich eben auch dreinfinden, wie alle, die sich jetzt über mich und Lena das Maul zerreißen."

„Und nicht zu Unrecht, Martin."

Martin macht ein paar hastige Züge an seiner Pfeife. Der Rauch schlängelt sich in dicken Schwaden unter der Holzdecke hin. Dann dreht Martin das Licht an, zieht umständlich die Vorhänge an allen vier Fenstern zu, und es ist gerade so, als ob er Zeit brauche, um die richtigen Worte in dieser unliebsamen Diskussion zu finden.

Schroff und aufbegehrend kommt dann die Frage: „Was haben Sie eigentlich gegen die Lena?"

„Ich? Persönlich gar nichts. Dazu kenne ich sie zu wenig. Ich kann mir bloß nicht vorstellen, daß sie in ein Haus paßt, in dem von jeher Glaube und Gottesfurcht daheim gewesen sind."

„Ach, daher weht der Wind!"

„Nicht nur von daher. Es geht etwas Fremdes und Kaltes von ihr aus. Das merkst du nur nicht, weil du in ihrem Bann und ihr willenloses Werkzeug bist. Jedenfalls, sie ist schon bald ein Jahr hier, aber ich habe sie noch nie in der Kirche gesehen, diese Lena."

„Kann man einen Menschen nur danach taxieren, Herr Pfarrer?"

„Nicht unbedingt, aber man kann doch seine Schlüsse daraus ziehen. Ich glaube, dein Vater würde sich im Grab noch umdrehen, wenn er wüßte, wie sich hier alles ins Verkehrte auszuwachsen scheint." Der Pfarrer greift nach einem Hut. „Auf alle Fälle, Martin, ich habe dich gewarnt. Mehr kann ich nicht für dich tun. Ich kann nur hoffen, daß du es dir doch noch anders überlegst."

„Das glaube ich kaum, Herr Pfarrer."

Martin begleitet den Pfarrer nicht hinaus, wie es sein Vater immer getan hat. Er bleibt zurück, stößt die Fäuste in seine Hosentaschen und schiebt das Kinn vor.

„Und jetzt erst recht, weil sie alle dagegen sind!" gelobt er sich trotzig.

Ist das nicht eine Frechheit, sich in seine Angelegenheiten mischen zu wollen? Niemand kennt Lena so wie er. Man gönnt es ihr nur nicht, daß sie aus der muffigen Gaststube herauskommen und Bäuerin auf einem der schönsten Höfe werden soll. Nur der Neid ist es, der die Menschen so gehässig macht! — —

Das Resultat des Gesprächs mit dem Pfarrer sieht dann so aus, daß Lena am Sonntag darauf in der Frühmesse erscheint und sich ganz vorn in einer Bank niederläßt, damit der Pfarrer sie auch gewiß sehen kann.

Hernach geht sie auf ihren hohen Stöckelschuhen ganz langsam durch das Dorf. Sie trägt wohl deshalb keinen Hut, damit ihr unbestreitbar schönes leichtgebräuntes Gesicht noch besser zur Geltung kommt. Und ihr Lächeln, von dem es zwar heißt, es gehöre mit zur Geschäftswerbung des Sonnenwirts, ist heute sonnig und liebenswürdig und wird gern an jedermann verschenkt, der ihr begegnet. Lauter freundliches Grüßen ist Fräulein Lena heute nach allen Seiten hin, und sie schaut die Menschen ganz versonnen und glücklich an.

Als sie dann in der gefliesten Küche beim Sonnenwirt das Frühstück eingenommen hat, sagt sie der Frau am Herd, daß sie hiermit kündigen möchte, weil sie in etwa drei Wochen heiraten werde.

Die Wirtin rückt gerade den großen Topf mit dem

Suppenfleisch über das offene Feuer und dreht dann perplex das Gesicht zurück.

„Doch nicht den Bruckner Martin?"

„Genau den", antwortet Lena mit Triumph in der Stimme. „Einen andern hätte ich gar nicht mögen."

„Da kannst du von Glück sagen, daß du so einen erwischst."

„Das beruht sicher auf Gegenseitigkeit", meint Lena und fügt wohlwollend hinzu: „Das Fleisch und die Wurstwaren werde ich wahrscheinlich doch bei euch kaufen, denn im großen und ganzen seid ihr zu mir recht anständig gewesen."

Sonst braucht sie eigentlich niemand etwas Wohlwollendes zu sagen, obwohl sie auch Emma gern versichert hätte, daß sie ihr dankbar bleiben werde, denn schließlich sei sie es gewesen, der sie dieses Glück verdanke. Aber Emma ist so stur geworden, so eigensinnig und verständnislos. Sie will nichts mehr von Lena wissen und hat schon irgendwo einmal geäußert, daß sie vom Brucknerhof weggehe, falls Lena auf den Hof käme.

Natürlich hat Martin Verständnis dafür, daß Lena sich bis zur Hochzeit in der Stadt aufhalten will, um ihre Sachen zu ordnen. Schließlich kann sie ja vor der Hochzeit nicht schon auf den Hof ziehen. Und so fährt sie denn am Montag von Lurch weg.

Als sie auf den Kalender schaut, sieht sie, daß es gerade ein Jahr werden will, seit sie hergekommen ist.

*

Für alle ihre Bekannten ist Lena verschollen gewesen, weil sie niemandem hat schreiben mögen, welche Kurve nach unten hin ihr Leben genommen hat. Sie hat früher ein wenig im Kunstgewerbe gearbeitet, ist auch eine Zeitlang beim Ballett gewesen und kennt eine Menge Leute.

Jetzt taucht sie bei einigen ihrer Bekannten auf und gibt auf beinahe hochmütige Weise bekannt, daß sie sich mit einem Gutsbesitzer verlobt habe und demnächst heiraten werde.

Sie sagt ausdrücklich immer „Gut“ und „Gutsbesitzer“, denn sie weiß, womit man diesen Menschen hier imponieren kann. Sie behauptet sogar, daß Martin ihre große Liebe sei. Das will allerdings niemand so recht glauben, denn bei Lena ist es schon öfter die große Liebe gewesen. Man widerspricht nur aus Höflichkeit nicht und weil man eine Nahrungsquelle in der Ferne entspringen sieht, wenn Lena wirklich einen Gutsbesitzer heiratet. Tilly, ihre frühere Freundin, will es ganz genau wissen.

„Lena, du wirst mir doch nichts vorflunkern von wegen Gutsbesitzer?“

Das werde sie ja sehen, antwortet Lena. Sie gedenke übrigens am nächsten Samstag eine kleine Feier zu veranstalten, zu der alle alten Bekannten herzlichst eingeladen seien.

„Tukan auch?“ fragt Tilly, die immer noch beim Ballett ist.

Karl Tukan ist Maler und war Lenas letzte Liebe. „Ist er schon heimgekehrt?“

„Ja, vor etwa einem Vierteljahr. Er hat öfter nach dir gefragt."

„Karl Tukan interessiert mich nicht mehr. Aber er soll ruhig auch mitkommen. Dann kann er gleich sehen, daß ich ihm nicht nachtrauere und daß ich ihm den Seitensprung mit Marlene längt vergessen habe. Wie geht es ihm denn?"

„Soso, lala. Schlägt sich eben so durch. Mit der Malerei ist noch nicht viel los. Müssen erst wieder andere Zeiten kommen. Er hat noch ein paar gute Aktzeichnungen von dir. Wenn mich nicht alles täuscht, hat er kürzlich eine davon für fünfzig Chesterfield eingetauscht."

Lena lacht gereizt auf.

„Besonders taktvoll war er ja nie. Eine Lena für fünfzig Chesterfield! Wenn es nicht so geschmacklos wäre, könnte ich darüber lachen."

„Hunger tut weh", sagt Tilly. „Und für Zigaretten kann man Lebensmittel eintauschen."

Tilly ist ein zierliches Persönchen, schwarzhaarig, mit einer etwas zerrauften Mitternachtsfrisur. Hunger hat sie auch immerzu, ihre Taille ist so dünn wie eine Sanduhr, die man beim Eierabkochen benützt.

„Ich bin ziemlich gut mit Lebensmitteln eingedeckt", sagt Lena nach einer Weile. „Bei unserer Party soll keins hungern. Ich werde schreiben, daß Martin auch noch was mitbringt."

„Das wird schon eine Masche!" lacht Tilly erwartungsselig und knüpft die Frage an: „Ist es die große Liebe, Lena?"

Lena zuckt die Schultern und meint nach einer Weile:

„Unsereins kann sich nicht erlauben, zu warten, bis die ganz große Liebe kommt, falls es die überhaupt gibt. Die Zeit hat mich gelehrt, umzudenken, und der Sinn des Daseins besteht für mich jetzt darin, gut versorgt zu sein. Schließlich ist es immer noch besser, die Frau eines Gutsbesitzers zu werden als die eines Malers Tukan, bei dem man nicht weiß, mit welchem Modell er einen gerade betrügt."

„Mir ist es ja nur recht, wenn du glücklich wirst", antwortet die Freundin. „Aber nun bin ich wirklich auf deinen Bräutigam gespannt." — —

Lena hat ein kleines, nettes Café ausgesucht, schon fast in Pasing, in dem man im Nebenzimmer ganz unter sich sein kann.

Gegen fünf Uhr nachmittags versammeln sich dort fast ein Dutzend Personen, von denen Lena drei oder vier selber nicht kennt. Aber sie gehören zum Freundeskreis der anderen und sind eben mitgenommen worden.

Zunächst trinken sie dünnen Kaffee und bereiten sich auf das Kommen des „Gutsbesitzers" vor, den Lena am Bahnhof abholt.

„Neugierig bin ich, was sich Lena da gekapert hat", sagt Maria, die Stenotypistin ist mit Englischkenntnissen, was ihr zu einer Stelle bei der Besatzungsmacht verholfen hat. Sie kann daher an diesem Abend die Gesellschaft mit Zigaretten versorgen.

„Gutsbesitzer", meint Heydkamp, „ist absolut nicht zu verachten. Soweit ich mich erinnern kann, hat Lena immer schon gewußt, was sie will."

„Ich hätte auch einmal einen Gutsbesitzer haben können", sagt Hilde Hänisch, die nicht mehr ganz jung ist, aber eine Figur hat, von der Heydkamp sagt, daß die Droschken anhalten, wenn sie an ihr vorbeifahren.

„Prrr", macht Eleonore, die beim Theater ist. Sie verdreht dabei ihre Schneewittchenaugen, die tiefblau sind. „Wenn ich mir das so vorstelle: Lena im Stall, mitten unter den Kühen!"

„Eine Gutsbesitzerin geht nicht in den Stall", sagt Tukan. Es ist das erste, was er sagt. Er hat sich zu Ehren des Abends in Schale geworfen, im Gegensatz zu den anderen zwei jungen Männern, die in hochgeschlossenen Sweatern an der Tafel sitzen und von denen man weiß, daß sie nur Soldaten gewesen sind und sonst keinen Beruf haben.

Tukan ist auch der einzige, der gar nicht neugierig ist, was Lena sich da auserkoren hat. Er ist der Einladung nur gefolgt, weil er sich einmal wieder richtig satt essen will. Im übrigen ist er nicht als einziger der Meinung, daß Lena mit einem vierschrötigen Bauernkerl daherkommen wird, ein bißchen dick vielleicht und schon angegraut. Man wird höflich sein müssen zu ihm, im Hinblick auf die Lebensmittel, die er mitbringen wird, heimlich aber wird man lächeln können.

In diesem Augenblick öffnet sich die Tür. Lena erscheint mit Martin. Sie führt ihn an der Hand und hat ganz helle Sonnenaugen.

Martin hat eine neue Bundlederhose an und hellgraue Wadenstrümpfe. Dazu trägt er eine grüne Weste mit Silberknöpfen, eine graue Trachtenjoppe und einen grünen Plüschhut mit Gamsbart. Zu Lenas Erschrecken ist er mit einem vollbepackten Rucksack angekommen, den er nun von der Schulter streift und auf einen Stuhl stellt. Wenn er wenigstens einen Koffer genommen hätte! denkt sie.

Dann beginnt sie vorzustellen, und Martin hat ein Dutzend Hände zu schütteln, ohne daß er sich die Namen merken kann. Die ganze Gesellschaft verwirrt ihn ein wenig. Aber er ist nicht unsicher dabei und freut sich insgeheim, daß er die Umgangsformen, die er während seiner Studienjahre gelernt, nicht ganz vergessen hat. Immerhin hätte Lena diese Szene nicht aufzuziehen brauchen, er wäre lieber mit ihr allein irgendwo gewesen.

Ob er mit einem Wagen gekommen sei? fragt Heydkamp höflich, der in seiner Vorstellung zumindest einen Jeep vermutet hat.

„Nein, mit dem Fünfuhrzug“, antwortet Martin. Früher sei es ihm nicht möglich gewesen, weil er die Kartoffeln noch habe aufackern müssen.

Lena wird feuerrot und flüstert Eleonore zu, daß der Verwalter ein unzuverlässiger Mensch sei und deshalb Martin überall selbst zugreifen müsse.

„So, ein Verwalter ist auch da?“

„Natürlich“, antwortet Lena schnippisch. „Was hast du gemeint? Aber demnächst wird er entlassen.“ Dann wendet sie sich an Martin. „Ach, Martin, möchtest du nicht so lieb sein und uns jetzt etwas zu essen geben?“

Martin schnürt den Rucksack auf. Alle Augen sind erwartungsvoll auf ihn gerichtet. Es ist ein feierlicher

Augenblick. Bedächtig legt Martin Stück für Stück auf den Tisch, Lena wickelt es aus, und es kommen dabei Sachen zum Vorschein, daß den Wartenden der Mund zu wässern beginnt: hausgemachte Leberwurst, schöne geräucherte Gänsebrust und Schenkelstücke, dunkles Bauernbrot und goldgelbe Butter. Dann zieht er sein feststehendes Messer aus der Hosentasche und stößt es in den Brotlaib.

„So, nun kann sich jeder 'runterschneiden, soviel er will. Es ist euch von Herzen gegönnt."

Es verleiht ihm eine gewisse Sicherheit, daß er es ist, der etwas zu geben hat und nichts zu nehmen braucht. Mit einem beinahe glücklichen Lächeln sieht er zu, wie sie sich gierig über die Sachen hermachen.

Dann besinnt sich Heydkamp, daß etwas zu sagen wäre. Und so erhebt er sich und läßt eine Rede los, an der alles dran ist. Martin bekommt zu hören, er sei wie ein Engel aus der Finsternis in diesen Kreis gekommen, und daß sie meinen, im Himmel zu sein angesichts dieser herrlichen Erzeugnisse aus der Gutswirtschaft des sehr verehrten Herrn Martin Bruckner. Ihm zu Ehren öffne er jetzt die Flasche Birnenschnaps und bitte die Gesellschaft, mit ihm zu trinken auf das Wohl der lieben Lena und ihres zukünftigen Gatten.

Der Obstler wird eingeschenkt, die Damen schlucken ihn mit Todesverachtung, die Herren gekonnt und ohne eine Miene zu verziehen.

Die Stimmung hebt sich, es wird warm im Raum, und Martin will seine Joppe ausziehen. Aber Lena wehrt ihm erschrocken und flüstert ihm zu, daß sich dies nicht schicke.

„Warum nicht?" fragt er ungeniert und so laut, daß es alle Umsitzenden hören können. „So nobel ist ja der Saftladen auch grad nicht. Und wenn mir zu heiß wird, kann ich doch meine Joppe ausziehen."

„Aber natürlich", pflichten ihm die anderen bei.

Was will Lena dagegen machen? Sie muß sich fügen. Im stillen aber schwört sie sich, gleich nach der Hochzeit energische Saiten aufzuziehen.

Der Schnaps ist ganz gewöhnlicher Fusel. Aber er benebelt die Sinne. Und als die jungen Leute in ihren Sweatern anfangen, aus der Flasche zu trinken, zieht Martin sich immer mehr in sich selber zurück und muß denken, daß es eigentlich noch recht unfertige Menschengesichter sind, die da in ihrem Fuselrausch von Dingen prahlen, die sie wahrscheinlich gar nicht erlebt haben, weil ihnen schätzungsweise der Krieg nur noch in seinen letzten Ausläufern begegnet sein kann. Es widert ihn an, wie pietätlos sie vom Tod sprechen, der ihnen in seiner vielfachen Form begegnet sei, oder wie sie ihm im rechten Augenblick immer ein Schnippchen geschlagen haben.

Nein, dies ist nicht seine Welt hier. Und wenn es einmal Lenas Welt gewesen sein sollte, dann wird er sie jetzt bald herausnehmen und in seine Welt hineinführen, in der etwas mehr Ordnung und Gesetz ist als hier.

Jemand fängt an zu tanzen, und es herrscht auch hier eine andere Ordnung, denn es stehen auch die Mädchen auf und bitten zum Tanz. Als Martin von Hilde Hänisch geholt wird, muß ihm erst von Lena gesagt werden, daß er nicht ablehnen dürfe, weil dies unhöflich wäre.

Kaum sitzt Lena allein, rückt Eleonore zu ihr hin und flüstert:

„Er ist einfach himmlisch! Laß ihn nur immer diese Lederhosen tragen und den Hut mit dem Gamsbart. Das kleidet ihn vorzüglich."

Lena lächelt etwas krampfhaft. Sie weiß nicht genau, ob Eleonore es ernst meint oder ob es Spott ist. Jedenfalls ist sie sehr erschrocken, als sie ihn in diesem Anzug und mit dem Rucksack aus dem Zug steigen sah. Der dunkelgrüne Steyreranzug und ein Lederkoffer wären besser gewesen.

Plötzlich steht Tukan vor ihr und bittet um einen Tanz. Der Plattenspieler wechselt die Melodie. Es ist ein Tango, den sie mitsammen tanzen.

„Na, und?" fragt Tukan in ihr Ohr. „Bist du nun glücklich?"

„Was kümmert es dich?"

„Weil ich es nicht glauben kann. Er sieht zwar gut aus, aber soweit ich mich erinnere, war dies sonst nicht dein Typ."

„Die Geschmäcker wechseln, hast du mir früher einmal gesagt."

Tukan beginnt die Tangomelodie mitzusingen: „Es wird in hundert Jahren wieder so ein Frühling sein —"

„Du hast mir einmal sehr viel bedeutet, Lena", flüstert er dann in ihr Ohr.

„Ja, ich weiß. Genau fünfzig Chesterfield."

„Du bist ja gut orientiert", meint er. „Du, vielleicht

besuche ich dich einmal. Brauchte sowieso ein gutes Landschaftsmotiv."

„Ich will aber nicht, daß du kommst."

Der Tanz ist zu Ende. Tukan führt Lena an ihren Platz und setzt sich neben sie, weil Martin von Hilde in eine Unterhaltung verstrickt worden ist.

„Was arbeitest du denn jetzt?" fragt Lena den Maler.

„Alles und nichts. Komm doch einmal vorbei bei mir, dann zeige ich dir meine jetzigen Arbeiten. Im übrigen möchte ich dir ganz gern ein Bild zu deiner Hochzeit schenken."

„Ja?" fragt Lena ein wenig unsicher und verwirrt von seinem Blick. Unwillkürlich stellt sie Vergleiche an zwischen Tukan und Martin. Der eine ist braungebrannt und strotzend vor Gesundheit, Tukan dagegen blaß, mit dunklen Ringen unter den Augen.

„Ja, mein lieber Tukan", sagt sie nach einer Weile und hat dabei ein unheimliches, nixenkühles Glitzern im Blick, „wann gedenkst denn du zu heiraten?"

„Wenn ich mich allein nicht mehr durchbringe."

Lena ist plötzlich wie vom Teufel besessen. Sie will versuchen, ob sie schon alle Macht über Tukan verloren hat. Sie schlägt die Beine übereinander und zündet sich eine Zigarette an.

„Damals hast du immer gesagt: Wenn der große Erfolg kommt."

„Bei diesen unsicheren Zeiten braucht der große Erfolg noch gar nicht zu kommen. Im übrigen würde dann doch das andere wieder fehlen, weißt du, der

Firma

TITANIA-VERLAG

Postfach 10 48 32

7000 Stuttgart 10

richtige Gefährte, der gute Kumpel, der alles mit einem teilt."

Lena legt den Kopf ein wenig zur Seite und lächelt ihn an mit ihrem verflixten Katzengold in ihren Augen. Dabei wippt sie ein wenig mit dem Bein, das man bis weit übers Knie hinauf sieht.

Plötzlich steht Martin mit gefurchter Stirn vor ihr und sagt ziemlich scharf:

„Setz dich anständig hin, Lena!"

Atemloses Schweigen im Raum. Lena sieht ihn unter gesenkten Brauen hervor zweifelnd an. Da packt er sie mit derbem Griff am Handgelenk und reißt sie hoch.

„Zieh deinen Mantel an. Wir gehen."

Er greift nach Joppe und Hut, den Rucksack vergißt er in der Eile. Dann wirft er Lena ihren Mantel zu.

„Kommst du mit oder nicht?"

Blutübergossen steht Lena da. Wut und Zorn glitzern in ihren Augen. Aber sie weiß, wenn sie jetzt ein Wort sagt, geht er allein fort und kommt vielleicht nie wieder.

Wortlos schiebt er sie vor sich her zur Tür hinaus, ohne die Zurückbleibenden noch zu beachten.

Erst draußen sagt Lena empört:

„Was fällt dir denn eigentlich ein? Mich so zu blamieren!"

„Wenn nur du dich nicht blamiert hast. Was mußt du denn dem Kerl deine Katzenaugen hinmachen?"

„Was für Augen?"

„Und dagesessen bist du wie eine Zirkusreiterin."

„Wie eine was?"

„Wie eine Zirkusreiterin, jawohl!"

„Um Gottes willen, schrei doch nicht so! Die Leute bleiben ja stehen."

„Laß sie doch. Was gehen mich die Leute an?"

„Wo willst du denn eigentlich hin?" fragt Lena weinerlich.

„Zum Bahnhof. Heimfahren will ich. Mir ist die Lust zum Bleiben vergangen."

„Du kannst ja heute doch nur noch bis zur Kreisstadt fahren und müßtest den weiten Weg nach Lurch zu Fuß zurücklegen."

„Meinst du, daß mir das was ausmacht? Ich bin schon weitere Strecken gegangen."

Einen Augenblick meint Lena, sie müsse stehenbleiben und ihn allein zum Bahnhof gehen lassen. Aber sie begreift ganz plötzlich, daß dann alles zu Ende wäre, und daß sie ihren Traum begraben müßte, einmal eine der reichsten Bäuerinnen von Lurch zu sein. Ich muß mich überwinden, denkt sie und beschließt gleichzeitig, ihm diese Demütigung von vorhin bei Gelegenheit heimzuzahlen. Zögernd faßt sie nach seinem Arm.

„Lauf doch nicht so, Martin. Ich muß ja sonst meinen, du willst vor mir davonlaufen."

Mit einem Ruck bleibt er stehen und blickt auf sie nieder. Rührend ist sie in ihrem kleinen Schmerz, und ihre Augen schauen ihn unterwürfig und demütig an.

„Komm mit mir", sagt er. „Mir ist nicht wohl, wenn du so allein in der Stadt bist. Und die Gesellschaft, in die du mich da gezerrt hast, die hat mir schon gar nicht gefallen."

„Ich weiß nicht", sagt Lena. „Zuerst hast du gesagt, ich könnte vor der Hochzeit nicht auf dem Hof wohnen, weil sonst die Leute reden."

„Dann nimmst du dir halt beim Tannenwirt ein Zimmer, bis wir heiraten."

„Das könnte ich genausogut auch beim Sonnenwirt haben. Nur — es ist so, ich hätte hier doch viel zu erledigen. Mein Brautkleid ist nicht fertig, ich muß noch ein paarmal zum Probieren hin. Bleib doch da, Martin, und fahre erst morgen früh!"

Sie stehen gerade unter einer Straßenlaterne. Eine erleuchtete Trambahn fährt vorüber und biegt um die Ecke. Lenas Haar leuchtet in dem hellen Licht wie altes Gold. Ihr Mund steht halb offen, wie bei einem Kind, das etwas bestaunt. Und es gibt für sie doch nichts zu bestaunen; das braune Antlitz über ihr ist unbewegt, nur seine Augen gehen über ihr Gesicht hin, als möchte er sich jede einzelne Linie daraus einprägen.

„Wenn ich nur in dich hineinsehen könnte!" seufzt er.

Da lächelt Lena auf ihre Weise, die ihn immer wieder bezwingt.

„Du würdest nichts sehen als ein Herz voll Liebe. Ganz angefüllt bis an den Rand mit lauter Liebe."

Dann schlingt sie langsam und zärtlich ihre Arme um seinen Hals. Die Straßenlaterne über ihnen schaukelt leise im Wind.

Sie fahren dann mit der Tram in die Äußere Rosenheimer Straße, wo Lena ein Zimmer gemietet hat.

*

Der schöne Abend brennt in leuchtenden Farben aus. Auf dem Rosenkopf und dem Zenker zucken noch eine Weile die Glutlichter der sinkenden Sonne, bis sie von Dämmerung und Nacht verschlungen werden.

Um diese Stunde sitzt Werner Blank mit seiner Frau Malvine auf der Hausbank vor der Baracke. Die Kinder sind gerade ins Bett gebracht worden. Man hört noch eine Weile ihre Stimmen durch das offene Fenster, dann wird es still.

In diese Stille hinein sagt Frau Malvine:

„Ich kann dir gar nicht sagen, wie leid es mir tut, daß uns Therese verläßt. Und noch dazu so weit weg."

„Es ist aber das beste, denn nur die Entfernung mildert den Schmerz. Ich kann diesen Bruckner überhaupt nicht verstehen. Läßt ein Mädel wie die Therese stehen und verfällt einem Frauenzimmer wie dieser Lena."

„Hast du aus Basel schon Antwort bekommen?"

„Ja, heute. Therese kann bei Jakobsen sofort anfangen. Hoffentlich klappt es mit den Ausreisepapieren."

Die ersten Sterne flimmern auf, etwas lauter rauscht die Loscha jetzt, und vom Kirchturm schlägt es die neunte Stunde.

„Der Leidtragende bist obendrein auch noch du", nimmt Frau Malvine wieder das Wort. „Woher nimmst du gleich wieder so eine zuverlässige Kraft wie Therese?“

„Hab ich schon“, lächelt er und faßt nach ihrer Hand.

„Was denn für eine?“ fragt sie verwundert.

„Dich, Malvine.“

„Wie stellst du dir das vor? Ich habe doch den Haushalt und die Kinder.“

„Den Haushalt und die Kinder wird demnächst die Emma Bromberger übernehmen, und du kommst schön brav zu mir ins Büro.“

„Die Bromberger? Ach, die mit dem Mulattenkind?“

„Stört dich das?“

„Keineswegs. Ich dachte nur — war denn die nicht beim Bruckner droben?“

„Ist noch droben, bis zum Fünfzehnten. Therese hat mich auf diese Emma aufmerksam gemacht. Gestern war ich bei ihr. Sie kommt gern, wenn sie ihr Bübl mitbringen kann. Warum auch nicht? Es ist sogar sehr günstig, weil wir kein Zimmer für sie brauchen. Sie kommt morgens um sieben und geht nach dem Abendessen. Besser könnten wir es eigentlich gar nicht treffen.“

„Was du alles so fertigbringst in aller Heimlichkeit!“ lacht Frau Malvine und zieht den Schal enger um ihre Schultern, weil es kühl zu werden beginnt.

Ja, er hat schon viel fertiggebracht, dieser Werner Blank, in seiner zielstrebenden Art. In seinem Schreibtisch liegen bereits die fertigen Pläne für ein stabiles Fabrikgebäude und einen Wohnbungalow etwas oberhalb auf der Höhe. Seine Verbindungen reichen weit über die Grenzen Bayerns hinaus, seine Freunde aus alten Tagen, darunter dieser Heinrich Jakobsen in Basel, haben ihn nicht im Stich gelassen. Alles ist bei ihm vorbereitet, seine Pläne sind kühn und manchmal fast verwegen entworfen und für die nächsten Jahrzehnte gedacht. Wenn die Zeit sich einmal stabilisiert hat, vor allem aber die Währung, denkt Werner Blank an mindestens zweihundert Arbeiter und Angestellte, die er vorwiegend aus Lurch gewinnen will. Dieses Lurch soll nach seinem Willen aufblühen und durch den Namen Blank hinausgetragen werden in die Welt. —

Und so zieht also am Morgen des fünfzehnten April die Emma ihr Leiterwägelchen, in dem der braune Hansl sitzt, zum erstenmal zu ihrer neuen Wirkungsstätte hinter dem Bahndamm und ist von ganzem Herzen dankbar, daß ihr dies geboten worden ist; denn auf dem Brucknerhof wäre ihres Bleibens nicht länger gewesen, wenn diese Lena dort einzieht.

Frau Malvine ist zunächst ein bißchen skeptisch gegen die neue Haushalthilfe, wird aber schon nach ein paar Tagen eines Besseren belehrt und erkennt, daß sie mit dieser Emma eine Perle ins Haus bekommen hat. Vor allem ihre zwei Kinder sind mit dem Hansl ganz verrückt und hätten sich einen lieberen Spielgenossen gar nicht wünschen können.

Sonntags aber ist Emma daheim in ihrem Stübchen im Armenhaus, von dem Werner Blank seiner Frau berichtet, es sei ein Schmuckkästchen, so sauber und reinlich, daß man vom Boden dort essen könnte.

Emma ist überhaupt eine begehrte Person geworden und genießt auch das Wohlwollen des Herrn Bürgermeisters Adamer. Er hat zwar kein Lebensmittelpaket bekommen, aber Emma erhält regelmäßig alle Monate zwei und läßt dem Bürgermeister schon etwas zukommen. Ja, ja, die Schmach ist vergessen, sie ist auf einmal kein Schandfleck mehr, und wenn sie sonntags ihren Hansl spazierenfährt, bleiben nun auch die Burschen stehen und bewundern die samtweiche Haut und das Schneckerlhaar vom Hansi, bis Emma dann doch unter das Zierdeckerl langt und ein paar Zigaretten spendiert.

Der Hafner Florian macht ihr ein Klafter Brennholz klein und weißelt ihr Stübchen. Dafür erhält er drei Büchsen Nescafé und zwei Stangen Zigaretten. Dabei gewinnt der Florian die Erkenntnis, daß es gar nicht so dumm wäre, der Emma einen Schmus hinzudrehn und das Heiratsfähnchen flattern zu lassen. Vielleicht hätte Emma der Antrag geschmeichelt, wenn ihn der Florian anders vorgebracht hätte. So aber sieht es doch eher nach einem Gnadenakt aus, wenn der Florian hinzufügt, daß er halt dann in Gottesnamen den Mulattenhansi mit in Kauf nehmen müsse, wenn sie sich nicht entschließen könnte, ihn in ein Waisenhaus zu geben.

Damit hat der Flori schon verspielt, und Emma lehnt den Heiratsantrag rundweg ab.

„Aber vielleicht können wir so miteinander gehen", meint der Florian, angetrieben von dem Gedanken, daß ihm dann wenigstens das Rauchen nicht ausgeht, solange die Zeiten so mies sind.

„Ich mag auch nicht so mit dir gehen", sagt Emma.

„Weiß nicht, ob du dir das nicht doch überlegen

sollst. Mein Häusl ist zwar nicht groß, aber du hättest wenigstens ein eigenes Dach überm Kopf."

„Das schon. Aber weißt, ich kann den Jimmy nicht vergessen."

„Meinst du denn, daß der jemals wiederkommt?"

„Nein, das nicht. Aber ich will meinem Bübl keinen Vater geben, der ihn doch nicht gern hätte."

Ja, so ist Emma. Ein wenig einfältig, ein wenig unbeholfen in großen Dingen, aber redlich und treu wie Gold. Sie hängt an ihrem Kind mit einer geradezu unerschütterlichen, wunderbaren Liebe. Sie lehrt es die ersten Worte und faltet ihm vorm Schlafengehen die Hände vor dem Muttergottesbild über dem Bett. Dann kuschelt sie sich zu ihm in die warme Mulde des Strohsacks und bewacht oft lange seinen Schlaf und seine kleinen Träume. — —

Nun ist der Frühling endgültig im Tal. Alle Knospen sind aufgesprungen, ein Prangen und Blühen liegt über der Landschaft wie ein Rausch. An der schwarzen Tafel neben der Kirche hängt das Aufgebot des Bauern Martin Bruckner mit Fräulein Magdalena Steiner, so daß es nun auch dem Letzten sichtbar wird, daß der Bruckner seinen Willen durchsetzt und eine Bäuerin auf den Hof nimmt, wie sie seit Urgedenken noch kein Bauer auf seinen Hof genommen hat. Immer haben die Lurcher Bauern ihresgleichen geheiratet. Martin Bruckner ist der erste, der sich eine „Madam" nimmt, eine aus der fremden, nüchternen Welt, die dem Bauernleben so fremd gegenübersteht wie der Ochs vor einem Sonntag.

Martin weiß um die Ablehnung aus seinen Kreisen, aber in seiner trotzigen Leidenschaft ist er wie blind und beginnt jeden zu hassen, der ihm diese Hochzeit übelnimmt.

Lena schreibt ihm jeden zweiten Tag einen Brief aus der Stadt, Briefe voll ganz tiefer Liebe. Sie machen ihn noch verwirrter und sehnsüchtiger. Ohne Lena kommt er sich jetzt vor wie ein ausgebranntes Licht. An Therese denkt er kaum mehr. Nur als er hört, daß sie durch Vermittlung von Werner Blank eine Stelle in der Schweiz erhalten hat, wird er ein wenig nachdenklich und fühlt etwas wie Scham darüber, daß er es gewesen ist, der sie aus der Heimat fortgetrieben hat. Sie hat ihn doch geliebt, auf ihre einfache, stille Art halt. Und er hat es ihr so schlecht gedankt.

Wenn er es einrichten kann, bleibt er dem Forsthaus ziemlich weit fern. Einmal jedoch läßt es sich nicht mehr vermeiden, daß er dem Förster Heyden begegnet. Martin will nach Unterlurch, der Förster nach Oberlurch. Martin sieht ihn erst, als er mit seinem Wachtelhund an der Leine, das Gewehr, das er seit etwa drei Wochen wieder tragen darf, hinter dem Rücken, über die Brücke daherkommt. Es ist zu spät, um ohne Schande noch umkehren zu können.

Sie begegnen sich ungefähr beim Brückenheiligen. Martin senkt den Kopf. Der Förster aber verhält den Schritt und steht knapp vor ihm. In seinen Augen ist ein drohendes Glimmen.

Martin steht ganz unbeweglich und weiß, daß er sich nicht wehren wird, wenn der Förster etwa die Hand heben und ihn ins Gesicht schlagen würde. Aber daran denkt der Förster gar nicht. Er schaut ihn nur voll tiefer Verachtung an, dann spuckt er ihm vor die Füße und geht weiter.

Mit brennendem Gesicht steht Martin da. Ihm ist, als müßten die Bohlen unter ihm durchbrechen, und er sollte ins Wasser stürzen mit seiner Scham. Dann geht er langsam weiter, und es ist ihm dabei, als habe er auf einmal Blei in den Kniekehlen.

*

Ungefähr um die gleiche Zeit sitzt Lena zum letztenmal mit ihren Freunden zusammen. Morgen wird sie hinausfahren nach Lurch und ihr neues Leben beginnen. Freilich hätte sie es lieber gehabt, wenn eine rauschende Hochzeitsfeier stattgefunden hätte, zu der sie alle ihre Bekannten einladen hätte können. Weil aber das Trauerjahr für den alten Bruckner noch nicht abgelaufen ist, sieht sogar Lena ein, daß man sich über eine althergebrachte Ordnung nicht hinwegsetzen kann. Dazu steht ihr als Fremder vorerst kein Recht zu. Sie muß zuerst ein wenig Wurzeln schlagen in ihrem neuen Leben, dann wird sie schon rütteln an dieser alten Ordnung, die ihr in vielerlei Hinsicht reformbedürftig erscheint. Dazu aber muß auch der Mann erst fest und unwiderruflich an sie gebunden sein.

„Wenn ich erst einmal richtig Fuß gefaßt habe“, sagt Lena, „dann lade ich euch einmal alle ein. Sehr viel länger dürfte ich jetzt nicht mehr hier sein; die Stadt fängt bereits an, mich wieder einzufangen. Hier lebt man freier und ungebundener.“

„Aber nicht so gesund wie draußen", meint Hilde. „Ich habe einmal gelesen, daß die Luft in einem Kuhstall heilbringende Wirkung haben soll."

„Das weiß ich nicht", antwortet Lena. „Jedenfalls brauche ich nicht in den Kuhstall zu gehen."

„Und was gedenkst du den ganzen Tag zu tun?" fragt Tukan.

„Darüber habe ich mir noch keine Gedanken gemacht. Ich nehm's, wie es kommt. Ich werde schon dafür sorgen, daß mir die Zeit nicht langweilig wird." Lena schaut auf die Uhr. „Kinder, es wird Zeit für mich. Machen wir's kurz. Lebt alle miteinander recht wohl, und vergeßt eure Lena nicht!"

Nur Eleonore weint ein bißchen, weil sie an den Hunger denkt, den sie jetzt wieder haben wird. Lena tröstet sie und verspricht, daß sie ihr hin und wieder etwas schicken werde.

Dann schließt sich die Tür hinter ihr, und man kann jetzt ungeniert über sie sprechen.

„Wer hätte das gedacht, daß unsere Lena einmal einen Bauern heiraten würde!" meint Fräulein Hanisch. „Unsere ästhetische, fast bis zum Snobismus kultivierte Lena!"

„Vielleicht ist es wirklich ihre große Liebe!" spöttelt Tukan. „Ach, laß mich doch bei Lena mit Liebe aus!" ereifert sich Hilde. „Da hat sie sich wieder einmal einen Scherz erlaubt. Laune wird es sein, Berechnung und ein wenig Erotik. Lena hat doch keine Seele."

„Wie willst du als Frau dies beurteilen?" fragt Heydkamp. „Immerhin, mir hat der Mann gefallen, als er letzthin hier war. Er sieht mir nicht danach aus, als ob er sich auf der Nase herumtanzen ließe. Vielleicht hat sie gar keinen so leichten Stand."

„Aber sie wird sich durchsetzen", prophezeit Tukan. Und weil alle der Meinung sind, daß gerade er das wissen müsse, wird das Thema Lena beendet. — —

Lena aber fährt ihrem neuen Leben entgegen. Während der Bahnfahrt hat sie Zeit genug, nochmals über alles nachzudenken. Liebe ich ihn denn wirklich? fragt sie sich. Ja, sie liebt ihn schon, auf ihre Art eben. Dieser große, stattliche Mensch hat sofort etwas in ihr aufflammen lassen. Und sie hat keinen Zweifel, daß sie weiter Macht über ihn gewinnen wird, um das Leben an seiner Seite lebenswert zu finden.

Lena hat ihm geschrieben, er möge sie am Bahnhof der Kreisstadt abholen. Als der Zug dort einfährt, klopft ihr Herz doch ein wenig aufgeregt. Bald, denkt sie, bin ich nicht mehr das Mädchen Lena Steiner, sondern die Ehefrau Lena Bruckner. Sie kommt sich bei diesem Gedanken ein wenig einsam und verlassen vor.

Aber dann sieht sie vor dem Bahnhofsgebäude den Goldfuchs mit der leichten Kutsche stehen und Martin daneben, sein strahlendes Gesicht und seine erhobene Hand, die ihr aufgeregt zuwinkt. Da wird ihr doch wieder warm und fröhlich ums Herz. Ich liebe ihn, denkt sie. Ich liebe ihn wirklich sehr. Und vielleicht ist es sogar ein unverdientes Glück, was mir jetzt zufällt wie eine reife Frucht.

Unbekümmert um die Leute, die herumstehen, fällt

Lena ihm um den Hals und küßt ihn, wohin sie gerade trifft.

„Ach, Martin“, sagt sie, „du glaubst gar nicht, was ich für eine Sehnsucht gehabt hab!“

„Ärger als bei mir kann es auch nicht gewesen sein“, meint er und hebt sie in die Kutsche wie ein Kind. Dann springt er selbst hinauf und ergreift die Zügel.

Als sie so durch den nächtlichen Wald fahren, muß Lena wieder daran denken, wie sie damals mit Emma den Kinderwagen geschoben hat. Diesmal aber sitzt sie auf einem gutgefederten Gefährt. Die helle Mähne des Pferdes flattert vor ihr im Wind. Die Räder rattern auf der rauhen Straße. Martin hat den Arm um sie gelegt, ihr Kopf ruht an seiner Brust.

„Wie dein Herz laut schlägt“, sagt sie einmal.

„Wär' kein Wunder, wenn du wieder bei mir bist.“

Sie tippt mit ihrem Zeigefinger dagegen.

„Und es schlägt nur für mich?“

„Für wen denn sonst?“

„Ist nichts mehr drinnen da? Ein kleiner Rest, meine ich, von der andern noch?“

„Nein, Therese ist nicht mehr in Lurch.“

„Meinst du nicht, daß sie manchmal noch trennend zwischen uns stehen wird?“

„Das glaube ich nicht. Wir brauchen nur nicht mehr von Vergangenem zu sprechen. Und du mußt immer denken, Lena, daß es unser Leben sein wird, das wir uns aufbauen. Ach ja, wirst schon sehen, wie schön es wird mit uns beiden. Und wenn dann erst Kinder da sind! Vielleicht haben wir Glück, daß der erste gleich ein Bub ist.“

Darauf sagt Lena gar nichts. Sie starrt mit zusammengezogenen Brauen vor sich hin und kann sich gar nicht vorstellen, daß diese seine Meinung auch die ihre werden soll. Aber sie schweigt wohlweislich darüber.

Je näher sie Lurch kommen, desto froher beginnt ihr Herz zu klopfen, und dann weiß sie auf einmal, daß sie doch ein bißchen Heimweh gehabt hat nach diesem schönen Dorf mit seiner Holzbrücke und dem schneeweißen Kirchturm auf der Höhe.

Donnernd stampfen die Hufe des Pferdes über die Brücke. Der Brückenheilige lächelt wohl, so wie er immer gelächelt hat und in hundert Jahren noch lächeln wird, wenn diese zwei Menschen nicht mehr über die Brücke wandeln und längst zu Asche geworden sind.

*

Es wird viel geredet in den Tagen, da der junge Martin Bruckner in jener grauen, regenverhangenen, ganz frühen Morgenstunde die wunderschöne Magdalena Steiner behutsam über die ausgetretenen Stufen des Friedhofes hinaufführt in die Kirche hinein, damit sie „Ja" sage zu all dem, was er fordern zu können glaubt an Liebe und Gehorsam und Treue, bis übers Grab hinaus.

Weil Martin instinktiv fühlt, daß der Pfarrer Ramschl mit seiner Wahl durchaus nicht einverstanden ist, sagt er besonders laut und trotzig „Ja" bei der Frage, ob er gewillt sei, die Magdalena Steiner zu seiner Ehefrau zu nehmen. Ja zu allem, was von ihm verlangt wird und um dessentwillen er schließlich dieser schönen Lena zugefallen ist über alle Schranken und Dünkel hinweg.

Mit herrischem Mut führt er dann seine Frau durch die Gasse der Gaffenden, die trotz der frühen Morgenstunde gekommen sind, an das Grab seiner Eltern, nicht allein, weil dies so Brauch ist, sondern weil er in seinem tiefsten Innern den Eltern abbitten will, falls sie mit seiner Wahl nicht einverstanden sein sollten. Keine Faust hebt sich drohend oder anklagend aus dem Grab; es sieht nur so aus, als weinten die Heckenrosen, die sich um den Grabstein winden. Aber das ist nur der Tau der Frühe, der auf den zarten Blüten liegt.

Die Gaffenden sind immer noch da, als er Lena hernach an seinem Arm zurückführt und in die Kutsche hebt, um sie so schnell wie möglich heimzubringen.

Eine Zeitlang wird dann noch geredet von dieser sonderbaren Hochzeit. Wahrheit mischt sich mit Legende, und in trunkener Laune taumeln die Gerüchte über die Giebel der Bauernhöfe von Lurch hinweg. Man redet in Storndorf davon und in Lacherstein und überall, wo immer ehrbare Bauernleute ihrer Erde dienen, bis in die Kreisstadt hinein. Nach der Meinung der Leute kann das nicht gutgehen.

Aber wider Erwarten geht es ganz gut. Die Wochen und Monate rauschen durch das Land. Es wird Winter und wieder Frühling, andere Ereignisse bilden den Gesprächsstoff für die Bauernstuben und Wirtshäuser, und niemand, außer ein paar ganz Gewieften, merkt das Wunder, das auf leisen Sohlen daherkommt.

Das, was dann an einem ganz und gar verregneten Sonntag im Juni so überraschend über die Menschen herfällt, sieht zunächst auch nicht wie ein Wunder aus; denn die Menschen müssen sich beim Schulhaus in einer langen Reihe anstellen, müssen viel Geld abgeben und bekommen viel weniger dafür. Man sagt allerdings, daß dieses neue Geld mehr wert sei als das alte.

So sieht es also zunächst eher wie ein Betrug aus und nicht wie ein Wunder. Außerdem ist es eine Ungerechtigkeit sondergleichen, was da zur Verteilung kommt. Warum zum Beispiel erhält der Tannenwirt oder der Kaufmann Stelzer genau so viel wie die Emma Bromberger und ihr Mulattenhansl?

Diese Ungerechtigkeit erregt die Gemüter so lange, bis man merkt, daß sich da doch ein kleines Wunder anbahnt. Man bekommt nämlich plötzlich für das neue Geld alles, was man so lange entbehrt hat.

Jawohl, das Wunder bahnt sich an. Die Handschuhfabrik erhält einen Staatszuschuß und stellt auf einen Schlag gleich dreißig Leute ein. Den Bauern wird das Milchgeld am nächsten Ersten in der neuen Währung ausbezahlt.

Nach ein paar Monaten spricht schon niemand mehr über diesen Umschwung. Das neue Geld ist offenbar stabil, man bekommt Vertrauen dazu, es schaut jetzt alles nicht mehr so nach Betrug aus, und der Himmel hätte an jenem Junisonntag nicht so bitterlich zu weinen brauchen.

Auch sonst scheint die Zeit mit veralteten Vorurteilen aufzuräumen. Martin Bruckner ist nicht mehr allein mit seinem Verstoß gegen die althergebrachte Ordnung. Der Madegger Franz heiratet auch ein Mädel aus der Großstadt, der Angerer Lenz ein Flüchtlingsmädel aus

Pommern und der Villinger Xaver die Tochter eines Ziegeleibesitzers aus Niederbayern. Und seht, diese Ehen sind in schönster Ordnung, das fremde Blut scheint zu gedeihen in Lurch, die Gegensätze und Voreingenommenheiten verschwinden, die artfremden Mädchen fügen sich ein in Landschaft und Brauchtum des Tales.

Nur Lena will sich nicht einfügen. Ihr scheint das neue Geld in den Kopf zu steigen. Sie ist nun lange genug geduldiges Lanm gewesen, hat sich scheinbar ohne Murren gefügt. Bäuerin ist sie nie geworden, nur Frau, heißblütige junge Frau, die ihren Mann betören kann mit Schmiegsamkeit oder Wildheit, wie es sich gerade gibt. Langsam und zäh hat sie gerungen, um ihn soweit zu bringen, wie sie ihn braucht, und daß sie ihren Willen durchsetzen kann.

In diesen Tagen kauft sich Werner Blank ein Auto. Also will Lena auch eines haben, und sie rechnet ihrem Gatten genau vor, wieviele Bäume er nur schlagen müsse, um so einen Wagen zu kaufen. Martins Sinn geht zwar nach neuen Maschinen, aber er hat Wald genug, und auch sonst fließen die Einnahmen mit beträchtlicher Sicherheit herein.

Nein, Bäuerin ist sie nie geworden. Sie trägt sich zwar bäuerlich gekleidet, aber ihre Dirndlkleider oder Trachtenkostüme sind von besonderem Schnitt und in der Stadt angefertigt. Ihr Haar trägt sie jetzt nicht mehr offen, sondern hat es im Nacken zu einem Knoten verschlungen. Das gibt ihrem Gesicht einen eigentümlichen Reiz. Grünlich, mit metallischem Glanz liegen die Augen unter der hohen, leicht gebräunten Stirn.

Diese Stirn, Gesicht und Hals werden auch weiterhin nur leicht gebräunt bleiben, denn Lena geht nicht hinaus in die pralle Sonnenhitze, wie die anderen Bäuerinnen es tun. Sie geht lieber erst am Abend, wenn es kühl wird, über die Wiesen und Felder, läßt sich vom Duft des Grummets umschwirren und schaut mit großen Augen in das brennende Abendrot.

Tagsüber liegt sie lieber im schattigen Obstgarten in einem Liegestuhl und liest. Dort hört sie nichts vom Lärm des Hofes, kein Wagengeratter, kein Geschepper der Milchkübel. Nur tiefstes Schweigen ist unter den alten Bäumen.

Und Martin? Er ist verliebter denn je. Er kann sich gar nicht sattschauen an ihrer blühenden Schönheit. Mitten unter der Arbeit rennt er oft heim, sucht sie in der Tiefe des Apfelgartens und ist immer wieder trunken vor Glück, wenn sie ihre langen Arme um seinen Hals legt und ihn niederzieht zu ihren roten, lockenden Lippen.

So geht die Zeit dahin. Eine stille Zeit vor der Ernte. Ein paar Gewitter ziehen harmlos über die Gegend und beugen kaum einen Halm auf den Feldern. In den Obstgärten werden die Früchte größer und größer, die Zwetschgen leuchten tiefblau unter den kleinen Blättern, und schon fallen die Jakobiäpfel klatschend ins Gras.

Ja, Lena schmeichelt ihrem verliebten Narren wirklich einen Wagen ab. Sie macht in der Kreisstadt den Führerschein und flitzt dann mit einem kleinen roten

Sportwagen in der Gegend herum. Vielleicht weiß sie es gar nicht, wieviel böses Blut sie aufwirbelt mit ihrem Faulenzerleben und vor allem mit ihrem hochmütigen Gerede, wie dumm die anderen Frauen seien, sich auf den Feldern so abzurackern, wenn sie es doch auch so haben könnten wie sie.

Durch diese neue Art aber bewirkt Lena, daß bei den Menschen des Tales das teils spöttische, teils mitleidige Lächeln aufhört und sich Zorn oder sogar Haß ansammelt gegen dieses exzentrische Weibsbild, das alle anderen als dumm hinstellen möchte.

Martin merkt das lange nicht. Erst als er eines Sonntags einmal wieder zum Tannenwirt kommt, merkt er, daß etwas Eisiges um ihn ist. Sie zeigen ihm eine gewisse Verachtung so deutlich, daß es nicht mehr übersehen werden kann. Aufmerksam geworden, schaut er in ihre Gesichter. Der Schneeberger, der Rieser, der Hofstetter und wie sie alle heißen. Reife und wissende Männer, die er seit vielen Jahren kennt. Jetzt auf einmal sind ihre Gesichter verschlossen, sie meiden seinen Blick, und als er jetzt dem Hofstetter für seine Zigarre Feuer reichen will, tut dieser so, als sähe er es nicht, und zieht sein eigenes Feuerzeug.

Martin wird blaß, er zerquetscht die Zündholzschachtel in seiner Hand und läßt die Fetzen auf den Tisch fallen. Mit enger Kehle fragt er dann:

„Mußt du mich beleidigen, Hofstetter?"

„Kann man dich überhaupt noch beleidigen?"

„Was soll das heißen?"

„Wenn du es unbedingt hören willst", sagt der

Schneeberger, „dann laß uns allein und schau lieber, daß du zu deiner Antichristin heimkommst."

In Martins Gesicht ist auf einmal keine Farbe mehr, seine Fäuste sind geballt. Langsam steht er auf, drohend in Blick und Haltung.

„Mit welchem Recht darfst du das sagen, Schneeberger?"

„Ach was, Recht! Die Wahrheit wird man doch noch sagen dürfen. Ich sag dir ja bloß, was alle im Dorf sagen. Martin, was bist du nur für ein Mannsbild geworden? Läßt dich von dieser Hex um den Finger wickeln und siehst und hörst vor lauter Verliebtheit nichts mehr."

„Und wen geht das was an?" schreit Martin, blaß bis in die Lippen hinein.

Da beugt sich der Rieser ganz weit vor.

„Schrei uns nicht so an, gelt, du! Wir sind schon Bauern gewesen, da hast du noch in die Hosen gemacht. Was uns das angeht, fragst du? Wir alle ärgern uns darüber, die ganze Gemeinde. Einmal hat es geheißen, die Bromberger Emma sei der Schandfleck von Lurch. Wie brav aber hat die sich gehalten in der ganzen Zeit! Hat gearbeitet und für ihr Kind gesorgt und sonntags dem Herrgott gegeben, was ihm gehört. Was aber tut deine Madam? Wenn du zuschaust, wie sie faulenzt, ist das deine Sache. Daß sie nicht in die Kirch geht, ist ihre Sache und für dich nur insofern traurig, daß du ihr das nicht beibringen kannst. Daß sie aber über andere spöttelt, die es tun, und unsere Weiber in letzter Zeit auch noch aufhetzt, weil sie so dumm sind und arbeiten, das geht uns alle an. So, das hat endlich einmal gesagt werden müssen. Ob dir das paßt oder nicht, ist mir wurscht."

Martin ist über das Gehörte nun doch so erschrocken, daß er gar keine Antwort mehr weiß. Er greift mit den Zähnen nach seiner Unterlippe und zieht sie ein.

„Schau, Martin", beginnt nun der Schneeberger. „Wir meinen es doch nur gut mit dir. Was bist du früher für ein aufrechter Bursch gewesen! Was meinst du, was dein Vater sagen tät, wenn er wieder aufstünde? Es ist höchste Zeit, Martin. Wenn du jetzt nicht energisch durchgreifst, könnte es bald zu spät sein."

„Ach so, meinst du?" fragt Martin hilflos. Gleich übermannt ihn aber wieder der Trotz. „Jetzt weiß ich wenigstens, wie ich dran bin mit euch. Ich werd' mir's schon merken."

Er wirft ein Geldstück auf den Tisch. Krachend schlägt die Tür hinter ihm zu.

Draußen umfängt ihn die Nacht, die nur für die paar Schritte Nacht bleibt, bis er aus dem Mauerschatten heraus auf die Straße kommt, die hell, ja fast weiß ist. Ein leichter Wind rauscht in den Bäumen, groß und rund hängt der Mond am Himmel.

In einzelnen Höfen brennt noch Licht. Auch bei sich sieht er Licht brennen, im kleinen Stübchen, das von Lena längst umgewandelt worden ist in einen Raum mit weichen Polsterstühlen und Möbeln modernster Art.

Er macht einen weiten Bogen um seinen Hof. Der Geruch reifender Felder ist um ihn. Aus der Tiefe hört man das leise Rauschen der Loscha, und ganz weit drüben am Waldrand sieht er ein helles Licht brennen. Es geht ihm wie ein Stich durch die Brust. Dorthin hatte er eigentlich nicht sehen wollen. Nein, nach dem Försterhaus nicht. Da ihn aber nun dieses Licht aus der Nacht angerufen hat, muß er unwillkürlich an Therese denken. Ganz deutlich sieht er ihr schmales Gesicht wieder vor sich, ihre guten Augen, ihren Mund. Wenn er sie nicht so erbärmlich betrogen hätte und bei ihr geblieben wäre, weiß Gott, dann hätte er diese unliebsame Stunde heute beim Tannenwirt nicht erleben müssen. Wenn er es es richtig bedenkt, ist doch nur Lena mit ihrer leichtfertigen Lebensauffassung daran schuld. Innerlich muß er den Männern sogar recht geben. Es wird ihm nichts anders übrigbleiben, als mit Lena einmal ganz ernsthaft darüber zu reden.

Von weither hört man einen Nachtvogel rufen. Eine weiße Wolke zieht unter dem Mond hin und wirft ihren Schatten für Minuten über die Erde. Dann ist die Nacht wieder hell wie vorher, schweigsam und nur von einem leisen Wind bewegt, der unter den Sternen hinzusingen scheint. — —

Vom Kirchturm schlägt es elf Uhr, als er endlich seinen Hof betritt. Lena liegt lässig auf der breiten Couch im kleinen Stübchen, dem sie den Namen „Schmeichelkammer“ gegeben hat. Sie liest in einem Buch. Kaum daß sie aufblickt, als er eintritt. Erst als sie die Seite beendet hat, legt sie ein Blatt Papier zwischen die Seiten und klappt das Buch zu. Wohlig rekelt sie sich dann und blinzelt wie schläfrig zu ihm hin.

„Ich lese da gerade ein Buch“, beginnt sie gleich zu

plappern, setzt sich auf und zündet sich eine Zigarette an. „Du, das ist sehr interessant. Da muß ich dich jetzt gleich fragen, als Mann, ob das wirklich so sein kann. Der Autor schreibt da, daß ein Mann gleichzeitig drei Frauen lieben kann: eine mit dem Herzen, die andere mit dem Verstand und die dritte mit dem Körper. Ich finde, dies sind doch zuviel Freiheiten. Findest du nicht?"

„Ich weiß nicht —" meint er verlegen.

„Ja, du liest zu wenig. Außer deinem landwirtschaftlichen Wochenblatt nicht viel. Du solltest ruhig auch solche Bücher lesen." Sie zieht an ihrer Zigarette und streift die Asche ab. „Hast du etwas, Martin? Du schaust so finster."

Er setzt sich ihr gegenüber. Nur mit Güte, denkt er. Alles nur mit Güte. Ich darf sie nicht verletzen mit einem schroffen Wort.

Aufmerksam betrachtet ihn Lena und wappnet sich innerlich dagegen, wenn etwas Unangenehmes kommen sollte.

„Ich bin jetzt fast eine Stunde draußen herumgelaufen", beginnt er.

„Draußen, in der Nacht? Warum das?"

„Weil ich mich geärgert habe."

„Über mich vielleicht?"

„Über andere, die über dich reden."

Lena streckt sich ein wenig. Ihre Brauen wachsen zu einem spitzen Winkel zusammen.

„Über mich reden sie? Was denn? Und du hörst da ruhig zu?"

„Ich habe mich schon gewehrt. Aber als ich hernach

drüber nachgedacht hab — sie haben nicht so unrecht."

„Womit haben sie nicht unrecht?"

Martin wendet ihr sein Gesicht zu und faßt nach ihrer Hand.

„Wir müssen einmal darüber reden, Lena. Du lebst hier wie eine Heidin — nein, wie eine Antichristin, haben sie gesagt. Das geht aber in einem Dorf auf die Dauer nicht gut. Ich muß dich bitten, daß du mir hier keine Schwierigkeiten machst und nicht gegen etwas anrennst, was in den Menschen stark verwurzelt ist."

Lena zerdrückt die Zigarette im Aschenbecher und rückt die chinesische Vase mit den drei Nelken ein wenig zur Seite.

„Das ist ja interessant. Und was soll ich nach deiner Meinung tun? Ach ja, ich weiß schon. Sonntags mit dir in die Kirche gehen, womöglich schon um sechs Uhr früh. Ich will dir einmal was sagen, mein Guter. Ein Hund, den man zur Jagd tragen muß, der taugt nie etwas. Wenn ich mich nach den anderen richten wollte, müßte ich viel tun. Dann müßte ich auch auf die Wiesen hinaus und auf den Acker. Was hättest du dann? In ein paar Jahren ein zusammengerackertes Weib. Schau sie doch an, wie sie daherkommen! Kaum vierzig, sind sie schon verrunzelt und verbraucht und haben einen Haufen Kinder."

„Ich wäre mit einem schon zufrieden", unterbricht er sie.

„Soll das vielleicht ein Vorwurf sein?"

„Das gerade nicht. Immerhin sind wir schon eine ganz schöne Zeit verheiratet jetzt."

„Wie nur grad die Zeit vergeht", meint sie. Ihre

Stimme singt ein wenig dabei. Ihr Arm streckt sich nach seinem Hals, sie zieht sein Gesicht zu sich her. „Aber Martin, merkst du denn nicht, was eigentlich hinter allem steckt? Sie sind uns nur neidig um unser Glück. Deswegen suchen sie ja etwas, um dich gegen mich aufzuhetzen. Aber das wird ihnen nicht gelingen." Näher schmiegt sie sich an ihn. Ihre Augen sind verschleiert vor Zärtlichkeit. Ihre Lippen sind warm und feucht.

Es ist wieder das alte Lied. Aufstöhnend greift er nach ihr. Ihr Gesicht ruht nun unter dem seinen. Ihre Stimme ist dunkel und gurrend, wie die einer Taube. Die feingeschwungenen Brauen bewegen sich langsam und nachdenklich. Über was sinnt sie denn wieder nach? Martin wird nie ganz klug aus ihr, hinter ihrer Stimme ist die Welt nicht ganz klar, voll rätselhafter Gründe, auch dann, wenn sie nur das einzige Wort sagt: „Martl —"

Ihre Hand streckt sich nach rückwärts. Die Lampe erlischt. Dunkelheit umschlingt sie. Nur der Mond scheint durchs Fenster und wirft den Schatten des Fensterkreuzes auf die hellen Dielen. Wie ein Grabkreuz liegt es dort.

*

Etwas hat ihr Martin nun doch abschmeicheln können in dieser Nacht. Am anderen Morgen nämlich fährt Lena mit ihrem Sportwagen in die Kreisstadt und läßt sich bei einer Schneiderin ein Gewand anmessen, wie es die Frauen im Tal der Loscha tragen. Nur ein bißchen heller in der Farbe, mit mehr Ausputz. Sie will ja schließlich von den anderen herausstechen.

Am Samstag bekommt sie das Gewand, und am Sonntagmorgen steht sie festlich gekleidet in der Stube vor dem Spiegel, betrachtet sich von allen Seiten, den Silberschmuck, den Hut mit den langen Bändern.

Martin nimmt es fast den Atem weg vor Freude, als er sie so sieht. Er kann gar nicht anders, er muß sie in seine Arme nehmen.

„Oh, du Weibl, du — meine wunderschöne Brucknerin —"

Sie geht mit ihm zum Hochamt, kniet dann vorn in der Betbank, wo alle Brucknerfrauen gekniet haben. Den Kopf trägt sie hoch, sie ist schön wie ein Traum.

Immer wieder muß Martin zu ihr hinschauen. Er weiß nicht, daß bei ihr alles nur Komödie ist. Es ist ihr nur darum gegangen, den Leuten einmal zu zeigen, wie gut ihr die Tracht steht. Weiter ist es gar nichts gewesen. Böse Zungen behaupten hernach, daß sie bei der Wandlung nicht einmal den Nacken gebeugt habe.

Lena hat ihrem Mann gezeigt, daß sie nachgeben kann, wenn sie will. Aber nun ist ihr Bedarf wieder für lange Zeit gedeckt. Dafür hat sie einen neuen Sport entdeckt. In der Kreisstadt drüben hat einer ein Schwimmbad eröffnet und eine Sauna gebaut. Zweimal in der Woche fährt sie dorthin, um ihre schlanke Linie zu erhalten, wie sie sagt. Hernach aber ißt sie in der Konditorei Schweiger wieder drei Stück Torte.

In seiner Verliebtheit denkt Martin gar nicht daran, ihr diese Marotten zu verbieten, zumal sie ihm versichert, daß so eine Saunakur der Nachkommenschaft förderlich sei. Und was wünscht er sich denn mehr als einen Erben! Einmal schwindelt sie ihm auch vor, daß sie bei einem Arzt gewesen sei und der ihr nach gründlicher Untersuchung gesagt habe, sie sei für ein Mutterglück wie geschaffen. Sie sagt ihm dies mit jenem raffinierten Augenzwinkern, das Martin, wenn er besser darauf geachtet hätte, sagen hätte können: „An mir liegt es also nicht, mein Schatz. Vielleicht liegt es an dir."

Aber Martin achtet nicht darauf. Er geht seit ein paar Tagen recht nachdenklich herum, steht manchmal wie verloren im Hof, die Hände in den Taschen vergraben, den Blick hinaufgerichtet über den Schwedenacker, in dem das Kreuz steht.

Dieses sonderbare Verhalten fällt schließlich auch Lena auf, und als sie am Samstag darauf von der Sauna zurückkommt, fragt sie ihn.

„Trägst du an etwas Schwerem, Martin?"

Er sieht sie ratlos an, gerade als ob er abwägen wolle, ob er ihr sagen könnte, was ihn seit einigen Tagen so bedrückt. Ein Traum, nichts als ein Traum, allerdings ein sehr schwerer. Im Traum ist ihm sein Vater erschienen. Bleich, mit vorwurfsvollem Gesicht ist er an seinem Bett gestanden. „Was machst du aus unserm Hof?" hat er gefragt. „Siehst du denn nicht, wie alles Alte verschwindet und dafür etwas Neues, ganz Böses an seine Stelle tritt? Etwas Verderbliches, auf dem kein Segen ruht. Hat deswegen dein Bruder fallen müssen, damit du das Erbe herunterwirtschaftest? Denn wo kein Segen liegt, geht es abwärts. Das ist ein ungeschriebenes Gesetz, aber unerbittlich. Verdunkelt dir denn dieses artfremde Weib deinen Blick für alles Gute in der Welt?"

Nein, das kann er Lena nicht erzählen. Sie würde ihn nur auslachen, würde ihn wieder ihr kleines „Närrchen" heißen, der da glaubt, die Toten könnten aus ihren Gräbern steigen, um die Lebenden zu erschrecken. Sie lacht nur über solche Sachen, ist nixenkühl und ohne Seele. Er hat das nie recht glauben wollen, aber nun fällt die Erkenntnis langsam und immer erschreckender über ihn herein. Das Schlimme ist nur, daß er nie den Mut findet, mannhaft gegen sie anzugehn, daß er ihr seinen Willen nicht aufzwingen kann. Sie lebt nach ihrem Willen und nach einem Gesetz, das sie sich selbst aufgestellt hat. Und es dauert auch gar nicht lange, gibt sie schon wieder Anlaß, daß ihre Feinde aufs neue aufgestachelt werden.

Der Hofstetter und der Schneeberger haben sich nun auch einen Wagen zugelegt. Das liegt nun so im Zug der Zeit, das beginnende Wirtschaftswunder flattert auch auf das breite Land heraus.

Werner Blank hat sich einen Opel gekauft, die zwei Bauern Dieselwagen. Lena stellt in ihrem Neid prompt die Behauptung auf, diese Bauernfünfer hätten sich nur einen Diesel gekauft, weil sie da auch mit dem Dieselöl fahren könnten, das der Landwirt für die Traktoren verbilligt beziehen kann.

Diese Behauptung kann sie nicht beweisen, und der Schneeberger droht ganz offen mit einer Anzeige, wenn sie dies nicht in der Zeitung öffentlich zurücknehme. Es bleibt ihr gar nichts anderes übrig, und dies trägt dazu bei, daß sie über noch weitere Grenzen hinaus bekannt wird als das, was die Leute sie nennen: Ein liederliches Frauenzimmer, die „Hexe von Lurch“.

Diesmal gerät selbst Martin ziemlich scharf mit Lena aneinander. Daraufhin spielt sie ein paar Tage die Beleidigte, findet ihr Leben auf einmal so öde und trostlos in diesem „gscherten Bauernnest“ und sucht krampfhaft nach Abwechslung.

Eine Freundin wäre halt recht, sinniert sie. Aber wo soll sie in diesem Nest eine finden? Emma schneidet sie ganz offen, wenn sie ihr begegnet. Abgesehen davon, Emma wäre auch kein Umgang. Diese Frau Blank, die von Unternehmungsgeist sprühende Gattin dieses Werner Blank, die wäre Lena sehr sympathisch. Leider findet aber Frau Blank sie nicht diskutabel und ist kühl distanziert und unnahbar geblieben, als Lena versuchen wollte, eine Freundschaft anzuknüpfen.

Daraufhin überlegt sich's Lena anders und beschließt, mindestens alle vierzehn Tage nach München zu fahren. Theater, Kino, Tanz und ein wenig Flirt — das ist es, was ich brauche, sagt sie sich.

Jawohl, Frau Blank lehnt die Brucknerbäuerin ab. Emma lehnt sie auch ab, und zu den Mägden im Haus findet sie nicht das Verbindende, wie es auf einem Bauernhof sein soll. Martin wird immer schwieriger und schweigsamer und wird nur durch ihre Initiative immer wieder einmal entflammt und hochgerissen.

Es ist ja auch ganz falsch gewesen. Alles an dieser Ehe ist falsch aufgebaut worden. Am unsinnigsten aber ist bei Martin der Gedanke gewesen, aus dieser von

Leidenschaft und Lebenslust strotzenden Frau ein Geschöpf zu formen, das sich einfügt, um wenigstens entfernt jener anderen Frau zu gleichen, die er verraten hat.

Und so wird Lena immer launischer, zänkisch und gereizt, und manchmal sieht es so aus, als lauere sie nur auf den Augenblick, daß es zu einer gewaltigen Explosion kommen müsse. Sie rast mit ihrem Flitzer in der Gegend herum und freut sich kindisch, wenn der Staub dahinter aufwirbelt und jene Menschen einhüllt, die am Rand der Straße im Schweiß ihres Angesichts der Erde dienen. —

Eines Tages nun steht der greise Pfarrer Ramschl hinter seinem Gartenzaun und spaltet die Buchenrundlinge, die ihm der Schneeberger hergefahren hat. Früher hat ihn der Bruckner immer mit Brennholz beliefert, aber Martin hat das vergessen. Auch den Honig und die Eier hat er vergessen.

Kurz vor drei Uhr ruft ihn seine Schwester, daß er zum Kaffee hereinkommen solle. Und überhaupt, was müsse er sich denn so abschinden? Es gäbe doch Leute genug, die das Holz hacken würden für entsprechenden Lohn. Aber davon will der Pfarrer nichts wissen. Er brauche Bewegung, sagt er, dann würden die Knochen nicht verkalken, und zweitens könne er dann gut schlafen.

Er hat nur noch ein paar Scheite, dann ist er sowieso fertig.

In diesem Augenblick fährt die Brucknerin wie eine Irrsinnige daher. Und ausgerechnet jetzt muß es passieren, daß eins der Scheiter in hohem Bogen über den Zaun surrt und gegen die Windschutzscheibe des roten Sportwagens springt, daß die Glasfetzen fliegen.

Kreischend schreien die Bremsen, der Wagen gerät ein wenig in den Graben und hält. Pfarrer Ramschl schlägt seine Axt in den Hackstock und will sich entschuldigen. Aber da gibt Lena schon wieder Gas und prescht mit aufheulendem Motor davon.

„Gott sei Dank", seufzt der alte Herr und wischt sich mit dem Ärmel den Schweiß von der Stirn. „Wenigstens ist ihr nichts passiert." Dann geht er in die Küche, wo die dampfende Kaffeekanne schon auf dem Tisch steht. „Ausgerechnet bei der Brucknerin muß mir das passieren", jammert er seiner Schwester vor. „Ich will einen Besen fressen, wenn die jetzt nicht behauptet, ich hätte es mit Absicht getan."

„Ja, das hätte dumm ausgehen können", meint seine Schwester.

„Hast du es gesehen?"

„Natürlich, ich bin ja am Fenster gestanden. Ausgerechnet die Brucknerin, die dich sowieso nicht leiden kann."

„So? Wer sagt dir denn das?"

„Die Lechnerin hat es mir erzählt."

Mißmutig wirft Ramschl vier Stück Zucker in den Kaffee und rührt heftig um.

„Kathi, wie oft hab ich dir denn schon gesagt, du sollst nicht alles glauben, was die Lechnerin sagt. Die Lechnerin ist eine alte Ratschen, und die Brucknerin ist viel zu klug, als daß sie öffentlich über mich schimpfen würde. Im übrigen werde ich mich bei der Brucknerin heute noch entschuldigen."

„Dann sag ihr nur gleich in allem auch richtig deine Meinung. Die steckt ja noch das ganze Dorf an mit ihren heidnischen Gewohnheiten."

„Nein, Kathi, dazu kenne ich meine Bauern viel zu gut."

„Hör mir bloß mit den Lurcher Büffeln auf!"

„Ja, ja, ich weiß schon", lacht der Pfarrer. „Du schimpfst über sie, weil sie sich manchmal die Stiefel nicht sauber genug abputzen, wenn sie zu mir kommen, oder weil dir ihre Sprache zu derb ist. Ich sehe diese Äußerlichkeiten nicht, sondern nur den guten Kern, der trotz allem in ihnen steckt." — —

Spät am Abend noch macht sich Pfarrer Theodor Ramschl auf den Weg zum Brucknerhof. Die Geräusche des Taglebens sind schon verstummt. In den Bäumen singen sich die Vöglein in den Schlaf, und wie ein Traumlied geht das Plätschern der Loscha durch die Dämmerung.

Auf dem Brucknerhof sitzt das Gesinde auf der Hausbank. Der Pfarrer kennt kaum noch jemand, denn seit Lena hier ist, gibt es dauernd Wechsel. Immerhin grüßt man ihn sehr freundlich und sagt ihm, daß der Bauer nicht daheim, die Bäuerin aber im Haus sei.

Lena kommt ihm bereits im Flur entgegen. Einen Augenblick steht sie leicht betroffen, und eine kleine Bewegung läuft über ihre Brauen. Dann öffnet sie die Tür ins Stübchen.

„Bitte, wollen Sie eintreten. Mein Mann ist leider

nicht da, und Sie müssen schon mit mir vorlieb nehmen. Nehmen Sie doch Platz."

„Ich weiß nicht, ob es sich lohnt, weil ich mich ja nicht länger aufhalten möchte. Ich bin gekommen, mich zu entschuldigen."

Lena tut so, als habe sie nachzudenken. Dann lächelt sie auf eine so freundliche und liebenswürdige Art, daß der Pfarrer einen Augenblick versucht ist, ihr manches nachzusehen, mit dem sie ihm schon Kummer bereitet hat.

„Ach ja", lacht sie. „Wegen heute nachmittag meinen Sie. Aber ich bitte Sie, es ist ja weiter nichts geschehen. Diese Windschutzscheibe zahlt schon die Versicherung. Auf keinen Fall habe ich angenommen, daß Sie es mit Absicht getan hätten."

„Dazu hätte ich wirklich keine Ursache gehabt, junge Frau."

Wieder dieses kindhafte Lächeln, das ihr Gesicht auf merkwürdige Weise schön macht.

„Wirklich nicht, Herr Pfarrer?"

„Wirklich nicht! Wie kommen Sie nur zu dieser Frage?"

„Kommen Sie, tun Sie mir doch den Gefallen und nehmen Sie Platz. Oder ist es Ihnen peinlich, mit mir allein zu sein?"

„Sie Kind", lächelt der Pfarrer. „Sie großes, unvernünftiges Kind. Warum soll ich mit Ihnen nicht allein sein wollen?"

Lena ordnet mit schöner Bedachtsamkeit das Kissen im Polsterstuhl, damit der Besuch es bequem habe.

Sie selbst lehnt sich dann an den Kachelofen und verschränkt die Arme über der Brust.

„Vielleicht — weil ich eine Heidin bin."

Theodor Ramschl streicht mit dem Daumen über die Krempe seines Hutes, den er vor sich auf den Knien liegen hat. Dann hebt er langsam den Kopf und schaut die junge Frau ganz ruhig an.

„Wie kommen Sie denn darauf? Eine Heidin? Soviel ich mich erinnern kann, hat in Ihrem Taufschein, der mir bei der Trauung vorgelegen ist, dringestanden: katholisch getauft."

„Ja, das kann schon sein. Wie soll man sich denn als kleines Kind wehren, wenn etwas an einem vollzogen wird, das man noch gar nicht versteht."

Abwehrend hebt Pfarrer Ramschl die Hand. Er spürt das Ketzerische aus ihren Worten, einen neuen Geist, eine versteckte Reformwut.

„Kommen Sie mir doch nicht mit solchen Spitzfindigkeiten! Jemand, der sich selbst so betont einen Heiden nennt, ist bestimmt keiner."

In leisem Unbehagen bewegt Lena die Schultern. Für einen Augenblick löscht das Gegenwärtige aus. Sie ist wieder Kind, liebendes Kind einer Mutter, die sie die ersten Gebete gelehrt und sie in den Schlaf gesungen hat. „Jesuskindlein, komm zu mir —" hat das wohl geheißen. Wie lange ist das schon her? Hundert Jahre, tausend Jahre? Nein, es sind erst ein paar Jahrzehnte her. Aber Lena hat das alles vergessen. Sie hat sich immer in Kreisen bewegt, in denen man diese Dinge verleugnet hat und zum Beten keine Zeit hatte.

Unsicher schaut sie in die hellen, ungetrübten Augen

des Geistlichen. Sein schneeweißes Haar leuchtet unter dem milden Licht der kostbaren Stehlampe.

„Ich habe es natürlich nicht so wörtlich gemeint, Herr Pfarrer."

„Ich bin ja auch nicht hergekommen, um mich mit Ihnen über diese Dinge zu unterhalten, sondern um mich zu entschuldigen für meine Unachtsamkeit. Und ich bin herzlich froh, daß alles so gut abgelaufen ist und daß vor allem Sie keinen Schaden dabei genommen haben."

„Ich habe es bereits vergessen. Darf ich Ihnen etwas anbieten, Herr Pfarrer? Ein Glas Wein vielleicht?"

„Warum nicht? Für einen guten Tropfen bin ich immer zu haben. Mit Maßen natürlich."

Mit heimlicher Bewunderung beobachtet er sie, wie sie in dem kleinen Raum hin und her geht, wie sie die Flasche entkorkt und zwei Gläser vollschenkt. „Spätlese", sagt sie und wechselt die Gläser, weil in das eine Glas ein Korkkrümelchen gefallen ist. Dann hebt sie ihr Glas.

„Zum Wohlsein, Herr Pfarrer. Ich hätte nie geglaubt, daß wir einmal miteinander anstoßen würden."

„In diesem Haus hab ich schon manches Gläslein Wein getrunken."

„Ja, ich weiß. Es war ja auch leichter, in ein Haus zu kommen, in dem Ihnen die christliche Überzeugung auf Händen entgegengehalten wurde. Sehen Sie, das kann ich einfach nicht."

„So wie Sie es gesagt haben, ist es auch schlecht ausgedrückt. Und wenn Sie betonen, daß Sie so sein müssen, wie Sie sind, dann glaube ich Ihnen das aufs Wort.

Als Sie kürzlich einmal im Hochamt waren, sind Sie nicht aus Überzeugung hingegangen —"

„Sondern?"

„Um sich in Ihrer neuen Tracht zu zeigen."

Lena dreht gedankenvoll am Stiel ihres Weinglases. Ihre Brauen sind dabei eng zusammengeschoben.

„Ich hab ja gewußt, daß die Entschuldigung bloß ein Vorwand war. Also, was wollen Sie wirklich?"

„Gar nichts. Oder sollte ich den Versuch machen, Sie zu bekehren?"

„Das gehört doch zu Ihren Aufgaben, oder? Aber ich bin nicht so leicht zu bekehren."

„Vielleicht erinnern Sie sich in Ihrer letzten Stunde wieder an Gott."

„Das weiß ich nicht. Jetzt jedenfalls habe ich ihn verloren."

„Gott kann man nicht verlieren wie einen Gegenstand. Sie sagen das ja nur, weil Sie mich ärgern wollen, oder weil Sie keine eigene Überzeugung haben. Es ist mehr Trotz bei Ihnen, Gleichgültigkeit, Bequemlichkeit."

Lena nagt an ihrer Unterlippe. Die Standuhr im Raum schlägt mit melodischen Klängen die neunte Stunde.

„Was ist denn eigentlich Gott?" fragt Lena, gereizt durch die überlegene Sicherheit, mit der ihr dieser Pfarrer gegenübersitzt, der sich nun mit den Fingerspitzen über die Schläfe streicht.

„Eigentlich könnten Sie mir leid tun, Brucknerin. Sie fragen wie ein verblendetes Kind, und es ist schade um jedes Wort, das man da noch verliert. Aber als

Pfarrer von Lurch möchte ich Ihnen sagen, daß Sie hier ganz fehl am Platze sind. Bisher hat Segen auf diesem Geschlecht geruht, und nun versuchen Sie, den Geist dieses Hauses zu töten. Sie werden sich die Finger daran verbrennen wie an einem Feuer."

„Soll das eine Drohung sein?"

„Nein, nur eine Mahnung, ein guter Ratschlag, oder wie Sie es nennen wollen. Vielleicht liegt nicht alle Schuld bei Ihnen allein, sondern auch bei Martin, weil er zu weich ist und zu nachgiebig. Vielleicht würde sich in Ihrem Leben manches ändern, wenn Kinder da wären."

In trotziger Aufwallung wirft Lena den Kopf zurück.

„Ja, das glaube ich, daß dies ein ganz besonderer Dorn in Ihren Augen ist. Ich möchte Ihnen aber raten, Herr Pfarrer, mischen Sie sich nicht in meine Ehe ein!"

„Nichts liegt mir ferner als das. Trotzdem, ob Ihnen das paßt oder nicht, ich werde mit Martin einmal reden müssen. Das bin ich mir und ihm schuldig."

Lena ist von jeher eine schlechte Zuhörerin gewesen, und wenn ein Gespräch auf eine Klippe zuläuft, auf der sie sich nicht mehr sicher fühlt, dann wird sie unruhig oder frech. Mag sein, daß nun doch die Kleidung des Geistlichen noch einen kleinen Rest von Ehrfurcht in ihr erweckt — sie unterdrückt ihre Frechheit und wird nur unruhig. Sie beginnt im Zimmer umherzugehen, und weil der Raum mit sechs Schritten in der Länge auszumessen ist, stelzt ihre Gestalt in jeder Minute hinter dem Pfarrer vorbei, und jedesmal wirft sich dann ihr Schatten quer über den Tisch.

Und so entsteht ein langes Schweigen. Der Pfarrer nippt hin und wieder an seinem Wein und sieht mit schmalen Augen immer auf die Frau hin, die, wenn sie am Ofen angelangt ist, immer eine scharfe Wendung macht und zum Fenster zurückgeht. Der Rock schlägt dabei jedesmal wie eine Glocke um ihre schlanken Beine. Die Absätze ihrer Schuhe klappern leise. Und auf einmal hat der Pfarrer das Gefühl, daß es sich eigentlich gar nicht lohnt, für einen Menschen wie Lena eine große Rede loszulassen. Gegen Eigensinn und Borniertheit ist kein Kraut gewachsen. Er ist ein guter Prediger, wenn es sein muß, ein streitbarer Prediger, und ist empfänglich für die Wirkung, die er auslöst. Und er braucht das Echo. Aber von Lena kommt kein Echo und würde nie eins kommen, das ihn befriedigen könnte, denn sie ist hohl und leer im Grunde ihres Wesens. Eine Blenderin, die auf hohem Roß sitzt und doch schlecht die Balance halten kann.

Er trinkt sein Glas leer und steht auf.

„Dann werde ich wieder gehen. Haben Sie Dank für die Bewirtung, und — gute Nacht."

Lena rührt sich nicht von der Stelle. Sie hält die Tür so lange offen, bis der Pfarrer durch den Flur ins Freie getreten ist. Dann löscht sie das Licht und geht in ihre Schlafkammer hinauf.

Martin wird noch nicht so bald kommen. Er ist bei einer Sitzung der Molkereigenossenschaft. Sie steht am offenen Fenster und lacht auf einmal hell auf.

Mit Martin will er reden? Soll er doch! Sie wird sich schon wappnen dagegen. Es ist immer gut, wenn man gewarnt ist.

Das Land schläft bereits. Die Bäume im Garten kreuzen ihre scharfen Schatten ineinander wie Degen. In glitzernder Pracht stehen die Sterne am Himmel und lassen die Nacht nicht zur Dunkelheit ausreifen. Man meint sogar das große Feldkreuz droben auf dem Schwedenacker sehen zu können.

Wie hat der Pfarrer gesagt? Eigensinn, Bequemlichkeit! Das klingt verdammt nach Wahrheit. Und Wahrheit kann Lena nicht gut vertragen.

Nach etwa einer Stunde hört sie Schritte über den Anger heraufkommen. Schnell entledigt sich Lena ihrer Kleider und legt sich schlafen.

Als Martin auf Zehenspitzen die Kammer betritt, hört er ihre langgezogenen, tiefen Atemzüge. Aber sie stellt sich nur schlafend, liegt hellwach und gähnt nur müde und gelangweilt, als er versucht, sie anzusprechen.

*

Der Sommer geht zu Ende. Die Wälder beginnen in allen Farben zu leuchten, und auf den Feldern brennen die Kartoffelfeuer. Müd und blau hängt der Himmel über den Bergen. Die Herbstzeitlosen blühen. Marienfäden ziehen durch die Luft und legen sich zwischen die Äste der Bäume. In frommem Schweigen erstirbt alles Laute. Hinter dem Bahnhof flattern die bunten Bänder des Firstbaumes an der neu entstehenden Fabrik.

So warten das Land und die Menschen dem Kirchweihfest entgegen, das in dieser Gegend noch immer festlich begangen wird. Lena weiß das und hat es darauf angelegt, eine friedsame Stimmung zu verbreiten. Sie selbst steht am Herd und fischt die goldgelben Kirchweihnudeln aus dem brodelnden Schmalz. Ein Schwein ist geschlachtet und das Haus von oben bis unten gereinigt worden.

Martin hat alle Ursache, zufrieden zu sein. Die neue Saat ist unter der Erde, die Kartoffeln sind eingebracht, das Jahr ist gut gewesen, und im Lagerhaus ist bereits ein neuer, viel schwererer Traktor bestellt.

Martin kommt in die Küche, steht hinter Lena und schaut ihr zu. Sie hat die große zweizinkige Gabel in der Hand und dreht die Nudeln um, daß sie auch auf der anderen Seite bräunen. Dann öffnet sie die Bratröhre und gießt etwas Fleischbrühe über die gefüllte Kalbsbrust.

O ja, beim Bruckner ist es längst Brauch geworden, besser zu essen als früher. Lauter so exklusive Schmankerl wie Rindsrouladen, Sauerbraten, gefüllte Kalbsvögel, Paprikaschnitzel, Zigeunerschnitzel, Wiener Rostbraten und so weiter. Das ist im ganzen Dorf bekannt, und wahrscheinlich hält es deshalb auf dem Brucknerhof mancher Dienstbote etwas länger aus, als er eigentlich Lust hat.

Als Lena sich aufrichtet, lehnt sie ihr vom Herdfeuer gerötetes Gesicht an die Wange des Mannes und schmeichelt wie ein Kätzchen.

„Ich hab dir doch gesagt, Martl, daß ich für morgen unsere Freunde aus der Stadt eingeladen habe?"

„Du hast zwar nichts davon gesagt, aber es ist Kirchweih, warum sollen wir niemand dazu einladen?"

„Ich hab aber doch gemeint, ich hätte es dir gesagt."

Ein flüchtiger Kuß auf seine Wange. „Doch, doch, ich hab's gesagt, du bist nur so vergeßlich, mein lieber Martl." Sie fährt ihm mit dem Finger über die Stirn. „Wer wird denn schon wieder Falten machen! Notfalls könnte ich auch noch telefonisch absagen."

„Nein, nein, laß nur. Wann kommen sie denn?"

„Heute abend."

Sie kommen am Nachmittag zu sechst, alle in einen alten Chevrolet hineingepreßt, den Heydkamp lenkt.

Lena führt sie stolz im Haus umher. Man bewundert und bestaunt den prächtigen Besitz, lobt das Essen und den guten Wein und bespöttelt die vielen Heiligenbilder, wie sie in jedem Zimmer, außer im Schmeichelstübchen, hängen.

„Wie in einer Kirche", sagt Fräulein Hanisch und zieht dabei die Mundwinkel herab.

„Unsere Lena scheint mächtig fromm geworden zu sein", meint Heydkamp und blinzelt Tukan vertraulich zu.

„Ich habe mit all dem nichts zu tun", sagt Lena. „Das war alles schon vor mir da. Und wenn ich möchte, würdet ihr morgen schon von dem ganzen Kram nichts mehr sehen."

Der Abend wird sehr laut. Die Gäste haben einen Plattenspieler mitgebracht. Sie singen und tanzen die halbe Nacht hindurch, Lena ist in Hochstimmung, bis Martin endlich freundlich, aber bestimmt sagt:

„So, jetzt ist Schluß für heute. Morgen ist auch noch ein Tag."

Lena hat zwar noch keine Lust, aber sie sieht die

kleine, scharfe Falte auf der Stirn und weiß sie genau zu deuten.

Es dauert noch einige Zeit, bis wirklich vollständige Ruhe herrscht. Es mag schon gegen zwei Uhr sein, als man Eleonores Kichern endlich verstummen hört. — —

Der Kirchweihsonntag steigt herauf, läßt gegen acht Uhr die Sonne kräftig durchstoßen und die Nebel lichten. Dumpf und schwer läuten die Glocken zum Hochamt, und von allen Einöden herunter sieht man die Menschen talwärts wandern.

Martin Bruckner steht unter der Haustür, für den Kirchgang angezogen, den Hut in der Hand, die Stirn gefurcht.

„Natürlich", brummt er vor sich hin. „Von der Gesellschaft wird ja keiner in die Kirch' gehen wollen. Er wendet den Kopf zurück in den Flur. „Lena!"

Mit leichten Schritten kommt sie durch den Flur gesprungen.

„Ja, Martl? Was ist?"

„Geh mit mir", bittet er, und seine Augen sind flehend auf sie gerichtet.

„Aber Martl — wie soll ich denn das machen? Wir haben doch das Haus voller Gäste. Bei aller Liebe, aber das geht heute wirklich nicht."

Hart preßt er den Mund zusammen. Man sieht, wie seine Kiefer mahlen.

„Denken hätte ich mir's ja können."

Dann stülpt er unwirsch seinen Hut auf und geht davon.— — —

Die Kirche ist gedrängt voll, und das Hauptportal

steht weit offen. Bis weithin über den Dorfplatz schallen die brausenden Orgelklänge. Wenn sie einmal kurz schweigen, hört man den Köter vom Lechner bellen und die Hühner gackern.

Das Predigtlied ist verklungen, und Pfarrer Ramschl steigt auf die Kanzel. Vom gestorbenen Sommer spricht er, und wie man ihn ruhig vergleichen könne mit der Sterblichkeit der Menschen. Wie ein jeder bereit sein solle, weil ihn morgen schon der Ritterschlag des Todes treffen könne.

Plötzlich schweigt er. So still ist es auf einmal, daß man meint, das Knistern der Kerzen zu vernehmen, die da vorn am Altar brennen. Aber es ist etwas ganz anderes, was man vernimmt und was den Menschen den Atem verschlägt. Vom Wind getragen tönt Singen und Lachen und das Gequietsch eines aufreizenden Schlagers durchs Kirchenportal.

Der Pfarrer heftet seine hellen Augen vorwurfsvoll auf den Bruckner, der mit zusammengepreßten Lippen dasitzt und die Fäuste ineinander verkrampft. Er fühlt die stechenden Blicke der ganzen Gemeinde auf sich gerichtet. Er hört das dunkle, aufreizende Lachen seiner Frau und senkt seinen Nacken noch tiefer in brennender Scham.

Immer noch schweigt der Pfarrer. Unheimlich ist dieses Schweigen. Endlich richtet sich Martin auf. Sein Gesicht ist bleich und verzerrt. Laut und drohend klappern seine Schuhe auf dem Steinpflaster des Kirchenschiffes. Hinten, wo diejenigen stehen, die in den Bänken keinen Platz mehr finden konnten, weicht man lautlos zur Seite und macht eine Gasse für ihn.

Draußen auf dem Friedhof beginnt er zu laufen, nimmt die vier Stufen in einem Sprung und rennt seinem Hof zu.

Die Gesellschaft sitzt quietschvergnügt im Freien unter den alten Obstbäumen beim Frühstück. Lena mitten unter ihnen. Sie ist am lautesten und singt voll Übermut den „Schwarzen Zigeuner".

Plötzlich steht Martin da. Lena schreit leicht auf, erschrickt vor seinem Blick. Ehe jemand daran denkt oder ihn hindern kann, reißt Martin den Plattenspieler vom Tisch und wirf ihn gegen einen Stamm, daß er in tausend Stücke zersplittert. Dann zerrt er Lena am Handgelenk hoch, zieht sie hinter sich her ins Haus und stößt sie in die Stube hinein. Wutentbrannt starrt er sie an.

„Du — sag einmal, bist denn du ganz von Gott verlassen, oder spinnst du? Ist dir denn gar nicht bewußt, was du wieder angestellt hast?"

Lena ist zunächst fassungslos. Dann schreit sie nicht minder laut:

„Mir scheint eher, daß du dir nicht bewußt bist, wie flegelhaft du dich benimmst!"

„Noch viel zu anständig für dich. Die Gesellschaft soll sofort schauen, daß sie weiterkommt, oder du kannst was erleben."

„Gut, ich werde es ihnen sagen. Du aber wirst mir noch Abbitte leisten."

„Was soll ich? Abbitte leisten? Da wirst du alt und grau, wenn du darauf wartest. Und jetzt will ich dir einmal was sagen." Er tritt ganz nahe vor sie hin und umklammert mit hartem Griff ihr Handgelenk. „Treib es nicht zum äußersten! Ich hab jetzt lang genug zugeschaut, und es braucht dich nicht zu wundern, wenn meine Geduld einmal zu Ende ist. Oder meinst du vielleicht, ich lasse mich von dir zum Gespött machen vor der ganzen Gemeinde?"

„Schrei doch nicht so", flüstert sie heiser. „Du blamierst mich ja unsterblich vor unseren Gästen."

„Das ist mir wurscht." Martin schließt das Fenster und fährt fort: „Hast du mich vielleicht nicht blamiert? Was meinst du denn, wie mir zu Mute war, wie ich euch plötzlich hab plärren hören, dich am lautesten? Die ganze Gemeinde hat auf mich hergeschaut, und den Blick vom Pfarrer werd ich so schnell nicht vergessen."

Ein wenig kläglich versucht Lena sich zu verteidigen.

„Ich hab doch nicht wissen können, daß man das bis zur Kirche 'nunter hört. Soll er halt die Tür zumachen, der Herr Pfarrer, wenn man am Kirchweihsonntag nicht ein bißchen fröhlich sein darf."

Schweigend und in stummer Verbissenheit schaut er sie an. Man hört Getrampel über die Stiege hinauf und herunter. Man hört den Motor anspringen, das Auto mit den Gästen fährt davon.

„Das hast du jetzt erreicht", schluchzt Lena auf und verdeckt ihr Gesicht mit beiden Händen. „Die werden ja so schnell nicht wieder kommen."

Kopfschüttelnd geht er ein paarmal durch die Stube, um dann wieder vor ihr stehenzubleiben.

„Sag einmal, bist du so raffiniert oder so dumm, daß du nicht begreifen willst, was du angestellt hast? Wenn du einen Verstand hättest, dann hätte der dir sagen müssen, daß man während des Hochamts nicht schreit und plärrt. Im ganzen Oberland wirst du die einzige Bäuerin sein, die sich so ein Stückl leistet. Womöglich bildest du dir darauf sogar noch was ein!"

Jetzt fallen ihre Hände herunter. Ihre Augen funkeln ihn an.

„Dann hättest du eben eine andere heiraten müssen", sagt sie mit schneidender Schärfe.

Mit einem Ruck fährt er herum. Sein Gesicht ist ganz grau, seine Stimme jetzt aber wesentlich ruhiger.

„Da hast du recht. Es wäre vielleicht am besten gewesen, für mich und für dich."

Das hat sie nicht erwartet. Fassungslos starrt sie ihn an. Dann lacht sie auf, kurz und gereizt.

„Das fällt dir aber reichlich spät ein. Aber bitte, wenn du es ändern willst, dann gehe ich halt. Du hättest eben doch bei deiner Therese bleiben sollen."

„Laß Therese aus dem Spiel!" schreit er zornig. „Der kannst du sowieso nicht das Wasser reichen. Und fortlaufen willst du? Das könnte dir grad so passen. Langt es dir noch nicht, wie du mich zum Gespött für alle gemacht hast? Sollen sie jetzt auch noch mit dem Finger hinter mir herzeigen und mir hämisch nachschreien: Den schaut an, dem ist sein Weib davongelaufen!"

Allmählich gewinnt Lena ihre Sicherheit wieder. Ihre Augen schimmern noch feucht, ihre Unterlippe ist ein wenig vorgeschoben.

„Wenn dir mein Fortgehen so peinlich ist und du haben willst, daß ich bleibe, dann — verlange ich, daß du mich anständiger behandelst."

„So, so. Anständiger. Noch anständiger als ich kann

dich kein Mensch behandeln. Was fehlt denn dir schon? Hast du nicht alles, was du dir wünschst? Ich habe dich genommen, weil ich dich gern gehabt habe und weil ich der Meinung war, du könntest dich fügen, und ich könnte dich zu dem machen, was du sein sollst: eine Bäuerin, die mit der Zeit lernt, daß das Bauernleben schön sein kann wie kein anderes, wenn man erst einmal mit dem Herzen alles umschließt, was einem hier entgegenkommt, überall, auf den Wiesen, im Wald, auf den Äckern, im Stall und im Haus. Du brauchtest nur die Hände ein bißchen auszustrecken, und alles fliegt dir zu. Aber du gibst dir ja gar keine Mühe. Weinen könnte ich, wenn ich höre, wie schön sich die Frau vom Madegger Franzl in alles eingefügt hat. Die kommt auch aus der Stadt, aber keine Arbeit ist ihr zuviel oder zu dreckig. Die vom Villinger Xaver hab ich gestern beim Mistbreiten gesehn, und die vom Angerer Lenz geht in den Stall und melkt, als hätte sie nie was anderes getan. Dabei hat sie es auch erst lernen müssen."

„Ja, ja, sag mir nur recht deutlich, wie wenig wert ich bin!"

„Das war nicht meine Absicht. Aber eins sag ich dir: Wenn du dich nicht änderst, dann hat unser Leben keinen Sinn."

„Ach, Sinn! Würde ich nur jeden Sonntag in die Kirche rennen —"

„Wärst du wenigstens heute mit mir gegangen, wie ich gebeten habe, dann wäre uns jetzt der ganze Auftritt erspart geblieben. Merk dir in Zukunft, Lena, daß ich nicht dein Hanswurst bin, mit dem du spielen kannst, wie es dich freut.“

„Erlaub einmal —“

„Ich will nichts mehr hören jetzt!“ unterbricht er sie. „Auf alle Fälle, den Kirchweihsonntag hast du mir gründlich verpatzt, und du brauchst dich gar nicht zu wundern, wenn ich heute ganz spät oder gar nicht heimkomme.“

Die Tür schlägt hinter ihm zu. Kurze Zeit darauf fährt er mit dem einen Goldfuchs und dem leichten Gig davon.

Erst spät nach Mitternacht kommt er aus der Kreisstadt zurück, zum erstenmal in seiner Ehe mit einem Rausch, der nicht von schlechten Eltern ist.

*

Drei Tage haben sie sich daraufhin nichts mehr zu sagen und gehen wie zwei Fremde aneinander vorüber. Am vierten Tag immer noch dieses tödliche Schweigen.

Dann soll es so bleiben! denkt Martin, entschlossen, nicht nachzugeben, und geht am Abend wieder fort. Diesmal nach Unterlurch zum Sonnenwirt. Heute trinkt er aber nicht so viel, daß er einen Rausch bekommt. Nur mutig wird er beim vierten Schoppen Wein, verwegen und voller Schwung. Diese Stimmung braucht er, denn länger kann er die Spannung in seinem Eheleben nicht mehr ertragen.

Gegen elf Uhr kommt er heim. Lena ist noch auf und liest. Zögernd öffnet er die Tür, steht dann vor ihr, rot im Gesicht vom ungewohnten Alkohol, und doch verschlossen und fremd.

„Da bist du ja“, sagt er mit belegter Stimme.

Lena unterbricht ihre Lektüre nur kurz, sieht ihn aber nicht an.

„Wo sollte ich denn sonst sein?“

Er macht ein paar Schritte näher zu ihr hin, preßt mühsam heraus: „Lena, so kann es nicht weitergehen! Wir müssen wieder gut werden miteinander.“

„So, glaubst du?“ fragt sie lässig zurück. „Das fällt dir aber reichlich spät ein.“

„Weil ich halt immer drauf gewartet habe, daß du reden sollst.“

Sie legt einen Finger zwischen die Seiten des Buches und dreht ihm langsam das Gesicht zu.

„Wer hat denn wen beleidigt? Du mich oder ich dich?“

„Na ja — man muß doch auch wieder vergessen können.“

„Nein, nein, mein Lieber, so einfach geht das nicht. Du scheinst dir gar nicht bewußt zu sein, wie du mich blamiert hast.“ Sie greift in die Tasche ihres leichten, rosaroten Schlafrocks und sucht nach der Zigarettenschachtel. Eilfertig reicht er ihr Feuer. So mürb ist er bereits, daß er gar nicht merkt, wie armselig und lächerlich solches Tun ist.

Lena empfindet sein weiches Nachgeben sofort und ist berechnend und raffiniert genug, zu zeigen, daß sie unter ihrer rosaroten Umhüllung nicht viel mehr anhat.

„Na also“, meint er schon ganz versöhnlich. „Du bist doch auch froh, wenn es vorbei ist.“

Sie bläst den Rauch an seinem Gesicht vorbei und mißt ihn mit engen Augen.

„Weil du meine nachgebende Art kennst. Ob aber meine Freunde noch einmal kommen werden, das möchte ich bezweifeln. Glaubst du übrigens —“ sie legt ihr Buch weg und richtet sich halb auf, „glaubst du denn, daß es mir ganz gleichgültig ist, wo du dich nachts herumtreibst?“

Schon sitzt er neben ihr und umfaßt ihre Schulter.

„Geh, Lena, du wirst doch nicht glauben —“

„Warum sagst du dann nicht, wo du warst?“

„Das kannst du ruhig wissen. Am Sonntag war ich in der Kreisstadt, gestern beim Tannenwirt und heute beim Sonnenwirt. Und wenn wir heut nicht ins reine kommen, dann geh ich morgen wieder fort, und zwar solange, bis du nachgibst. So halte ich das einfach nicht mehr aus.“

„Ach so, du hältst es nicht mehr aus? Aber ich muß es schon aushalten.“

„Dir wird es nicht so schwerfallen wie mir.“

„Woher willst du denn das wieder wissen?“

„Ich bilde mir das einfach ein.“ Er will sich zu ihrem Mund niederbeugen, aber sie dreht den Kopf weg und sagt:

„Gib acht, sonst brennst du dich an der Zigarette.“

Behutsam nimmt er ihr die Zigarette weg und legt sie in den Aschenbecher.

Lena ist sich nicht ganz klar, ob sie jetzt schon nachgeben oder ihn noch ein paar Tage zappeln lassen soll.

Instinktiv fühlt sie aber, daß dabei nicht viel herausspringt, und darum gibt sie jetzt willig dem starken Druck seiner Arme nach. — —

Am anderen Morgen bringt der Postbote einen Brief für Herrn Martin Bruckner. Martin liest den Absender und schaut dann zu Lena hin.

„Von Tukan. Was hat denn der mir zu schreiben?"

Lena zuckt zusammen.

„Dir? Das kann ich mir auch nicht denken. Mach doch den Brief auf!"

Beide stehen dann am Fenster und lesen gemeinsam, was Tukan schreibt.

> „Sehr geehrter Herr Bruckner!
> Es ist mir ein Bedürfnis, mich wegen des unliebsamen Vorkommnisses am letzten Sonntag zu entschuldigen. Ich gebe ohne weiteres zu, daß ich und meine Freunde eine Taktlosigkeit begangen haben, und möchte nur hoffen, daß Ihnen durch unser unüberlegtes Handeln keine Unannehmlichkeiten entstanden sind. Es würde mir dies um so mehr leid tun, weil ich in Ihrer Gegend und in Ihrem Hof endlich das Motiv gefunden zu haben glaube, das mir für ein Bild vorschwebt. Sofern Sie mir nicht ganz und gar böse sind, würde ich Sie hiermit um Erlaubnis bitten, im nächsten Frühjahr Ihren Hof malen zu dürfen. Selbstverständlich werde ich aber gegebenenfalls die Gründe einer Ablehnung respektieren.
> Gern sehe ich Ihrer Antwort entgegen und

zeichne mit der Versicherung meines und meiner Freunde aufrichtigen Dankes für die genossene Gastfreundschaft

Ihr sehr ergebener
Karl Tukan."

„Na, siehst du", sagt Martin lachend. „Deine Freunde sind ja gar nicht einmal eingeschnappt. Er entschuldigt sich, so wie sich's gehört. Respekt, der Mann gefällt mir. Schreibst ihm halt gelegentlich, daß ich nichts dagegen habe, wenn er unsern Hof malen möchte."

Lena atmet auf, aber sie beherrscht sich, um ihm ihre freudige Erregung nicht zu zeigen. Gerade so, als ob es ihr gar nicht recht wäre, wenn Tukan käme, sagt sie:

„Er erwartet doch deine Antwort und nicht meine."

„Geh, das ist doch gleich, wer von uns beiden ihm schreibt. Mir ist es recht, wenn er kommt. Und er wird ja auch nicht gleich wieder die ganze Sippschaft mitschleppen, wie der Rattenfänger von Hameln."

„Nein, nein, schreib du ihm nur. Ich will niemals den Vorwurf hören, ich sei es gewesen, die ihn eingeladen hat."

„Na ja, wenn du unbedingt meinst, dann schreib ich ihm halt."

Am nächsten Vormittag bereits nimmt der Postbote das Antwortschreiben für den Kunstmaler Karl Tukan mit.

*

Zu Lichtmeß wechseln wieder einmal die Dienstboten auf dem Brucknerhof. Es ist ganz einfach mit Lena auf die Dauer kein Auskommen, obwohl Essen und Arbeitsbedingungen auf diesem Hof entschieden besser sind als anderswo. Martin Bruckner bekundet lebhaftes Interesse für alles, was Neues auf dem Sektor Landmaschinen herauskommt.

Der Holzeinschlag in diesem Winter ist zwar gewaltig gewesen, aber hier hat Lena sogar einmal recht: Der Wald ist so groß und reichhaltig an schlagbaren Bäumen, daß er es kaum spürt. Dafür hat man seit Neujahr auf dem Brucknerhof eine elektrische Melkmaschine, die erste im ganzen Tal der Loscha. Für das Frühjahr ist ein zweiter Traktor sowie ein Heuauflader bestellt. Lena rechnet ihrem Mann auch folgerichtig vor, daß er dadurch Leute einsparen könne. Ja, das ist eigentlich merkwürdig: in manchen Dingen hat sie eine gewisse Vorahnung für die Entwicklung der Dinge.

„Du mußt dir darüber klar sein", sagt sie einmal, „daß man in wenigen Jahren schon keine Hilfskräfte für die Landwirtschaft mehr bekommen wird. Die Industrie rafft alles an sich, bietet mehr Löhne und weniger Arbeitsstunden. Das beste Beispiel haben wir doch hier in Lurch selber. Dieser Blank beschäftigt bereits achtzig Personen, und wie es ganz den Anschein hat, geht diese Entwicklung weiter. Kürzlich habe ich einmal gehört, daß er es auf eine Belegschaft von vierhundert bringen will. Und das ist ihm zuzutrauen. Ich mag ihn sonst nicht, diesen Menschen, aber Wagemut und Unternehmungsgeist sind ihm nicht abzusprechen."

Ja, manchmal hat sie ganz vernünftige Ansichten, und Martin kann sich ihren Argumenten nicht immer verschließen. Nur als sie einmal meint, man solle den Bauernhof verkaufen und dafür Miethäuser in der Stadt bauen, aus deren Ertrag sich herrlich und in Freuden leben ließe, da schaut er sie an, als sei sie ein Gespenst.

„Ja, sag einmal, spinnst denn du?" fragt er. „Den Hof verkaufen? Den Brucknerhof? Ja, was fällt denn dir nicht ein!"

„Es war nur so ein Gedanke von mir", meint sie, ungerührt von seinem Schrecken.

Im übrigen hat sie vom großen Holzeinschlag ganz schön profitiert. Zumindest ist ein sündteurer Persianermantel für sie herausgesprungen. Hat in Lurch vielleicht jemand einen Persianermantel? Nicht einmal die Frau Blank. Aber Lena hat einen. Sie verfügt überhaupt immer über eine Menge Geld. Martin ist hier äußerst großzügig und hat sich zwanzig Prozent vom monatlichen Milchgeld abschmeicheln lassen. Des weiteren steckt Lena das Eiergeld ein, und auch sonst schröpft sie ihren Mann, wann und wo sich eine Gelegenheit dazu ergibt. Diese finanzielle Unabhängigkeit ermöglicht es ihr, weiterhin ein recht flottes Leben zu führen. Sie karrt mit ihrem Kabriolett in der Gegend umher und freut sich schon auf das Frühjahr, wenn sie das Verdeck wieder zurückschlagen und die Haare im Wind flattern lassen kann.

Diese Fahrten, die sie in letzter Zeit besonders oft nach München führen, sind Martin ein Dorn im Auge. Und einmal, kurz vor Ostern, als er mißgestimmt vom

Kartoffelacker heimkommt, weil ihm der Traktor kaputtgegangen ist, kommt es wieder einmal zu einem heftigen Streit.

Lena müßte in die Kreisstadt fahren und für den Traktor ein paar Ersatzteile holen, die der Mechaniker Merkl braucht.

Der rote Flitzer steht vor der Haustür. In der Küche, in der er Lena um diese Zeit vermutet, trifft er nur die Magd Agathe an, eine großgewachsene, dunkelhaarige Person, die seit Lichtmeß im Haus ist.

„Ist die Bäuerin nicht da?“ fragt er.

In Agathes glattem, nicht unschönem Gesicht verzieht sich keine Miene. Sie deutet nur mit dem Daumen gegen die Decke, was heißen soll: Droben ist sie.

Martin nimmt gleich drei Stufen auf einmal und stürmt in die Schlafkammer. Lena steht vor dem Spiegel und hängt sich gerade die Ohrringe ein. Langsam dreht sie sich um und zupft ein paar Haare von dem maßgeschneiderten Trachtenkostüm.

„Wo willst denn du schon wieder hin?“ stürzt ihm die Frage heraus.

Großes Augenspiel der Verwunderung.

„Hab ich dir denn nicht gesagt, daß ich in die Stadt fahre?“

„Nein, das hast du nicht gesagt. Die ewige Stadtfahrerei wird mir allmählich zu dumm jetzt. Ich möchte bloß wissen, was du da drinnen zu suchen hast. Du fährst jetzt sofort zum Baywa-Lagerhaus und holst die Ersatzteile, die ich dir da aufgeschrieben habe. Der Traktor ist verreckt.“

„Ach so? Ja, bitte, wenn es sein muß. Deswegen

brauchst du doch nicht so grantig zu sein. Kann denn ich was dafür, wenn dir der Traktor kaputtgeht? Überhaupt bist du in letzter Zeit so fahrig und so nervös."

Er ist ans Fenster getreten und schaut zur Loscha hinunter, wo gerade eine Schulklasse mit ihrer Lehrerin über die Brücke geht.

„Ist ja auch wahr", platzt er heraus. „Da ist man verheiratet, wartet und wartet, und es kommt einfach kein Kind!"

„Du bist schon gut", lacht sie und knöpft ihre Kostümjacke zu. „Ich kann doch auch keins aus dem Ärmel schütteln. Ich habe mir sagen lassen, daß das eben seine Zeit braucht."

„Ach was, Zeit. Woanders kugeln sie daher wie im Herbst die Erdäpfel. Das siebente kommt heuer beim Lechner. Und wir haben nicht ein einziges. Für was, meinst denn du, daß ich dich geheiratet hab?"

Lena empfindet diese Frage als taktlos und beleidigend. Sie schlägt die Augen nieder, um ihren Mund zuckt es, als ob sie weinen wolle.

Sofort bereut er seine harten Worte wieder, geht auf sie zu und legt seine Hand auf ihre Schulter. Seine Stimme ist voll grenzenloser Sehnsucht.

„Bloß ein einziges Kind, Lena — einen kleinen Buben —"

Lena zuckt müde die Schultern, ihr Gesicht ist umschattet, so als ob sie selbst zutiefst bedrückt sei von dem Unglück der Kinderlosigkeit. Hinter ihrer Stirn aber arbeiten die Gedanken fieberhaft. Sie begreift, daß seine Forderungen nach einem Erben immer drängender hervorbrechen werden. Aber sie will keine Kinder. Jetzt noch nicht. Sie will ihr Leben genießen, einen schlanken Körper behalten.

Aber das darf und kann sie ihm nicht sagen, denn er ist nicht mehr so ganz das willige Werkzeug wie in der ersten Zeit. Aber wie, wenn sie jetzt schlau ist und so ganz leise und vorsichtig das Glöcklein einer Hoffnung für ihn läuten läßt? Vielleicht bekäme sie ihn dann wieder ganz in ihre Hand.

Sie schlägt die Augen groß auf, macht diesen hingebenden Vergißmeinnichtblick.

„Du bist so ungeduldig, Martl. Warum meinst du denn, daß ich so oft in die Stadt fahre? Hab ich dir nicht schon einmal gesagt, daß ich bei einem Arzt war?"

„Ja, und?" In drängender Ungeduld zieht er sie an sich. „Was sagt er denn?"

„Vielleicht nächstes Weihnachten, meint er."

Wie helles Sonnenleuchten huscht es über sein Gesicht.

„Aber Herzerl, warum hast du mir denn das nicht gesagt?"

„Ich wollte dich überraschen damit", lügt sie, denn sie ist niemals deswegen bei einem Arzt gewesen. „Ich müßte noch einigemale zu ihm kommen", lügt sie weiter. „Aber du siehst es ja nicht gern, wenn ich nach München fahre."

„Weil ich das doch gar nicht gewußt hab', du Tschaperl, du. Natürlich fährst du. Paß auf, Lena unser ganzes Leben wird dann anders sein, wenn wir ein Kind haben."

„Ja, das kann schon sein. Ich würde mir doch nichts

lieber wünschen, als daß du dann wieder so bist wie früher. Aber du mußt halt auch mit mir ein bißl Geduld haben." Sie zieht ihn am Joppenaufschlag ganz nah an sich heran. „Geduld und Verständnis. Schau, bis jetzt hab ich immer den Doktor von meinem Ersparten bezahlt, du hast mir noch nie etwas dazu gegeben. Wirst dir oft Gedanken gemacht haben, was ich mit meinem Geld mache. Jetzt weißt du es."

„Aber da bist du selber schuld, Lena. Hättest mir ja bloß ein Wort zu sagen brauchen."

„Wenn ich mich so geniert hab, Martl."

„Geh, du Tschaperl, du! Was mir gehört, gehört doch auch dir." Er hebt auf einmal lauschend den Kopf zum Fenster hin.

Ein Glöcklein läutet hell und ein wenig aufgeregt über die Firstgiebel der Bauernhäuser her. Das Sühneglöcklein ist es, und Martin erfährt dann, als er nachmittags zum Mechaniker kommt, daß die Frau Oberförsterin Mathilde Heyden gestorben ist.

Martin erschrickt ein wenig.

„War denn die überhaupt krank?"

Ja, seit dem letzten Herbst habe sie gekränkelt. Das Herz sei es gewesen.

Martin wird daraufhin recht nachdenklich. Vergangenes steht plötzlich wieder vor ihm auf. Diese Frau ist immer so gut und freundlich zu ihm gewesen. Und nun kann er nicht einmal zu ihrer Beerdigung gehen, weil man ja nicht weiß, ob der Förster in seinem berechtigten Zorn ihm nicht auch auf dem Friedhof vor die Füße spuckt.

Natürlich wird Therese zur Beerdigung kommen.

Vielleicht ist sie sogar schon da und begegnet ihm. Kann er ihr ganz ruhig begegnen? Nein, das kann er nicht. Sie könnte ihn vielleicht fragen, ob er glücklich geworden sei. Dann weiß er keine Antwort. Er kennt sich ja selbst oft nicht mehr aus. Ist es denn Glück geworden, oder nur ein Balancieren zwischen Einbildung und Wirklichkeit?

Nur jetzt, seit ein paar Stunden, meint er wieder im Himmel zu sein, weil Lena ihm angedeutet hat, daß er auf einen Erben hoffen dürfe.

*

Die Zeit geht und kümmert sich nicht um der Menschen Wünsche und nicht um ihre Sorgen. Sie geht mit leisem, aber unaufhaltsamem Schritt, läßt die Nöte des Winters vergessen und die Freude des Frühlings jauchzen.

Vom Wind getragen klingelt schon wieder das erste Sensenläuten durchs Tal. Die Kirschblüten flattern im warmen Lufthauch und fallen langsam, wie große Schneeflocken in das helle Gras. Nur die Pfingstrosen verschließen ihre dunkelrote Pracht noch demütig in den festen Knospen.

Der Mond rundet sich und beschaut sich zur Nachtzeit ein wenig neugierig alle Dinge, die sich da herunten auf der Erde begeben. Und es begibt sich viel. Alles ist so drängend, viel drängender als die Zeit selbst, die trennt und wieder versöhnt, so wie sich die Lurcher trennen und wieder versöhnen. Es ist nicht mehr so schlimm wie früher, die Feindschaften wogen nicht mehr so heftig, und die Leute sagen, daß auch hieran die Zeit schuld sei, die alles Verstaubte aus den verborgensten Winkeln herausholt und einer neueren Ordnung einfügt, eine Ordnung, die freier ist in allem, selbst im Denken der Menschen.

In Lurch wird das Lied vom braven Mann gesungen, der da hinterm Bahnhof das herrliche Fabrikgebäude hat erstehen lassen und die Lurcher viel Geld verdienen läßt, und bei dem es der Bromberger Emma mit ihrem Buben so gut geht.

Nein, Emma braucht nie mehr in die Kreisstadt zum Gouverneur zu gehen. Sie erhält immer noch regelmäßig Lebensmittelpakete geschickt. Sie sieht gut aus, besser denn je, und manchem Burschen erscheint sie jetzt begehrenswert. In den Paketen sind nicht nur Lebensmittel, sondern mitunter auch Stoffe für sie und ihren Mulattenhansi, der ein strammes Bürscherl geworden ist, der auf sicheren Beinen umherstrolcht und die ersten urbayrischen Worte plappert auf eine so drollige Art, daß ihm jeder gern zuhört und mit ihm schäkern will. Er ist zum Lurcher Mulattenhansi geworden, der Emma gehört, zugleich aber allen, denn die Gemeinde kommt vorerst noch für ihn mit ihren Steuergeldern auf, und Steuern müssen sie alle bezahlen.

Am besten zeigt sich die Anhänglichkeit, als der Hansi einmal schwer krank wird. Emma weicht nicht von seinem Bett, und der junge Doktor, der sich in Lurch niedergelassen hat, kommt dreimal am Tag.

Fast vierzehn Tage lang schwebt der schwarze Engel des Todes um das Armenhäusl. Der kleine braune

Körper bäumt sich im Fieber, das sich über das ganze Lurch hinzustrecken scheint, denn alle kommen und fragen, wie es ihm geht.

„Wie geht es denn unserm Mulattenhansi? Er wird uns doch nicht sterben?“

Ja, so hat sich die Zeit gewandelt. Auch mit den einmal so verhaßten Flüchtlingen ist es viel besser geworden. Sie haben sich angepaßt, sie haben langsam und sicher Wurzeln geschlagen, und die Einheimischen haben den Boden dafür gelockert. Die Vertriebenen haben jetzt sogar drei Männer im Gemeinderat sitzen, und mehr brauchen es auch nicht zu werden, sagen die Bauern, weil sie sonst eine Mehrheit hätten, und das sei nicht gut für eine Demokratie.

Jawohl, eine recht friedsame Stimmung liegt über Lurch, und der Heilige auf seiner Brücke lächelt zu allem, weil es nicht in seiner Macht liegt, die Stirn krauszuziehen und mit erhobener Hand zum Brucknerhof hinaufzudeuten, wo die Antichristin in den Tag hineinlebt, als wäre sie allein auf der Welt.

Zwar hat sie einen Mann, dem das alles nicht paßt. Aber er schweigt, weil ihm doch für Weihnachten etwas versprochen worden ist, an dem er jedoch allmählich zu zweifeln beginnt, weil Lena zwar immer noch in die Stadt fährt, aber kein endgültiges Resultat mitbringt. Nein, nichts Schriftliches von einem Arzt, das ihn zu Hoffnungen berechtigen könnte. Nur was sie ihm sagt, muß er glauben. Und dadurch wird er wieder verwirrt, fahrig und nervös. — —

Am Himmelfahrtstag, an dem schöne, weiße Wolken am hohen Himmel dahinsegeln, sitzt Martin wieder einmal in der Stube über Rechnungen und Quittungen. Die Fenster stehen weit offen, die Sonne fällt breit herein, und der Wind bewegt ganz sacht die Vorhänge. Lena liegt auf dem Ledersofa beim Ofen hinten und schläft.

Immer wieder schaut Martin auf, zieht die Stirn streng zusammen und blickt mit finsteren Augen zum Lechner hinunter, wo sich im Obstgarten ein Dutzend Kinder balgen. In maßloser Verbitterung steht er schließlich auf und schlägt das Fenster zu.

Von diesem Knall erwacht Lena, richtet sich auf und gähnt.

„So laß doch das Fenster offen. Ich brauche frische Luft."

„Das Fenster bleibt zu", erklärt Martin. „Ich kann das Kindergeplärr nicht länger anhören."

Wie in satter Genugtuung antwortet sie:

„Dann ist es ja gut, daß wir keine haben."

„Das ist es ja!" schreit er zurück. „Fremde Kinder schreien vor meinem Fenster und nicht die meinen."

„Jetzt hör einmal zu. Deine Vorwürfe sind schon bald nicht mehr zu ertragen."

„Ich mach dir keine Vorwürfe, aber du hast gesagt, daß wir zu Weihnachten —"

„Mein Gott, so genau kann man da nichts sagen. Wenn es Weihnachten nicht ist, dann halt zu Ostern."

„Aha", lacht er grimmig. „Und wenn nicht zu Ostern, dann zu Pfingsten. Für was fährst du dann in die Stadt? Zum Geldverschleudern."

Lena steht auf und ordnet vor dem Spiegel ihr Haar, gähnt wieder.

„Es ist nicht unbedingt notwendig. Du selbst warst es doch, der mich zum Arzt geschickt hat."

„Ich weiß nicht, ich weiß nicht", stöhnt er auf und rauft sich die Haare. „Ich meine allweil, du belügst mich. Aber wenn ich dir da draufkomm, dann gnade dir Gott! Das nächstemal fahre ich mit zum Doktor. Von ihm selber will ich es hören, ob was zu erhoffen ist."

Er sieht nicht mehr, wie sie blaß wird vor Schreck, packt seine Joppe und rennt hinaus.

Draußen leuchtet in aller Bläue der Himmelfahrtstag. Martin zieht die Joppe nicht an, hängt sie nur über den Arm. Den Kopf zu Boden gesenkt, geht er dahin, ganz ziellos, am Rain des Schwedenackers hin, auf dem in diesem Jahr der Roggen so schön steht.

Nah schon winkt der Schatten des Waldes, da erschrickt er, und es ist ihm, als bleibe ihm das Herz dabei stehen.

Aus dem Waldschatten heraus kommt ganz langsam Therese gegangen. Sie trägt einen Latschenbuschen in der Hand, und die Sonne flimmert golden in ihrem Blondhaar.

Es gibt keinen rechten Ausweg, er müßte umkehren, aber dazu ist es bereits zu spät, denn Therese hat ihn gesehen, bleibt einen Moment stehen und geht dann weiter, nicht schneller als vorhin, aber direkt auf ihn zu, obwohl ihr ein Ausweichen möglich wäre.

Zum erstenmal nach Jahren begegnen sie sich wieder. Therese ist wohl etliche Male in Urlaub hiergewesen, aber seit dem Tod ihrer Mutter ist sie nun wieder ganz daheim und führt ihrem Vater den Haushalt.

In seiner grenzenlosen Verlegenheit will Martin stumm an ihr vorübergehen. Jedenfalls weiß er nicht, was er tun soll. Aber Therese weiß es. Es paßt nicht zu ihrer Einstellung, an einem Menschen kalt vorüberzugehen, den sie einmal geliebt hat, auch wenn sie von ihm so bitter enttäuscht worden ist. Sie bleibt vor ihm stehen und streckt ihm die Hand hin.

„Guten Tag, Martin. Wie geht es dir?"

Flammende Röte überzieht sein Gesicht, doch in seinen Augen ist ein dankbares Aufleuchten.

„Danke, Therese. Es geht mir soweit ganz gut. Du bist nun wieder ganz daheim, hab ich gehört."

„Ja, Vater braucht mich für das Haus."

Endlich findet er den Mut, sie voll anzusehen. Er begreift nicht ganz die Größe eines Menschen, der so schwer enttäuscht worden ist und doch die Kraft besitzt, seinen Blick still zu erwidern. Sie hat sich kaum verändert, vielleicht ist sie reifer geworden und ernster. Sonst blüht sie von Gesundheit, die Wangen sind zart gerötet, und wie sie so im Sonnenlicht steht, sind ihre Augen ganz hell und ihre Stimme leise, wie das feine Rauschen des Tannenwaldes.

Endlich gibt er sich einen Ruck.

„Du mußt verstehen, Therese — ich konnte nicht zur Beerdigung kommen."

„Du warst dafür später am Grab und hast Blumen hingelegt."

Wieder fährt die rote Lohe in sein Gesicht.

„Weil ich geglaubt habe, das sei ich deiner Mutter schuldig."

„Wollen wir denn von Schuld sprechen, Martin?"

„Nein, das nicht. Ich — freue mich, Therese, daß du nicht ausspuckst vor mir wie dein Vater."

„Nimmst du es ihm übel?"

„Nein, es geschah mir recht."

„Auch davon wollen wir nicht sprechen, Martin. Wir werden uns zwar nur ganz selten begegnen, aber dann soll es nicht so sein, als ob sich zwei erbitterte Feinde gegenüberstehen."

Ein kleines Lächeln noch, dann ist sie an ihm vorbei.

Er schaut ihr nach, bis das Roggenfeld ihre Gestalt verschlingt. Nur ihr blonder Scheitel schwebt leicht über den wogenden Halmen dahin.

Er weiß nicht, daß er ihr nach kurzem bereits wieder begegnen wird; er weiß nur, daß ihn mit dieser Begegnung eine längstvergangene, heile Welt gegrüßt hat, die ihm durch eigene Schuld verlorengegangen ist.

*

Gerade als die Heuernte begonnen hat, kommt der Maler Karl Tukan zu dem längst geplanten Besuch, den Martin eigentlich schon vergessen hat.

Tukan ist zu Martin von ausgesuchter Höflichkeit und beginnt am anderen Tag bereits auf dem Hügel hinter dem Haus seine Staffelei aufzustellen. Als Martin ein paar Tage später, mit dem Traktor von den oberen Wiesen kommend, anhält und von seinem hohen Sitz herunter das bisher Geschaffene mit kritischem Blick betrachtet, nickte er anerkennend. Wenn ihm auch keine allzugroßen Kenntnisse über Kunst gegeben sind, so merkt er doch, daß Tukan ein Künstler von Format ist und überdies ein Mensch von großer Intelligenz.

Lena ist auf einmal wie verwandelt, immer heiter und fröhlich; sie steht jetzt öfter am Herd und zeigt sich auch sonst von ihrer besten Seite. Martin ist froh darüber, denn er braucht alle Hände draußen auf den Wiesen; jedenfalls wird Agathe dort dringender gebraucht als im Haus. Allerdings, sobald Lena im Haus fertig ist, dann sitzt sie neben Tukan im Gras, und es mag der Teufel wissen, was sie die ganze Zeit zu reden haben. Auch abends sitzen sie oft noch lange beieinander, und zuweilen steigt in Martin etwas wie Mißtrauen auf. Das kleine Gartenhäusl neben dem Pflanzgarten unter den Fliederbüschen ist so lange Zeit nicht mehr benutzt worden. Jetzt auf einmal gewinnt es wieder Bedeutung. Lena serviert dem Gast da draußen das Abendbrot, und wenn es dunkel werden will, dann zündet sie ein Windlicht an und kann in schwärmerisches Entzücken geraten über die idyllische Stimmung, die sich ausbreitet.

„Setz dich doch auch ein bißl zu uns!" schmeichelt sie ihrem Mann.

Martin versucht es und fühlt sich dabei so überflüssig wie ein Stein, den man mit dem Fuß wegstößt. Außerdem ist er müde und abgeschlagen von der Hitze und Plage der Arbeit. Was interessiert es ihn schon, wer beim Tennispokal gewonnen hat oder ins Halbfinale der Fußballweltmeisterschaft einrückt? Er kennt die Namen nicht. Lena hätte ihn ruhig einmal fragen können: „Wie weit seid ihr denn jetzt mit dem Heu?

Steht es überhaupt gut?" Ach, es gäbe viele solcher Fragen, die er mit Freude beantworten würde.

Nur Tukan stellt einmal die Frage, was es denn mit dem Kreuz da droben auf dem Acker für eine Bewandtnis habe, und warum der Acker Schwedenacker heiße.

Das beziehe sich noch auf den Dreißigjährigen Krieg, als ein versprengter Haufe marodierender Schweden das Land hier durchzog, weiß Martin zu erzählen. Als die Schweden die umliegenden Dörfer bereits gebrandschatzt hatten und gegen Abend auch nach Lurch ziehen wollten, habe sich von der Loscha herauf ein so dicker, undurchsichtiger Nebel erhoben und alle Häuser und Höfe verhüllt, daß nichts mehr zu sehen gewesen sei und die Schweden an Lurch vorbeigezogen seien, ohne Gefahr für die Menschen und die Höfe. Zum Dank dafür habe dann ein gewisser Ulrich Bruckner dies Kreuz da droben aufstellen lassen, zur steten Erinnerung an Rettung aus Not und Gefahr. Der Christus übrigens sei eine sehr wertvolle Oberammergauer Schnitzerei.

„Sehr interessant", sagt Tukan. „Wirklich sehr interessant."

Lena aber gähnt und fragt gleich hinterher: „Weißt du übrigens, Karl, ob heuer oder erst nächstes Jahr der Literaturpreis verliehen wird?"

„Ich glaube, nächstes Jahr."

„Heydkamp hat nämlich ein Buch geschrieben", erklärt Lena.

Da steht Martin auf und geht, weil er schon weiß, daß jetzt wieder ein endloses Gespräch über moderne

Literatur folgen wird, mit Namen, die er noch nie in seinem Leben gehört hat.

Martin hat jetzt wirklich anderes zu denken. Das Heu muß herein, solange die Tage noch sonnenbeglänzt durch die Landschaft segeln. Das Getreide sieht man auch förmlich wachsen. Wenn der Wind geht, weht ein grauer Staub aus dem Roggenfeld auf, und der Buchweizen am Rainacker stand noch nie so üppig wie heuer. Ach ja, wie eine einzige Gnade geht dieser Sommer über das Land, keine Wolke trübt den Glanz der Tage, und Martin lebt in einer glückhaften Seligkeit, weil er an das Wunder glaubt, das ihn grüßen wird um die Weihnachtszeit. Wie im Traum sieht er sich zuweilen hinschreiten, einen Buben an der Hand führend, seinen Buben, den zukünftigen Erben.

Ein paar Tage später, als sie das Heu von der großen Breite heimbringen, kommt Martin müde und ausgelaugt von der Hitze in der Dämmerung erst auf den Hof zurück. Er hat noch auf der Loschawiese drunten das letzte Heu gemäht, und wenn das Wetter nur noch zwei Tage anhalten möchte, wäre man fertig. Mit diesem neuen Maschinenpark geht doch alles wesentlich schneller.

Der schwere Traktor rumpelt über den Hof und wird unter das Vordach der Tenne gestellt. Dann geht Martin zum Brunnen und wäscht sich. Er freut sich jetzt auf ein anständiges Essen und einen Schluck kühlen Bieres. Lena wird das bereits hergerichtet haben in der Küche.

Aber die Küche ist leer. Er ruft über den Gang zur

Stiege hinauf nach Lena. Keine Antwort. Nur Agathe kommt aus dem Stall und sagt ihm:

„Ich glaub, daß die Scheckin heut noch kälbert."

„Weißt du, wo die Bäuerin ist? Ich hab Hunger wie ein Wolf."

„Wart", sagt die Magd, „ich richte dir schnell was her."

Die Magd sagt es, nicht seine Bäuerin. Diese Agathe stammt von einem Kleinhäusler aus dem Tegernseer Tal; eine ungemein tüchtige Person, bescheiden auf der einen Seite und doch in manchen Gesten stolz und sicher. Es ist ihr gut zuzuschauen, wie sie mit flinken Händen kalten Braten vom Mittag in kleine Scheiben schneidet und auf einem Holzteller anrichtet. Sie schenkt Bier in ein Holzkrügl und stellt es ihm hin.

„Jetzt laß es dir schmecken, Bauer."

Dankbar schaut er kurz auf in ihr Gesicht, das tief gebräunt ist, so daß ihre hellen Augen, die eine wohltuende Wärme ausstrahlen, erst recht zur Geltung kommen. Ihr Mund schwillt rot und voll, ihr Kinn zeigt ein kleines Grübchen. So ein richtiger Bauernschlag. Martin weiß selbst nicht, warum er plötzlich denken muß: So was hätt' ich gebraucht. Wenn ich eine Therese schon leichtsinnig verschenke, dann hätte ich wenigstens so etwas wie diese Agathe dafür eintauschen müssen. Die tät mir Kinder schenken und Ruhe.

In dem großen Ausmaß seiner Arbeit hat er eigentlich noch nie so richtig Zeit gefunden, einmal ein längeres Gespräch mit ihr zu führen. Es ist kein Hochmut, der ihn davon abhält, mit der Magd über Dinge zu sprechen, die über den Hof hinausgehen, eher gewisse Hemmungen. Er hat auch noch nie so verspürt wie jetzt, in dieser Stunde, wieviel Wärme und Vertrauen dieses Mädel ausstrahlt.

„Wie alt bist du eigentlich, Agathe?“ fragt er plötzlich.

„Achtundzwanzig, Bauer.“

„Und noch ledig?“

Ihre breiten, starken Schultern heben und senken sich.

„Was will man denn machen, wenn der Richtige nicht kommt?“

„Bei deinem Aussehen?“

„Das hat mit dem Aussehen nichts zu tun. Und wenn man einmal ausgeschmiert worden ist, hat man Angst, daß es einem das zweitemal wieder so gehn könnt. Holzknecht ist er zwar bloß gewesen, und ich bin schon aufgeboten gewesen mit ihm, dann ist er drei Tag vor der Hochzeit mit einer reichen Sommerfrischlerin abgehauen. Drum bin ich ja fort von daheim, weil mich die Schand erdrückt hätte.“

„Armes Dirndl!“ hätte er am liebsten gesagt, verschweigt es aber und seufzt nur: „Ja, ja, manchmal ist es schon wie verhext im Leben. Und grad die Guten erwischt es immer.“ Er trinkt in einem langen Zug das Krügl leer. Dann drängt sich ihm die Frage auf:

„Wo steckt denn eigentlich die Bäuerin?“

Ihr Mund öffnet sich, schließt sich aber sofort wieder. Dann will sie zur Tür hinaus.

„Einen Moment, Agathe! Du wolltest doch jetzt was sagen.“

Ein seltsamer Blick aus ihren Augen, dem man das Mitleid anmerkt.

„Mich geht das alles nichts an."

„Was geht dich nichts an?"

„Hernach tät es dann heißen, ich hab was gesagt."

Sein Gesicht spannt sich, witternd streckt er das Kinn vor, und eine Welle der Unruhe spürt er über sein Herz fließen.

„Nein, so kommst du mir jetzt nicht davon!" sagt er aufstehend. „Du weißt was, das seh ich dir doch an."

„Ja, mei — man hört und sieht halt doch so allerhand, wenn man Augen im Kopf hat."

„Willst du damit sagen, daß ich keine im Kopf hab?"

„Aber die sehen halt nichts, sonst hättest du doch schon längst merken müssen, daß mit der Bäuerin und dem Maler etwas nicht stimmt."

Martins Gesicht färbt sich dunkelrot.

„Weiter! Was ist weiter?"

„Selber möcht einem die Schamröte ins Gesicht springen, wenn man sieht, was sie ihm für teuflische Augen hinmacht."

Ein müdes, verlorenes Lächeln zuckt um seinen Mund.

„Da hast du recht. Teuflische Augen hat sie. Damit hat sie auch mich —"

Er spricht den Satz nicht zu Ende, krempelt nur seine Hemdärmel herunter und schlüpft in den Wolljanker, der an der Tür hängt. Eigentlich weiß er gar nicht, wohin er gehen soll, nur sein Instinkt leitet ihn auf Umwegen zum Gartenhäusel hin, das dunkel und verschwiegen hinter den Fliederbüschen verborgen liegt.

Heute brennt kein Windlicht dort, und Martin ist schon versucht, wieder umzukehren, als er ein Flüstern vernimmt. Einmal leuchtet die Glut einer Zigarette auf, ganz kurz nur, aber der kleine Schein genügt, zu sehen, daß da drinnen zwei Menschen sitzen, die sich eng umschlungen halten.

Seine Hand umkrallt einen Zweig des Fliederbusches, als wolle er ihn zerquetschen. Dann hört er ganz deutlich Lenas dunkle Stimme:

„Ganz ohne Schuld bist du ja auch nicht, daß ich hier sein muß. Wir hätten uns damals nicht trennen sollen."

„Was heißt sollen?" antwortet Tukan. „Der Krieg hat uns getrennt, wie so viele." Die abgebrannte Zigarette fliegt durch die Spalierstäbchen heraus und erlischt im Gras. „Du hättest halt auch warten sollen, wie andere gewartet haben. Aber du mußtest ja diesen Bauernkerl heiraten und wolltest unglücklich werden."

„Ach, was weißt denn du, wie mir das Leben mitgespielt hat! Ich wollte ganz einfach 'raus aus dem Hunger und der Not. Den Hof hab ich geheiratet, nicht ihn. Meinst du, daß es mir sehr viel Vergnügen macht, mich zu verstellen? Und immer dieses blöde Gequatsch anzuhören, daß er einen Erben erwartet! Kürzlich sagte er glatt einmal, daß man es vom christlichen Standpunkt aus nicht verantworten könnte, ohne Kind zu sein."

„So ein Blödsinn!"

„Jetzt ist ja mein Leben einigermaßen erträglich, seit du da bist."

„Ewig kann ich auch nicht bleiben", sagt Tukan.

„Manchmal hab ich sowieso das Gefühl, als merke er was."

„Ach, woher denn! Bis der was merkt! Ach, Karl —"

Schweigen dann. Nur in kurzen Zwischenräumen ein glückliches Gurren.

Und der Himmel fällt nicht herunter. Die Sterne blinken ruhig da oben, als sei auf der Erde hier unten alles in schönster Ordnung.

Ganz leise, wie ein Dieb schleicht Martin sich fort. Er ist nicht einmal fähig, sich das Strafgericht auszudenken, das er folgen lassen muß. Hat nicht vor ein paar Tagen Lena erst gesagt, daß es nun soweit sei mit einem Kind, und er möge nur recht gut und zärtlich zu ihr sein jetzt, damit das Werdende nicht Schaden leide?

Ja, das ist es, warum er nicht jetzt gleich eindringt in das Gartenhäusel und mit beiden Fäusten zuschlägt. Was liegt daran, wenn Lena jetzt aus seinem Herzen geht? Etwas anderes ist ja nun im Werden, das einer Brücke gleicht, die unter seinen Füßen wächst und ihn höher heben wird von Tag zu Tag, über alles Leid hinaus.

Die Hände hinter dem Rücken verschränkt, geht er dahin, ohne Ziel, wie ein Blinder, der gejagt wird. Leise rascheln neben ihm die Roggenähren im Wind. Und auf einmal ist ihm, als rufe der Acker ihm zu: „Siehe, ich liege bereit und warte auf deinen Sohn, der mich ernten und wieder Saat werfen wird in meinen Schoß. Ich warte, so wie ich vor vielen Jahren auf dich gewartet habe. Damals habe ich deinem Vater dasselbe zugerufen wie heute dir. Ich warte gern, aber ich will nicht umsonst warten, denn das bist du mir schuldig, mir, der Erde —“

Ja, er hört diese Stimme bei seinem einsamen Gang durch die Sommernacht. Und er nickt vor sich hin, mit ruhigem, fast feierlichem Gesicht. Nichts Verzweifeltes, nichts Trauriges ist in ihm, weil ihm die Frau entglitten ist. Sie betrügt ihn, aber sie schenkt ihm einen Sohn. Das gleicht alles aus, auch wenn er jetzt weiß, daß sie nur Komödie mit ihm gespielt hat. Alles nur Komödie, ihre Liebe, ihre Eifersucht, ihre Küsse — —

Auf einmal wird alles klar in ihm. Er wird nie mehr in Liebe zu Lena hinfinden können. Er wird nicht mehr in der gemeinsamen Kammer schlafen, sondern in der Mehlkammer vielleicht, in der ein Bett steht, hart und schmal. Aber er wird einen Sohn haben, und er wird Gott nicht böse sein, auch wenn es ein Mädchen ist. Wenn es nur nicht der Mutter nachschlägt, sondern sein Erbe im Blut trägt.

Unversehens kommt er wieder auf den Hof zurück. Die Stallfenster sind alle erleuchtet. Die Kuh will kälbern, und Agathe richtet gerade die Stricke her.

*

Es ist schon fast Mitternacht, als Martin hinaufgeht. Es ist eine schwere Geburt gewesen, aber nun liegt das Kalb gesund, mit großen, runden Augen neben der Mutter im Stroh.

Lena steht in einem langen, leinenen Nachtgewand

vor dem offenen Fenster, mit über der Brust verschränkten Armen. Ihr Blick ist zu den Sternen hinauf gerichtet, und um ihren Mund liegt ein leises Lächeln. Als sie die Zugluft spürt beim Öffnen der Tür, dreht sie das Gesicht.

„Na, endlich kommst du", sagt sie mit singender Stimme. „Wo steckst du denn so lange?"

Ruhig bleiben! ruft er sich zu. Ganz ruhig! Dann öffnet er die Lippen.

„Sag nur gleich, du hättest auf mich gewartet."

„Ja, warum auch nicht?"

Er muß die Hände in die Hosentaschen stecken, damit sie das Zittern nicht sieht. Instinktiv spürt Lena, daß etwas nicht in Ordnung ist mit ihm. Sein Gesicht ist so finster, die Brauen stehen wie zwei dunkle Balken über seinen Augen. Er macht ein paar Schritte nach vorn.

„Sag mir jetzt die Wahrheit! Bist du guter Hoffnung oder nicht?"

Sie wechselt die Farbe, wird ein wenig unsicher. Er sieht, wie sie schluckt und wieder schluckt. Die Lüge will nicht aus ihrem Hals heraus. Aber dann wirft sie den Kopf zurück.

„Ja", sagt sie und beginnt ihr Haar zu kämmen.

„Dann ist es gut. Wegen des Kindes mußt du bleiben. Sonst könntest du meinetwegen gleich morgen mit ihm gehen. Nach der Geburt kannst du gehen oder bleiben. Das ist deine Sache. Mit Gewalt werde ich dich nicht halten, wenn du gehen willst."

Das hat Lena allerdings nicht erwartet. Man merkt ihre wachsende Unsicherheit, als sie jetzt sagt:

„Du tust ja auf einmal grad so, als ob du ohne mich leben möchtest."

„Wie schnell du das begreifst!"

„Ach so? Und das war deine angeblich so große Liebe."

„Komm, komm! Nimm du das Wort lieber nicht in den Mund."

„Ja, warum glaubst du denn, daß ich dich geheiratet habe?"

Eine wilde Schadenfreude zuckt in ihm, daß er ihr nun das sagen darf:

„Wegen dem großen Hof. Du hast doch den Hof geheiratet und nicht mich.""

„Lächerlich", sagt sie. „Wer hat dir denn das gesagt?"

„Du selber. Besinn dich doch ein bißl, wo und zu wem du das erst vor ein paar Stunden gesagt hast. An mir war dir doch nie was gelegen. Den Hunger und die Not wolltest du loswerden. Und ich Narr hab an was anderes geglaubt!"

So schlägt er sie mit ihren eigenen Worten. Blitzschnell arbeiten ihre Gedanken, suchen nach einer Ausrede. Da spricht er schon weiter:

„Ich werde dich nicht halten, wenn du nach der Geburt des Kindes zu ihm willst. Bilde dir aber nicht ein, daß ich jemals in eine Scheidung einwilligen werde."

„Warum denn nicht?"

„Weil es meinen Grundsätzen widerspricht."

Irgendwie treffen seine Worte die sonst so selbstsichere Lena. Hilflos steht sie vor ihm, die Hände ineinander verkrampft. Dann stampft sie plötzlich mit dem Fuß auf.

„Ach, es ist ja alles so kompliziert in diesem Trümmerhaufen, der sich Leben nennt!"

„Finde ich eigentlich nicht", antwortet er ganz ruhig. „Man darf sich das Leben nur nicht so verpfuschen wie du. Vielleicht kommst du später einmal drauf, was du mir wirklich bedeutet hast." Er wendet sich um und geht zur Tür.

Mit ein paar Schritten steht sie vor ihm. Ihr helles Nachtgewand wirkt geisterhaft bei ihrer starren Haltung.

„Glaub nur nicht, daß ich mich so leicht abwimmeln lasse!"

„Ach so?" Die Brauen über seinen Augen heben sich langsam. „Du denkst an eine Abfindung? Darüber läßt sich reden. Und jetzt mach Platz!" Mit dem Ellenbogen schiebt er sie weg.

„Wo willst du hin? Bleib doch hier, Martin!"

Er schüttelt den Kopf und faßt nach der Türklinke.

„Du scheinst immer noch nicht zu begreifen, was du angerichtet hast."

„Was hast du im Sinn?"

„Was ich im Sinn hab? Ordnung werde ich schaffen. Morgen muß mein Haus wieder sauber sein." Und nun erst packt er sie mit einem Eisengriff am Arm und schleudert sie zurück, daß sie über das Bett hintaumelt.

Erschrocken richtet sie sich auf und steht dann wie gelähmt. Jetzt erst erkennt sie, daß dieser gutmütige Narr ihr Spiel durchschaut und sich von ihr abgewendet hat. Sie könnte sich ohrfeigen, daß sie nicht vorsichtiger gewesen ist. Er muß sie belauscht und alles gehört haben. Aber sie müßte nicht Lena sein, wenn sie nun alles verloren gäbe. Es kommt nur darauf an, wie sie die Situation beherrscht. Auf alle Fälle muß sie ihn in dem Glauben belassen, daß sie guter Hoffnung sei. Wenigstens ein Vierteljahr noch, bis ihre Lüge offensichtlich wird. Bis dahin aber wird sie soviel Geld zusammengerafft haben, daß es sich auch hernach sorgenlos leben läßt.

Wichtig ist jetzt nur noch, wie Tukan sich einstellt. Sie wird sich morgen mit ihm aussprechen und ihn dann überreden, daß er abreist.

So schlecht kennt Lena ihren Mann. — —

Als sie am anderen Morgen etwas früher als sonst herunterkommt, hat Tukan das Haus bereits verlassen, weil Martin ihm in derselben Nacht noch gesagt hat, daß um halb sieben Uhr ein Postomnibus von Lurch nach der Kreisstadt abfährt.

Das ist übrigens ohne großes Geschrei abgegangen. Weil aber Martin sich von dieser Nacht an in eisiges Schweigen hüllt, in der Mehlkammer schläft und die Mahlzeiten wie ehedem am großen Tisch in der Stube mit den Leuten einnimmt, erfährt Lena zunächst nicht, was zwischen den beiden Männern in jener Nacht noch gesprochen worden ist.

*

Um diese Zeit ist es, daß der Bürgermeister Adamer sich einmal wieder hinsetzt und mit viel Schnaufen und

Seufzern einen Brief an jenen Rechtsanwalt in Harlem losläßt. Er rückt die Emma wieder in das schönste Licht und berichtet, daß dieses tapfere Mädchen — das „tapfere“ streicht er durch und ersetzt es durch „brave“ von ihrem ersparten Geld einen großen Strauß roter Rosen gekauft habe, um sie dem Heiligen an der Brücke zu bringen. Damals, als der Hansi so krank gewesen sei, habe sie ein Gelübde getan, wonach der Brückenheilige das ganze Jahr hindurch von ihr Blumen bekommen solle. In herzzerreißender Weise schildert er die Krankheit des Hansi, der vom ganzen Dorf jetzt heiß geliebt werde. Er als Vormund habe sich damals große Sorgen gemacht um den Hansi, der nun mit Gottes Hilfe wieder gesund und munter herumspringe und neben anderen urbayerischen Worten auch „Teifi“ sagen könne und „gscherter Rammel“. Der Brückenheilige gehöre übrigens längst einmal renoviert, aber die Gemeinde habe jetzt dazu leider kein Geld nicht, fügt er seinem Brief noch bei, weil er hofft, daß er damit den Negern da drüben in Harlem die christlichen Seelen aufrütteln könne und sie vielleicht Geld schicken werden zur Renovierung des heiligen Nepomuk auf der Brücke.

Emma weiß davon nichts. Sie hat eine geradezu ideale Stellung im Haushalt der Familie Blank, die voll des Lobes über ihre Tüchtigkeit und Ehrlichkeit ist. Sie hat noch nie in einer solch schönen Ordnung gelebt, verdient sehr gut, und was ihr das Wichtigste ist: der Hansi darf im Haushalt mitleben, als gehöre er zur Familie. Sie hätte ihn auch in den Kindergarten schicken können, den Werner Blank für seine Betriebsangehörigen auf seine Kosten eröffnet hat. Aber Frau Blank ist es, die das nicht will. Das Kind, sagt sie, soll nicht das Gefühl haben, als möchten wir es nicht bei uns im Haus haben. So spielt der Hansi nur stundenweise im Kindergarten mit.

Im übrigen bekommt Bürgermeister Adamer keine Antwort auf seinen Brief und auch kein Geld für den Brückenheiligen. Dafür fährt eines Tages ein taubenblauer Straßenkreuzer in Lurch ein und hält vor dem Gasthof zur Sonne.

Dieser schwere Wagen wird von einem elegant gekleideten Neger gefahren, der sich in Lurch ein bißchen auszukennen scheint, denn er erklärt der kaffeebraunen Schönheit an seiner Seite verschiedenes.

Dieser Riese in dem hellgrauen, maßgeschneiderten Zweireiher ist niemand anderer als der ehemalige US-Gefreite Jimmy Andrewsen, Juniorchef des Beerdigungsinstituts Andrewsen in Harlem. Und die Begleiterin ist seine Schwester Rebba, die nur ein paar eingelernte Brocken deutsch kann, während Jimmy sich mit dieser Sprache so leidlich durchhilft.

Nun steigt Jimmy aus und geht in das Gasthaus zur Sonne. Er erkennt den Wirt sogleich wieder, der damals mit seiner Frau hat ausziehen müssen, weil die Amerikaner den Gasthof beschlagnahmt hatten. Aber der Sonnenwirt erkennt ihn nicht mehr, denn Jimmy ist damals nur ein kleiner Soldat gewesen unter vielen Soldaten, und irgendwie sehen sich alle Soldaten der Welt in ihren Uniformen gleich.

„Ich sprechen wollen den Bürgermeister“, sagt Jimmy.

„Ja, ja“, meint der Wirt und blättert die Zeitung um, in der er gerade liest. Er legt nicht besonders viel Wert auf den dunklen Gast, der offenbar gar nichts verzehren will. Aber dann sieht er draußen vor dem Fenster den eleganten Wagen mit der Negerschönheit und wird lebendig. „Den Bürgermeister? Ich werd' ihn sofort anrufen, Herr Neger.“

Jimmy runzelt die Brauen ein wenig und sagt: „Nix Neger sagen, ich Andrewsen heißen.“

„Ist schon recht, Herr Andrewsen. Brauchen S' ein Zimmer auch? Ein Doppelzimmer vielleicht, mit fließend Wasser warm und kalt?“

Alles versteht Jimmy zwar nicht. Er nickt nur und sagt:

„Zimmer, ja. Und Menü für vier Personen.“

Der Sonnenwirt verschwindet und pfeift seinem Hausknecht, der die schweren Koffer nach oben bringen muß. Dann telefoniert er.

„Du, Adamer, da ist grad einer gekommen, aus Afrika, scheint mir. Der will dich sprechen.“

„Zacklzement! Das freut mich schon recht. Jetzt, mitten in der Arbeit soll ich weglaufen. Kann denn der nicht warten bis zum Abend?“

„Besser, mein ich, wär's schon, wenn du gleich kämst. Ich weiß ja auch nicht, was er will, der Hottentott.“

Inzwischen ist der „Hottentott“ in die Küche gegangen, in der er sich auch gut auskennt, und fragt die Wirtin:

„Wo sein Emma? Emma Bromberger?"

Bei der Wirtin fällt das Zehnerl schneller als beim Wirt. Sie kombiniert sofort: Neger — Emma. Hat er nicht Jimmy geheißen, der Vater vom Mulattenhansi? Sie strahlt Jimmy an.

„Sind Sie vielleicht gleich gar der Herr Jimmy?"

Jimmy nickt und zeigt seine herrlichen Zähne. Es freut ihn, daß die Wirtin ihn noch kennt, und er schüttelt ihr herzlich die Hand.

„Wo sein denn Emma? Und wo sein mein Bübchen?"

Die Wirtin schlägt die Hände über dem Kopf zusammen.

„Du meine Güte, ist denn das möglich? Nein, wird die Emma eine Freud' haben. Schorsch!" ruft sie ihrem Mann zu, der gerade aus der Telefonzelle kommt. „Wer meinst, daß der Herr ist? Emma ihr Jimmy."

Der Sonnenwirt schaut so verdutzt drein wie ein Kalb, wenn's donnert.

„Ja — da legst dich nieder! Der Emma ihr —? Zacklzement! Wo ist denn die Klara wieder? Die soll sofort den Erkertisch weiß decken. Und ein Menü möchten die Herrschaften. Schau nur, Alte, daß du was G'scheites herbringst."

Jimmy holt nun seine Schwester herein. Sie nehmen am Erkertisch Platz, von wo aus man den ganzen Dorfplatz übersehen kann. Sie bestellen Wein, Jimmy erzählt seiner Schwester von seiner Besatzungszeit hier.

Rebba deutet einmal zum Fenster hinaus und sagt: „Wie schön — dieses hohe Perg."

Dann studiert sie wieder in ihrem Sprachführer, um das Eingelernte nochmals durchzulesen. „Ich freu mich, dich kennenzulernen", heißt es, was sie Emma sagen will.

Inzwischen kommt der Adamer, hemdärmlig und ohne Hut, so wie man ihn von der Arbeit weggerufen hat, von hinten her ins Gasthaus und streckt zuerst seinen Kopf zur Küchentür hinein.

„Was ist denn eigentlich los?"

Die Wirtin klopft gerade vier Schnitzel. Sie ist so aufgeregt, daß sie sich beinahe auf die Finger geschlagen hätte.

„Wer meinst, Adamer, daß gekommen ist? Der Emma ihr Jimmy!"

Der Adamer kommt nun ganz herein und greift gleich nach einem Stuhl.

„Da muß ich mich zuerst einmal niedersetzen. Der Jimmy Andrewsen aus Harlem? Und ich bin nicht einmal rasiert, als Vormund."

„Das wird den Jimmy nicht schenieren, weil er ja nicht wegen dir gekommen ist. Vor allem will er den Hansi sehn."

„Der wird im Kindergarten sein", vermutet der Bürgermeister und macht sich gleich auf den Weg, ihn zu holen.

„Den Mulattenhansi brauch ich", sagt er dort dem Fräulein, das den Kindergarten leitet. „Sein Papi ist gekommen, aus Amerika."

Der Hansi steht gerade auf dem Sandhaufen, hat die Ärmel hochgekrempelt, weil er sich aus dem Sand eine Burg gebaut hat. Seine kurze Lederhose ist voller Sand, und das Fräulein muß ihn erst ein wenig säubern.

„Nur gleich die Nas'n auch putzen", sagt der Adamer. Dann nimmt er den Hansi bei der Hand und geht mit ihm durch Unterlurch.

„Wo gemma denn hi?" fragt der Hansi.

„Gleich wirst es sehn, Hansi. Dein Papi ist gekommen, weißt, aus Amerika. Der wird schaun, was du schon für ein großer Bub geworden bist. Mußt ihm gleich ein Bußl geb', deinem Papi, gell."

„I mog aba ned", sagt der Hansi in seinem bayrischen Dialekt und erblickt in diesem Moment den taubenblauen Wagen vor dem Wirtshaus. „Wem g'hört denn dö Kistn?"

„Der Wagen g'hört deinem Papa", erklärt ihm der Adamer.

In diesem Augenblick treten Jimmy und seine Schwester aus der Tür.

Der Adamer reckt sich. Es ist ein wunderbarer Augenblick, den er auskostet. Über das große Meer ist einer gekommen, um ihm, dem Bürgermeister und Vormund zu danken. Mit weiten, bedächtigen Schritten geht er auf die beiden zu. Der Hansi trippelt an seiner Hand neben ihm her. In seinen kugelrunden Augen ist ein wenig Angst.

Da löst sich die dunkle Schönheit von ihrem Bruder los, stürzt auf den Hansi zu, nimmt ihn in ihre Arme, herzt und küßt ihn, daß der Bub kaum mehr Luft bekommt und mit den Beinen strampelt.

Währenddessen ist der Adamer auf Jimmy zugegangen und streckt ihm beide Hände hin.

„Jimmy — daß du gekommen bist! So eine Freud! Hast meinen Brief kriegt?"

Jimmy schüttelt den Kopf.

„Nein, nix Brief. Aber ich Emma holen und heiraten."

„Ist schon gut, von dir haben wir nichts anderes erwartet. Aber wenn wir unsern Hansi hergeben müssen, das tut uns bis ins Herz hinein weh." Der Adamer zieht sein Taschentuch und schneuzt sich heftig. Dann fragt er: „Was sagst denn zu deinem Sprößling? Haben wir nicht ein prächtiges Mannsbild aus ihm gemacht?"

Jimmy sagt nichts, versteht auch nur die Hälfte. Er schaut auf seine Schwester hin, die den Buben immer noch umschlungen hält, und seine Augen werden feucht dabei. Wahrhaftig, Jimmy möchte weinen, vor Freude, vor Erschütterung. Wer weiß, was in diesem Augenblick in seiner Seele vorgeht.

„Da kommt die Emma", sagt plötzlich die Wirtin und deutet zur Brücke hinunter. „Ich hab beim Blank angerufen und ihr Bescheid gesagt."

Jimmy hebt den Kopf, sieht, daß jemand mit flatternden Röcken über die Brücke läuft, und erkennt Emma. Langsam, als möchte er jede Phase dieses Wiedersehens auskosten, geht er ihr entgegen, breitet die Arme weit auseinander und schließt sie dann um das schluchzende Menschenkind, das sich an seine Brust schmiegt.

*

Bis zum Abend weiß es ganz Lurch, daß der Emma ihr Jimmy gekommen ist. Man weiß, daß er etwa vierzehn Tage dableiben und dann Emma und den Mulattenhansi mit hinübernehmen wird übers große Wasser.

Man weiß ferner, daß dieser Jimmy sehr reich ist und daß dieses bildschöne Frauenzimmer seine Schwester Rebba ist. An den folgenden Tagen kann man die exotische Schönheit in Begleitung des Mulattenhansi in dem großen Wagen durch das Land fahren sehen, während Emma mit ihrem Jimmy Arm und Arm über die Wiesen wandert, bis hoch in den Bergwald hinauf. Natürlich hat Werner Blank ihr sofort Urlaub gewährt. Er bedauert es ganz außerordentlich, daß dieser Jimmy die Hausperle Emma mitnehmen will.

Am Sonntagnachmittag werden sie in den Blankschen Bungalow zum Kaffee eingeladen, und da Blank und auch seine Frau fließend englisch sprechen, bekommt Jimmy genau zu hören, was die Emma für ein Prachtmädel sei, das man in diesem Haus nur ungern scheiden sehe. Aber es könne durchaus sein, erklärt Herr Blank, wenn der Wirtschaftsaufstieg so rasant anhalte, daß er dann geschäftlich bald einmal nach New York käme, und dann wolle man fröhlich Wiedersehen feiern.

Hand in Hand gehen Emma und Jimmy am Abend zurück zum Sonnenwirt, und Emma nickt dem Brükkenheiligen dankbar zu, den sie doch immer angefleht hat, er möchte es doch machen, daß der Jimmy wiederkäme. Und nun ist er da, dieser Jimmy, der einmal auf einem Panzer in Lurch eingefahren ist, und hat für diesen Abend die Lurcher Bauern zu einem Freibier eingeladen. Der Adamer darf am Erkertisch mitspeisen. Er sitzt zwischen Jimmy und Rebba und fühlt sich wie ein König. Einer von den Burschen im Hintergrund hebt den Maßkrug und schreit: „Der Jimmy und seine schöne Schwester sollen leben, hoch!"

„Was der sagen?" fragt Jimmy.

„Ist schon recht", sagt der Adamer, klopft mit dem Stiel seiner Pfeife an sein Bierglas und steht auf.

Zunächst sagt er, welch eine große Freude es gerade für ihn als Bürgermeister und Vormund gewesen sei, daß der Herr Jimmy wieder nach Lurch gekommen sei. Daraus können alle ersehen, was er für ein hochanständiger Mensch sei, auch wenn er eine andere Hautfarbe habe. Er, als Vormund, habe nie daran gezweifelt, daß der Jimmy wieder einmal käme. So nehme er die Gelegenheit wahr, den Jimmy und sein Fräulein Schwester im Namen der Gemeinde herzlich willkommen zu heißen. Der Jimmy habe ihm gesagt, daß heute jeder soviel saufen — das heißt, trinken könne, wie er wolle, und er bezahle alles, habe er gesagt.

„Bravo!" schreien sie alle durcheinander. „Der Jimmy soll leben! Prost, Jimmy!"

Die Krüge heben sich Jimmy entgegen, und Emma bedeutet ihm, daß er jetzt auch trinken müsse. Jimmy trinkt, und Rebba trinkt auch und sagt hernach:

„Diss Pier sein okay."

So einen Abend haben die Lurcher schon lange nicht mehr erlebt. Plötzlich ist auch eine Ziehharmonika da, es wird getanzt, und einer geht gleich auf

Rebba los. Es ist der Schurauer Sepp, der sie herumwirbelt, sie unter den Achseln faßt und sie hoch über seinen Kopf stemmt, daß sie vor Angst mit ihren schlanken Beinen strampelt. Er flüstert ihr ins Ohr, daß sie ein rassiger Käfer und daß er so was Schönes nicht einmal in Frankreich gesehen habe, wo er als Soldat gewesen sei.

Rebba versteht kein Wort von allem. Sie nimmt nur an, daß es so eine Liebeserklärung sein soll, und lacht belustigt auf. Es hört sich an wie das Getriller einer Lerche. Sie ist das erstemal in Europa und findet die Angehörigen dieses urwüchsigen Volksstammes „Patrona Bavaria" ganz entzückend.

Als sie am anderen Tag wieder mit dem Hansi spazierengeht, ruft man ihr von da und dort zu, und Rebba winkt mit ihren braunen Händchen so bezaubernd nett, daß jeder meint, es sei eine halbe Liebeserklärung, indessen Rebba eigentlich nur eine große Liebe kennt — und das ist die Liebe zum kleinen Hansi, der nun schon recht artig zu ihr Tante sagt.

*

Mehr als eine Woche steht die Sonne schon brütend über der Landschaft. Es ist gerade, als hätten Jimmy und Rebba dieses schöne Wetter über das Meer mitgebracht. Das Korn wird reif und senkt die Ähren immer tiefer.

Martin Bruckner ist gerade auf dem Schwedenacker droben gewesen. Morgen früh soll das Korn gemäht werden. Eine Ähre zwischen den Lippen, geht er vom

Acker herunter. Ein paarmal bleibt er stehen und schaut wie in leiser Sorge zurück. An diesem Nachmittag ist es besonders schwül gewesen. Im Westen schiebt sich jetzt langsam eine graue Wolke empor, in der das Abendrot schaurig schön ertrinkt.

In den letzten drei Wochen hat es mit Lena keinen Streit mehr gegeben. In ihm ist etwas erloschen. Nur die Hoffnung auf den versprochenen Erben erhellt seine Gedanken zuweilen. Dann schaut er Lena so abschätzend und prüfend an, daß sie jedesmal leicht errötet. Aber sonst begehrt er nichts mehr von ihr. Die steile Flamme der Leidenschaft ist niedergebrannt. Wenn einmal ein schwaches Fünklein aufspringen will, denkt er nur an den Maler und an alles, was sie ihm angetan hat.

Lena hat begonnen, sich mehr um den Haushalt zu kümmern. Sie will es wenigstens so lange tun, bis die Ernte eingebracht ist. Mit eisernem Willen beherrscht sie sich, und niemand kann ihr ansehen, wie es in ihrem Innern gleich Lava glüht, vor Ungeduld, vor Zorn, Neid und Haß. Jawohl, auch der Neid frißt an ihr. Seit Lena die Negerlady in ihrem schweren Wagen spazierenfahren sieht, ist sie von grenzenloser Unzufriedenheit erfüllt. Was dagegen hat sie von ihrem Leben? Auf was muß sie alles verzichten! Dabei bedenkt sie aber nicht, daß sie selbst diese Lage heraufbeschworen hat, als sie eine Lüge als Begleiterin ihres Lebens auserkoren hat.

Vom Küchenfenster aus sieht sie Martin daherkommen, mit der Ähre im Mund, die Hände hinter dem Rücken verschränkt, die Stirn gekraust. Sie schaut ihm entgegen und denkt darüber nach, ob das Gefühl, das in ihr für ihn noch vorhanden, nur grenzenlose Gleichgültigkeit oder schon Haß ist.

Wenig später betritt er die Küche.

„Morgen mähen wir das Korn“, sagt er und setzt sich neben dem Ofen auf die Bank. Er ist müde. Er ist in letzter Zeit eigentlich immer müde und abgeschlagen, wie ein Mensch, der resigniert hat. Er schaut auf Lena hin, die ihm den Rücken zugewendet hat. Und weil er es halt gern so sieht, redet er sich ein, daß ihre Hüften schon breiter geworden sind. Und schon spürt er wieder etwas Mildes, Verzeihendes in sich. Nur den Mähbinder will er noch kaufen, dann soll Lena im nächsten Jahr den größeren Wagen haben, von dem sie immer schon gesprochen hat. Ein Wagen, mit dem auch er fahren wird. Und das Kind werden sie dann auf den Rücksitz betten und mit ihm in der Landschaft herumfahren, die Verwandten aufsuchen, um ihnen den Erben zu zeigen und die Freude zu nehmen, weil sie doch damit gerechnet haben, daß Martin mit dieser Frau kinderlos bleiben wird und sie dann die fette Erbschaft einmal einstreichen könnten.

„Heuer mähen wir zum letztenmal mit der Sense. Im nächsten Jahr werden wir einen Mähbinder haben“, erzählt er, obwohl Lena sich immer noch nicht umgedreht hat.

Jetzt tut sie es und sagt:

„Weil du gerade da bist und wir sowieso noch so selten miteinander zu reden kommen — morgen fahre ich in die Stadt und brauche Geld.“

„Ausgerechnet morgen?“

„Du vermißt mich doch sowieso nicht?“

„Ja, es ist ziemlich gleichgültig, ob du da bist oder nicht.“

„Na also. Gibst du mir also Geld?“

„Wieviel brauchst du denn?“

„Dreihundert mindestens.“

„Soviel hab ich gar nicht im Haus.“

Ihre Augen klemmen sich schon wieder zu schmalen Schlitzen zusammen. Die Stimme steigt wie aus einem dunklen Grund herauf und schwillt an.

„Mach mir doch nichts vor! Du hast gestern erst dem Tannenwirt das Kalb verkauft.“

„Das schon. Aber gerade diese zweihundert Mark brauche ich zu was anderem.“

„Aha! Und das brauche ich nicht zu wissen?“

„Doch, das kannst du ruhig wissen. Ich hab den Maler bestellt. Das Kreuz am Schwedenacker muß dringend renoviert und gestrichen werden. Seit fünfundzwanzig Jahren ist dort nichts mehr getan worden.“

Ein schrilles Lachen, hart wie Kettengerassel, springt ihn an.

„Für so einen Firlefanz hast du Geld, und ich soll zurückstehen?“

Wenn sie nur nicht so schreien würde, denkt er. Ich ließe ja mit mir reden, aber sie schreit mich an wie einen Lausbuben. Er spürt den Zorn in sich aufspringen, seine rechte Hand zuckt empor, dann läßt er sie wieder sinken.

„Schlag mich doch!“ schreit sie hysterisch weiter.

„Am liebsten tät ich's schon, wenn ich — auf deinen Zustand nicht Rücksicht nehmen müßte.“

Lena lehnt am Fenstersims. In ihren Augen glüht etwas Unheimliches, um ihren Mund zuckt ein fremdes Lächeln, gerade als ob sie mit aller Genugtuung jetzt schon seinen Schmerz auskosten wolle, den er empfinden wird, wenn sie ihm hohnvoll ins Gesicht schreit: „Du Narr, du! Glaubst denn du, daß ich blöd bin? Schreib dir doch deinen Erben auf den Dachfirst 'nauf, daß du es immer lesen kannst, was ich dir niemals geben werde —“

Aber gerade, als sie damit anfangen will, sagt er mit einer wegwerfenden Handbewegung: „Du bist ja verrückt“, geht hinaus und schlägt die Tür hinter sich zu.

Ohnmächtig vor Wut bleibt Lena zurück. Die Adern an ihren Schläfen zucken, die Hände sind zu Fäusten geballt, weil sie ihre Rache nicht hat anbringen können. Von dem rasenden Wunsch durchdrungen, ihm etwas anzutun für diese Demütigung, starrt sie zum Fenster hinaus. Groß und einsam steht das Kreuz auf dem Schwedenacker. Man sieht nur den oberen Teil, die gestreckten Arme des Christus, das tief gesenkte Haupt, das Schrägdach mit Schindeln darüber. Den unteren Teil verdecken die hohen Halme. Dahinter steigt eine dunkle Wetterwand hoch, zieht immer höher.

Die Abendglocke beginnt zu läuten. Dunkel und ernst schwingen die Klänge daher und verlieren sich im ersten Windstoß, der vom Westen herkommt.

Das Kreuz da oben wird schon von der Dunkelheit

verschlungen. Morgen soll es renoviert werden, oder übermorgen, wenn das Korn gemäht ist. Darum hat Martin ihr das Geld verweigert. Sie müßte ihm eigentlich zeigen, wie wenig sie seine Wünsche respektiert.

Der erste Blitzstrahl zuckt in der Ferne. Man hört noch keinen Donner. Das Gewitter muß weit hinter dem Wald sein. Vielleicht entlädt es sich hier gar nicht, treibt es der Wind vorüber?

Lena hört Schritte im Flur und auf der Stiege. Auch Martins Schritt ist dabei, der sich dann in der Tiefe des Ganges zur Mehlkammer verliert.

Irgendwo rollt noch ein Wagen. Übermäßig laut hallt es in der Stille. Dann wieder ein Blitzstrahl, diesmal hell und feurig, mitten aus der dunklen Wolkenwand. In seinem Licht sieht Lena wieder das Kreuz da oben.

Das Gewitter kommt langsam heran, wie ein Tier, das noch fern ist, aber mit seiner grollenden Stimme alles durchdringt.

In diesem Augenblick springt der Sturm von den Hügeln herunter. Die Vorhänge flattern hoch wie zwei Flaggen. Lena schließt das Fenster.

Es will gar nicht mehr dunkel werden jetzt, denn ein Blitz löst den anderen ab, flackernde Feuerrisse in der Nacht. Scharf knatternder Donner zerreißt die Luft.

Lena steht immmer noch am Fenster. Und immer wieder sieht sie das Kreuz da oben, von Blitzen angestrahlt. Sie schließt die Augen, um die Vision auszulöschen, die sich ihr aufdrängt. Frisch gestrichen sind

Stamm und Heiland und das Dach darüber. Mit Blumen ist es geschmückt, und Martin steht daneben und lächelt spöttisch zu ihr herunter. „Nun hab ich doch meinen Willen durchgesetzt“, sagt sein Blick.

Lena wischt sich mit der Hand über die Augen. Die Vision ist zwar weg, aber der Haß brennt noch heller in ihr. Tief holt sie Atem und streckt sich. Ein unheimlicher Glanz ist in ihren Augen. Den Nacken gesteilt, verläßt sie die Küche, schleicht durch den Flur und steht draußen im Hof. Der Sturm springt sie an wie ein bissiger Hund.

Ein irres Lächeln geht über ihr Gesicht. Sie horcht. Alles ist still im Haus. Ein paar Schläge tönen vom Kirchturm herauf, aber sie ersticken im Gebrüll des Sturmes.

Nun geht Lena zur Werkzeugkammer. Ihre Hand greift nach einer Axt. Ihre Röcke flattern im Wind, als sie raschen Schrittes über den Hof läuft. Die ersten schweren Regentropfen schlagen ihr ins Gesicht wie kleine Geschosse.

Einen Augenblick bleibt sie stehen, als wolle sie sich besinnen, ob sie es tun solle oder nicht. Doch, sie wird es tun! Ihr Plan ist fertig. Sie will dieses Kreuz da oben nicht mehr sehen!

So kommt sie an den Roggenacker, die Axt in der rechten Faust, als ziehe sie in einen Streit. Atemholend steht sie eine Weile, halb betäubt von dem ungeheuren Aufruhr der Natur.

Das Korn steht hoch und reicht ihr fast bis zum Hals. Langsam tastet sie sich vorwärts. Die Halme schwanken im Sturm, neigen sich nieder und richten sich wieder auf. Schritt für Schritt kommt sie nur vorwärts, beißt die Zähne aufeinander, wenn ihr die schweren Ähren ins Gesicht schlagen. Nur um so wütender wird sie dadurch, daß man ihr den Weg zum Ziel verwehren will.

Nicht mehr weit ist es, nur noch zehn Schritte trennen sie vom Kreuz.

Jetzt steht sie davor. Mit beiden Händen umklammert sie den Stiel der Axt. Ihr Haar hat sich gelöst und flattert im Wind.

Nein, es gibt kein Zurück mehr! Sie reißt die Axt hoch. Klirrend saust sie in den Stamm des Kreuzes. Das Holz ist zäh, und Lena merkt, daß sich dies nicht mit ein paar Schlägen abtun läßt. Der zweite Hieb geht in den Steinsockel, in den das Kreuz eingelassen ist. Funken sprühen auf und stacheln Lenas Wut zur rasenden Hysterie.

Hieb um Hieb führt sie jetzt, dazwischen sprühen immer wieder Funken auf. Endlich beginnt der Stamm zu ächzen. Ein Hieb vielleicht noch, dann muß das Kreuz stürzen. Ganz hoch reißt sie die Axt — dann ein kleiner, leiser Aufschrei, und wie ein gefällter Baum schlägt Lena in den aufgeweichten Ackerboden.

Eine fremde Luft ist plötzlich da, scharf und sauer. Der Blitzschlag ist in die erhobene Axt gefahren. Langsam neigt sich jetzt auch das Kreuz und stürzt dicht neben Lena nieder.

Unbeweglich und stumm liegt die junge Brucknerin zwischen den Ähren. Die Flut ihres gelösten Haares hängt wie ein Schleier über ihrem Gesicht. Ihr wildes, trotziges Herz steht still.

Als habe sich mit diesem Blitzstrahl die ganze Kraft des Gewitters entladen, beginnt der Regen sanfter zu strömen. Fast lautlos rinnt er über das starrgewordene Gesicht hin.

Ruhig wird es über dem Acker und über dem Tal. Die Ähren stehen geneigt und tropfend. Als weine der Acker, so schaut es aus. Viele tausend Tränen um eine Frau, die geglaubt hat, Gott ließe immer und ewig seiner spotten.

Erst nach Mitternacht wird es heller und heller. Und dann leuchtet der Mond über dem Feld, still und feierlich.

Vom Kirchturm schlagen die Stunden bis in den Morgen hinein. Aber Lena hört keine der Stunden mehr. Ganz still liegt sie, und die ersten Sonnenstrahlen fallen in ihre weit offenen Augen, die sich im Schreck wohl nicht mehr haben schließen können.

*

Jungfräulich und rein steigt der Morgen aus dieser Nacht, so als sei die Natur gar nicht aufgewühlt worden. Nur über den Bergen ziehen noch ein paar kleine Wolken hin, und die steigende Sonne läßt die Wälder leicht dampfen.

Es stört Martin längst nicht mehr, daß er Lena zu solch früher Morgenstunde nicht sieht. Vor acht Uhr kommt sie jetzt selten herunter. Er wird erst unruhig, als sie um neun Uhr noch nicht sichtbar ist.

„Ist sie vielleicht krank?“ fragt er die Agathe.

Die zuckt nur die Schultern, kehrt den verstreuten Mist von dem Steinplatz vorm Haus und schaut zum blanken Himmel hinauf.

„Ich glaub, Bauer, das Korn ist schon bald abgetrocknet."

Martin geht über die Stiege hinauf in die Kammer. Unter der Tür bleibt er erstarrt stehen. Das Bett ist unberührt.

Ist Lena fort? Hat sie bei Nacht und Sturm das Haus verlassen?

Besorgt wird er erst dann, als er den Wagen in der Garage stehen sieht. Wohin Lena zu Fuß verschwunden sein soll, das kann er sich überhaupt nicht vorstellen. Seine Sorge aber gilt weniger Lena als dem Kind. Das Kind braucht er, und darum wird er Lena suchen müssen.

Gegen zehn Uhr, als die Sonne alles abgetrocknet hat, geht Martin mit den Leuten zum Acker hinauf. Er selbst tut den ersten Schnitt. Schwer rauscht das Korn unter dem Hieb seiner Sense nieder, dann liegt es still.

Bis zum Abend wird Lena schon wieder da sein, denkt er, denn sie hat kaum etwas mitgenommen. Vielleicht hat sie ihn nur schrecken wollen.

Weit ist der Schwung seines Armes. Er sieht nichts als die schwankenden Halme vor sich und das Leuchten der Sense im goldenen Sonnenlicht. Hinter ihm rafft Agathe die Halme auf, seitlich folgt das zweite und dritte Paar. Es fällt weiter nicht auf, daß mitten durch das Korn eine Spur führt. Das kann ein Reh gewesen sein oder ein Hirsch.

Auf einmal stößt Agathe einen Schrei aus, ihre Hand streckt sich gegen das Ende des Feldes hin.

„Bauer — das Kreuz —!"

Martin richtet die Augen nach vorn. Tatsächlich, das Kreuz steht nicht mehr an seiner Stelle. Schon wirft er die Sense weg und rennt hinauf.

Dann findet er sie. Die eine Hand um die Axt gekrampft, die Augen weit offen, den Mund leicht geöffnet, so liegt sie da, ein Häuflein erstarrter, wilder Rachsucht.

Martin gibt keinen Laut von sich, schaut nur auf die Tote und auf das, was sie vollbracht hat. Um ihn herum stehen mit entsetzten Gesichtern seine Leute. Was in ihm vorgeht, kann keiner der Umstehenden erahnen. Ihm ist gerade, als ob ihm jemand ganz leise das Herz weggenommen habe und er selbst tot sei. Er denkt an das Leben mit ihr, und daß nun auch das andere unter ihrem Herzen mitgestorben ist. Er wird also keinen Sohn haben, und das trifft ihn am meisten.

Endlich beugt er sich nieder und nimmt sie auf seine Arme. Jetzt erst entgleitet ihrer starren Hand die Axt. Er trägt sie heim und sieht auf dem ganzen Weg in ihre Augen, die sich nicht mehr schließen lassen.

Im Flur wird sie aufgebahrt. Zwei Kerzen brennen ihr zu Häupten, und die Luft ist kühl über ihrer Gestalt. — —

Gegen Mittag kommt der Pfarrer, und Martins erste Frage ist:

„Werden Sie die Glocken läuten lassen für sie?"

„Warum nicht? Selbstmord war es doch nicht."

„Nein, aber sie hat Gott töten wollen. Das Kreuz hat sie umgeschlagen."

„Gott kann man nicht töten, Martin. Gott ist ewig, nur der Glaube wankt manchmal."

„Aber sie hätte mir das nicht antun dürfen, Pfarrer. Sie nimmt jetzt auch das Kind mit in die Erde. Und ich hab mich so darauf gefreut. Es hätte meinem Leben wieder Sinn und Inhalt geben können."

„Nicht hadern, Martin. Ihre Seele ist immer unruhig und voller Zweifel gewesen."

Kaum ist der Pfarrer fort, kommt der junge Doktor, der sich in Unterlurch niedergelassen hat. Er muß die Leichenschau vornehmen. Auch ihm erzählt Martin, daß ihn dies am ärgsten schmerze, weil Lena doch ein Kind unterm Herzen getragen habe.

Der Doktor schaut ihn verständnislos an und meint dann:

„Das muß ein Irrtum sein, Bruckner."

„Wieso Irrtum? Sie hat es mir selber gesagt. So um Weihnachten herum hätte es da sein müssen."

„Sooo? Dann hätte meine Diagnose allerdings nicht gestimmt."

„Wie meinen Sie das, Doktor?"

„Ich habe Ihre Frau erst vorige Woche untersucht. Von einer Schwangerschaft keine Spur."

„Ja — meinen Sie denn — daß sie mich angelogen hat?"

„Das weiß ich nicht. Jedenfalls möchte ich Sie nicht in einem falschen Glauben belassen. Ihre Frau war wirklich nicht in anderen Umständen."

Jetzt erst fängt Martin an zu begreifen. Lena hat ihn also auch hier belogen und betrogen. Wenn er ihr alles verzeihen kann, dieses nicht!

Mit schwerem Schritt geht er hinaus und sucht den Sarg erst in der letzten Nacht nochmals auf, bevor man ihn am Morgen zunagelt und zum Friedhof hinunterfährt.

Er sitzt auf einem Hocker, schaut in das leicht verzerrte Gesicht der Toten und denkt darüber nach, ob er ihr etwas abzubitten hätte. Aber er hat ihr nichts abzubitten. Er denkt an die Jahre seiner Ehe an der Seite dieser nun toten Lena und weiß nun eigentlich nicht einmal, ob er sie jemals aus tiefem Herzen geliebt hat, oder ob es nicht nur eine Leidenschaft gewesen ist, ein Verhextsein, ein Bann, der über ihm gelegen hat. Sie hat mit ihm Schicksal spielen wollen und hat falsch angesetzt, hat zu einer großen Lüge gegriffen, und dazu hat sogar ein ungeheurer Mut gehört, denn sie hätte wissen müssen, daß er als Betrogener zur gröbsten Gewalt gegriffen hätte. Aber nun hat sie nichts mehr zu fürchten, keinen Fausthieb, keine Verachtung und keine Gewalt. Wie eine schöne Tigerkatze hat sie sich einmal in sein Leben geschlichen und ist mit einer Lüge wieder daraus fortgegangen. Mutig blickt er nochmals in die Augen, die der Tod nicht ganz geschlossen hat, dann erhebt er sich mit einem leichten Stöhnen, weil sich sein Körper vom langen Dasitzen schmerzhaft versteift hat. — —

Es sind dann bei der Beerdigung eine Menge Menschen. Wahrscheinlich ist es mehr Neugier als Anteilnahme, und man ist gespannt, wie der Pfarrer nun über ihr Grab hinweg den Richtspruch der Verdammung aussprechen wird. Sie kommen aber alle nicht auf ihre Kosten, denn der Geistliche sagt etwas ganz anderes, als man erwartet hat.

Von der sündigen Magdalena spricht er, die der Herr auch nicht verdammt habe. Und daß niemand von den Anwesenden berufen sei, über die Tote zu richten. Dies sei ganz allein die Angelegenheit eines Höheren. Für ihre arme Seele zu beten, dies sie das einzig Richtige, was man tun könne.

Diese Rede hört auch Emma, die mit ihrem Buben gekommen ist, um Lena die letzte Ehre zu geben. Wenn sie es mit ihrem einfachen Sinn so bedenkt, dann meint sie, daß auch sie eine kleine Schuld trage, denn sie hat damals diese Lena mitgenommen nach Lurch. Sonst hätte der Bruckner Martin sie nie kennengelernt, und alles wäre anders verlaufen da droben auf diesem Hof, hinter dem die Kornmandl auf dem Schwedenacker stehen, kerzengerade ausgerichtet wie ein Regiment Soldaten in grellgelben Uniformen.

Aber das alles mag wohl vom Schicksal so eingefädelt und zu Ende geführt worden sein. Der Pfarrer hat schon recht, daß man für ihre verirrte Seele beten soll.

Hernach darf der Hansi einen kleinen Blumenstrauß in das offene Grab werfen. Das aber ist sein letztes

Auftreten in Lurch, denn drüben beim Sonnenwirt wartet bereits der riesige Wagen, bis Emma und Hansi von der Beerdigung zurückkommen. Dann soll es fortgehen, zuerst nach Hamburg aufs Schiff und dann über das große Wasser in die neue Heimat.

Fast das ganze Dorf ist versammelt, als die vier abfahren. Emma sitzt vorn neben Jimmy, der Hansi bei seiner Tante Rebba im Rücksitz. Emma weint bitterlich und sagt, sie werde Lurch niemals vergessen, und Jimmy habe ihr versprochen, daß sie vielleicht in drei oder vier Jahren wieder auf Besuch herüberkämen.

Langsam fährt der Wagen an. Alle drängen sich nochmals schnell heran und wollen dem Mulattenhansi das Händchen drücken.

„Vergiß deinen Vormund nicht!" schreit der Adamer dem Wagen mit aller Lungenkraft nach und wischt sich dabei tatsächlich über die Augen.

Immer weiter entfernt sich der Wagen. Der Hansi steht im Rücksitz und winkt mit beiden Händen.

„Pfüat enk!" schreit er. Aber das kann schon niemand mehr hören.

Im nächsten Moment verschwindet das Auto hinter einer Wegbiegung, und die meisten der Leute verschwinden ins Nebenzimmer, wo man mit dem Leichenschmaus für die Brucknerin noch nicht zu Ende gekommen ist.

*

Der Bruckner geht durch die Tage und Wochen wie einer, dem man das Leben abgesprochen hat. Nie mehr hört man ein Lachen von ihm. In seiner Seele ist alles dunkel und schwer. Er bringt es einfach nicht mehr aus dem Kopf, daß ihm das Leben so mitgespielt hat.

Daß aber seine Ehe mit Lena wirklich nur ein grausames Narrenspiel gewesen ist, erfährt er erst gegen Ende des Jahres, als der Schnee bereits einen halben Meter hoch auf Lenas Grabhügel liegt. In der ersten Adventswoche bringt der Postbote einen eingeschriebenen Brief der Staatsanwaltschaft für Frau Magdalena Bruckner, in der ihr mitgeteilt wird, daß die Kurpfuscherin Anna Berchthold wegen Abtreibung in zweiundzwanzig nachgewiesenen Fällen verhaftet worden sei. Unter diesen zweiundzwanzig sei auch in drei Fällen die Ökonomenfrau Magdalena Bruckner, und die Staatsanwaltschaft erhebe hiermit auch gegen sie Anklage.

Zweimal muß Martin das Unfaßbare lesen, bis er es recht begreift und dabei meint, die Welt stürze nun über ihm zusammen. Stöhnend preßt er die Fäuste an die hämmernden Schläfen.

„Und ich Narr habe an sie geglaubt —!"

Diese Schande braucht er nun aber doch nicht mehr durchzukosten, denn Lena ist tot, und der Staatsanwalt kann nicht mehr gegen sie erheben. Dies teilt er dem Gericht gleich postwendend mit, dann zerreißt er den Brief in kleine Fetzen und wirft sie in den Ofen.

Das muß nun sein Geheimnis bleiben. Niemand wird jemals davon erfahren, wie er wirklich genarrt und um seine Erben betrogen worden ist.

Aber der Acker wird wieder rufen, wenn er nun hilflos und verlassen um die Abendzeit neben ihm hingeht.

„Du bist mir immer noch etwas schuldig, Bruckner", wird er rufen. „Wo bleibt dein Sohn, der uns nach dir pflügt?"

Mitten in der Nacht hört er es manchmal so rufen. Immer ist diese Stimme in ihm, und allmählich wird er immer mehr zum Sonderling. Sein Gesicht ist eingefallen, ist grau wie ein Stein im Wald. Ganz verschlossen ist es, wie unter einer Rinde, und keine Hand will kommen, die es entkleidet. Das Merkwürdige an diesem kaum Dreißigjährigen ist aber, daß sein Haar an den Schläfen fast weiß geworden ist.

In seinem Jammer, der wohl immer gegenwärtig bleiben wird, weil ihm nicht die Kraft gegeben ist, das Unselige seines Erlebnisses zuzudecken, spürt er gar nicht, wie etwas wie eine ganz neue Ordnung um ihn zu wachsen beginnt. Kein Streit mehr, kein lautes Geschrei, das Leben am Hof läuft wie ein gut geöltes Getriebe. Mit sicherer Hand leitet Agathe den Haushalt, und wenn Martin sich Zeit nähme, genauer zu beobachten, müßte er eigentlich bemerken, daß Lena überhaupt keine Lücke hinterlassen hat, daß sie fortgegangen ist, ohne eine sichtbare Spur zu hinterlassen. Den roten Wagen hat er sofort verkauft, und das Kreuz auf dem Schwedenacker steht längst wieder neu und frisch da oben, als hätte niemals eine frevlerische Hand es in einer Gewitternacht gefällt.

Martin merkt aber auch nicht, daß er mit einer unendlich stillen Liebe umsorgt wird und daß jede Handreichung von Agathe für ihn nur verdeckte Liebe ist. Nein, nichts merkt er davon. Was Frau und Liebe heißt, scheint in ihm erstorben zu sein. — —

Eines Tages nun, als die Welt schon wieder im lichten Frühlingsschmuck steht, kommt wieder einmal, wie er sagt, so rein zufällig der Pfarrer auf den Hof. Es ist ein Sonntagnachmittag, vollgesättigt von jener Stille und Feierlichkeit, daß man meint, die Welt sei eine gewaltige, große Kirche und das Summen der Bienen der Orgelklang.

Martin sitzt auf der Hausbank, hat die Arme über der Brust verschränkt und schaut über den Hang hinunter. Die Brücke liegt drunten unterm Sonnenglast, die Loscha plätschert friedlich darunter hin, und weiter hinten glänzen die weißen Mauern der Fabrik vor dem dunkelnden Tannenwald.

Wegen des Honigs möchte er sich wieder anmelden, sagt der Pfarrer und setzt sich neben den Bruckner. Natürlich könne er seine zehn Pfund haben im Herbst, wie immer, erwidert Martin.

Dann reden sie über dies und jenes. Nur von Lena sprechen sie nicht.

Einmal aber geht doch jedem Gespräch, besonders wenn es so mit Absicht herbeigeführt wird, der Faden aus, und so schweigen sie eine lange Weile. Endlich fährt sich der Pfarrer mit gespreizten Fingern durch das recht schütter gewordene Haar und seufzt:

„Nun könnten wir eigentlich auch was Vernünftiges sprechen, Martin. So kann es nämlich mit dir nicht in alle Ewigkeit weitergehen. Es ist nicht richtig, daß du dich so gewaltsam vor allen Menschen verschließt. Du bist doch noch jung."

„Die letzten Jahre haben bei mir doppelt und dreifach gezählt, Herr Pfarrer."

„Sehr richtig, Martin. Du machst aber den Fehler, dir einzubilden, daß nur dich allein das Schicksal geschlagen hätte. Schau deinen Vater an. Meinst du, für ihn ist es leicht gewesen, als deine Mutter starb? Gerade damals habe ich ihn bewundert, wie aufrecht er sein Leid getragen hat. Auch dann, als die Kunde vom Soldatentod deines Bruders kam."

„Das war was ganz anderes. Die Mutter ist unter normalen Umständen gestorben. Vitus teilte das Schicksal von Millionen, auch wenn es sinnlos war. Der Vater hat dann immer noch mich gehabt und glauben können, daß unser Geschlecht weiterlebt. Für wen aber lebe ich? Wenn ich über den Acker gehe, dann schreit er mir zu, daß ich ihm was schuldig bin. Und es ist peinlich, wenn man jemand etwas schuldig ist, ganz gleich, wer der Gläubiger ist, ein Mensch oder die Erde."

Eine Weile ist wieder Schweigen. Leise rauscht der Wind in den Bäumen. Hinter der Tenne watscheln ein Dutzend junge Enten hervor, und einmal erscheint ganz flüchtig Agathe unter der Haustür und geht dann mit ihrem sicheren, schweren Schritt über den Hof.

„Es ist aber nicht der Sinn des Lebens, Martin", beginnt der Pfarrer wieder, „an nichts anderes mehr zu denken als an das Dunkle, das gewesen ist. Vor allem darf man nicht denken, wie ich vorhin schon erwähnte, daß man allein ist im Leidtragen. Die Faust des Schicksals zielt nach allen. Auf einmal aber kann man im Leben wieder ein starkes Licht sehn, daß die dunklen Ereignisse in den Hintergrund geraten und die Schatten keine Kraft mehr haben, das Neue zu verdrängen. Alles, was geschieht, geschieht nicht ohne den Willen des Herrn. Ob ein Mensch nun auf goldenen Flügeln in maßlosem Glück gegen den Himmel saust oder sich als Verdammter auf der Erde krümmt, alles geschieht nur auf ein Zeichen aus Gottes gewaltiger Hand hin. So ist es auch bei dir, Martin. Du mußt nur den Glauben wiederfinden an dich selbst und an das Leben. Dann hört dein Acker auf zu rufen. Und am Ende, Martin, wirst du ja doch wieder heiraten müssen."

Martin zuckt daraufhin nur die Schultern und streckt das spitz gewordene Kinn vor.

„Das ist leichter gesagt als getan, Herr Pfarrer. Sie kennen doch das Sprüchl: Ein gebranntes Kind scheut das Feuer."

„Aber es möchte dann doch noch in der Glut umeinanderstochern, in der Hoffnung, ob nicht doch noch etwas Brauchbares in der Asche zu finden ist. Und dann, Martin — nicht jeder langt gleich so ungestüm ins Feuer, daß man sich unweigerlich daran verbrennen muß. Das hab ich auch der Therese kürzlich einmal gesagt."

Langsam wendet Martin das Gesicht. Seine Brauen haben sich zu einem spitzen Winkel zusammengeschoben.

„Die Therese", sagt er. „Die muß ja jetzt einen

netten Begriff von mir haben. Sie wird wohl auch nie vergessen können, was ich ihr angetan habe. Manchmal denke ich, daß alles, was mir geschehen ist, nur eine gerechte Strafe sein kann. Ich nehme es Therese nicht übel, wenn sie sich über mein Unglück freut."

„So schlecht kennst du sie, Martin?"

„Immerhin kenne ich sie so gut, daß sie nie vergessen wird, was ich ihr angetan habe. Das war schon eine ausgemachte Schurkerei."

„Meinst du? Ich hab gedacht, ihr hättet in der Zwischenzeit schon einmal miteinander gesprochen?"

„Schon; aber nicht von dem, was war, und zu einer Zeit, als Lena noch gelebt hat."

Der Pfarrer schlägt nach einer großen Fliege, die sich auf seinen Ärmel gesetzt hat.

„Ich möchte mich dazu nicht äußern, weil es sonst wie Kuppelei ausschauen könnte. Aber wenn mich nicht alles täuscht, dann ist sie genau so einsam wie du."

Martin schweigt eine Weile, dann erinnert er sich: „Ihr Vater hat einmal ausgespuckt vor mir. Heute sehe ich ein, wie recht er damit hatte."

„Das hat er gewiß längst vergessen."

Da zeigt Martin nach langer Zeit wieder einmal ein schüchternes Lächeln.

„Warten wir einmal ab, was die Zeit noch alles bringt."

Der Pfarrer steht auf und greift nach seinem Hut. „Warte nur nicht zu lange, es könnte dich später reuen."

*

Es dauert aber dann doch noch Wochen und Monate, bis Martin den Mut findet, zum Forsthaus zu gehn, wo am Zaun die hohen Sonnenblumen so üppig blühen, daß man die Fenster dahinter kaum sehen kann.

Ja, hoch stehen die Sonnenblumen, die großen goldenen Kopfe abendmüd geneigt, als Martin mit Therese auf der Hausbank sitzt und nichts um sie ist als das Abendlied der Vögel in den Zweigen der Bäume hinterm Haus, in denen der Wind raunt und flüstert, als gelte es versunkene Märchen wachzurufen.

Von diesem Tag an kommt er immer wieder. Und wenn sie auch am Anfang nicht von dem reden, was einmal ihr beider Leben beinahe zerstört hätte, einmal müssen sie doch unweigerlich dieses Thema berühren.

Therese ist es aber dann, die dieses Gespräch sofort unterbricht, indem sie Martin die Hand auf den Mund legt.

„Kein Wort mehr davon, Martin! Nicht von deinem Leid und nicht von dem, womit du an mir schuldig geworden zu sein glaubst. Wir müssen beide die Jahre auslöschen und denken, daß nie etwas Trennendes zwischen uns gewesen ist."

Erschüttert birgt er sein Gesicht an ihrem Hals.

„Was bist du für ein großgütiger Mensch, Therese! Du gibst mir hilfreich deine Hand und müßtest mich doch verfluchen."

Zärtlich streicht ihre Hand über seine Augen, seine Stirn und sein Haar.

„Wie soll ein Mund verfluchen können, wenn das Herz — —"

„Therese — wäre denn das möglich? Ich getraue mich kaum zu hoffen, und du — —"

Wieder das herzinnige Lächeln um ihren Mund.

„Glaubst du denn, ich hätte dich jemals vergessen, Martin?"

Ein heißer Strom schießt zu seinem Herzen. Therese, an der er in seiner Verwirrung vorbeigegangen ist, ist die Frau für sein neues Leben, ist das stille Feuer, an dem er sein leeres Herz wieder füllen darf. Er kommt sich vor wie ein Mensch, den Gott an der Schulter berührt hat und der in seiner Hand einen Becher hält, den er schon einmal geleert hat bis auf den bitteren Rest. Nun ist er neuerdings für ihn gefüllt, und es wird kein Schierling mehr darinnen sein.

„Hab ich denn zuerst eine solche Dummheit machen müssen?" fragt er. „Fünf lange, verpfuschte Jahre!"

„Mancher braucht noch viel länger, bis er aus einer Verwirrung herausfindet", lächelt sie. „Aber dann darf man so einem Verirrten das Heimkommen nicht schwermachen. Und es ist immer gut, wenn jemand da ist, der auf ihn gewartet hat. Du hast es nur nicht gewußt."

„Ich habe es nicht wissen können, Therese."

Wieder betrachtet sie sein schmal gewordenes Gesicht und fährt mit ihren Fingerspitzen über seine weißen Schläfen hin.

Immer tiefer ist der Abend gesunken, und sie sitzen noch lange mitten im Schweigen der dörflichen Sommernacht, in der sich das grelle Grillenzirpen mit dem Rauschen des Windes mischt. Im sternerfüllten Blaudunkel der Nacht meint man gerade, es öffne sich der Himmel, und Engelshänden entgleite eine Sternschnuppe, die in sanftem Bogen mitten in die Loscha fällt.

Martin Bruckner aber muß dann doch noch eine gewaltige Polterrede des Försters über sich ergehen lassen, bevor zur Versöhnung die Gläser aneinanderklingen, in denen goldfunkelnder Wein perlt.

Acht Tage später gehen sie dann in der späten Dämmerung in den Pfarrhof und zum Bürgermeister, um das nachzuholen, was Martin Bruckner in der flammenden Gier seines Blutes vor Jahren versäumt hat.

*

Auf dem Brucknerhof geht nun eine neue Bäuerin umher und wiegt ihr erstes Kind. Therese denkt nicht daran, daß dieser kleine Martin nun schon fünf oder sechs Jahre alt sein könnte, wenn sein Vater nicht zuerst noch einen Abstecher in die Wirrnis hinein hätte machen müssen.

Aber kein Vorwurf deswegen. Das Schicksal hatte es so bestimmt. Wer wollte Vergangenem nachklagen, wenn sich doch noch alles zum Guten gewendet hat? Federnd vor Kraft und Lebensfreude geht Martin Bruckner jetzt über Felder und Wiesen. Nichts mehr ruft ihn an aus der Tiefe des Ackers. Die Liebe zu seiner Frau ist von tiefer Dankbarkeit und Demut erfüllt, weil sie ihn aufgehoben hat aus dem Dunkel, in dem er versunken gewesen ist.

Gesegnet seien ihre Hände. Gesegnet sei ihre Liebe.

Und alles, was sie anfassen, gedeiht ihnen. Sichtbar ruht der Segen Gottes über all ihrem Tun. Das Kind aber wächst und blüht in einem neuen Sommer hinein, in eine neue Zeit.

Wieder ist Kirchweihsonntag. Die Glocken läuten. Aber heute braucht der Bruckner keine Angst mehr zu haben, daß sich wiederhole, was ihn damals wie in Scham gebadet aus der Kirche getrieben hat. Trunkenen Auges schaut er heute neben sich, wo Therese in ihrer ganzen reifen Frauenschönheit in der festlichen Tracht im Kirchengestühl kniet.

Am Nachmittag dieses Tages wandern sie Hand in Hand über die Wiesen hinauf. Würziger Duft von spätem Grummet und Drittgras liegt in der Luft. Von der Sonne umschmeichelt steht das Kreuz auf dem Schwedenacker, von Altweibersommerfäden umschwebt, die silbern durch den Tag segeln.

Bis zum Waldrand gehen sie hinauf, von wo aus man weit ins Land hinaussehen kann. Wie aus Gottes großer Spielzeugschachtel ausgeleert, liegt in der Tiefe das Dorf Lurch, durch das glitzernd die Loscha fließt. Der Kirchturm hebt sein flimmerndes Goldkreuz in den glasblanken Himmel. Weit und weiß dehnen sich die Fabrikgebäude der Firma Werner Blank hinter dem Bahngelände. Das ist aber auch das einzige, was im Bild dieser Landschaft neu ist. Sonst aber ist es noch das liebe, alte Lurch mit seiner Holzbrücke und dem Heiligen.

Martin legt den Arm um seine Bäuerin Therese und

deutet mit ausgestreckter Hand zum Brucknerhof hinunter, wo soeben der kleine Martin von Agathe über den Hof getragen wird.

„Im nächsten Jahr können es zwei sein“, fordert er in bubenhaftem Übermut und lacht dabei.

Therese nickt und lehnt ihr Gesicht an das seine. „Ja, Martin, seit einer Woche weiß ich das.“

Trunken vor Freude reißt er sie in seine Arme. „So ein Glück, soviel Glück durch dich!“

Die Dämmerung wächst und breitet sich aus. Am Himmel zuckt schon der erste Stern auf, und über den Wald hin geht ein leises Rauschen. Der warme Atem der nahenden Nacht wispert in den Zweigen.

Langsam wandern sie über den Hang hinunter. Sie tragen ihre Stirnen hoch und grüßen die Sterne und den steigenden Mond, der alles Land und was es trägt, silbern zu umschließen beginnt.

* *

*